Severin Perrig
Chicago Prairie

edition mss. reprobatorum, vol. 2

Severin Perrig

Chicago Prairie

Roman

Bibliografische Information der Deutschen Nationalbibliothek: Die Deutsche Nationalbibliothek verzeichnet diese Publikation in der Deutschen Nationalbibliografie; detaillierte bibliografische Daten sind im Internet über http://dnb.dnb.de abrufbar.

Die automatisierte Analyse des Werkes, um daraus Informationen insbesondere über Muster, Trends und Korrelationen gemäß §44b UrhG („Text und Data Mining") zu gewinnen, ist untersagt.

edition mss. reprobatorum, vol. 2

Special thanks to „Sister Cities Lucerne Chicago". I celebrate even now your generosities 2017/18 with great gratitude.

Verlag: BoD · Books on Demand GmbH, Überseering 33, 22297 Hamburg, bod@bod.de

Druck: Libri Plureos GmbH, Friedensallee 273, 22763 Hamburg

ISBN: 978-3-8192-2990-9

To my mother Brigitta Perrig-Kühne (1931-2023)
and all who encouraged my best impulses.

I believe that we are lost in America, but I believe we shall be found.

(Thomas Wolfe: You Can't Go Home Again)

I

Kolibris schwirrten durch den Raum. Charles Wanzeried blinzelte, hob das linke Handgelenk vors Gesicht und starrte auf seine Armbanduhr. Es war zwei Uhr am Nachmittag. Je mehr er mit den Augen zwinkerte, desto schneller bewegten die winzigen Vögel ihre Flügel. Mit der Rechten fingerte er seine Brille aus der Jackentasche und setzte sie mit beiden Händen vorsichtig auf seine leicht gekrümmte Nase. Die Kolibris waren verschwunden.

Jetzt erst sah er, zwei Reihen weiter vorn, die Menschenschlange, die vor der Bordtoilette wartete. Knochenhart knackte die schmale Riegeltür beim Öffnen und Verschließen. Da endlich fiel ihm ein, wo er sich befand: im Flugzeug nach Chicago. Er wusste es wieder derart deutlich, dass er sich als aufmerksamer Reisender fühlte, der, gerade aus tiefem Schlummer erwacht, seiner selbst gewiss war und in dem der gewohnte Gedankenstrom von neuem einsetzte: Es wurde heutzutage eindeutig mehr getrunken. Im Lesesaal seiner Bibliothek gehörten die PET-Flaschen zum alltäglichen Erscheinungsbild. Damit wurden die Blasen verantwortungslos gefüllt. Für den steten Harndrang musste dann allerdings auch mit gehörigen Wartezeiten vor der beschränkten Toilettenzahl gerechnet werden. Man stand also auch hier auf dem grauen Flugzeugteppich an, einige in Socken, andere barfuß, als würden sie sich auf unansehnlichem Rasen zu einer Reigenübung versammeln. Eine Geschäftsfrau in elegantem Anzug starrte gebannt auf ihr iPhone. Hinter ihr übte eine füllige Frau in grünem Pyjama und Birkenstock-Sandalen etwas wie Tai-Chi-Bewegungen ein. Zwei Väter mit sauber geschnittenen Gründerzeitvollbärten beruhigten ihre vorne angehängten Kleinkinder mit leisem Summen und Wispern. Ein schöner Anblick, dachte Wanzeried. Es fehlte nur noch ein leicht betäubter Zoo-Tiger aus dem Frachtraum und das Paradies wäre für diese luftigen Höhen realisiert.

Er erkannte jetzt auch schräg vor sich das amerikanische Paar wieder. Die beiden hatten sich vor dem Abflug noch eine Riesenmahlzeit am Zürcher Flughafen einverleibt, als ginge es mit einem Langstreckenflug endgültig in die Fasten- und Enge-Gurten-Zeit. Passten die überhaupt noch in solch zierliche WC-Designkästen? Der Mann nieste, ohne sich die Hand vor den Mund zu halten, und die Frau neben ihm sagte nichts, blätterte ungerührt im Bordmagazin weiter.

Wanzeried musste ja in Sachen Beleibtheit nichts sagen. Er beäugte seine eigene unter einer braunen, rauen Reisedecke – wie sie die Schweizer Armee hätte ausrangiert haben können – weitgehend verborgene Körperfülle, die ihm nicht einmal einen Blick auf seine schwarzen Schuhspitzen gönnte. Wohlbeleibt zu sein, war doch eigentlich ein Zeichen von Herrschaftlichkeit, dachte er, so altmodisch das klingen mag. Man verkörperte eine Art Gottheit in der Religion des gepflegten Konsumierens, die nur noch lachend, die Hand auf dem wohlgenährten Bauch, auf all die engelhaften, aber elend magersüchtigen Mannequins in den Modemagazinen herabschaute. Die Aufforderungen, das Leben als Schmerbauch zu ändern, gingen in diesem Anpreisen von allerhand luxuriösen Gourmet-Schmausereien und exklusiven Wein Degustationen sowie gepflegten Zigarren-Club-Mitgliedschaften wieder sang- und klanglos unter, als wäre alle Zeigefinger-Diätetik bloß eine Art temporäre Rhetorikübung gewesen, wie sie zu seiner Zeit am Internat noch täglich geübt worden war, um den einfältigsten Moralbegriff eines spitzfindigen Theologen in aller Herrlichkeit wieder auferstehen zu lassen. Er erinnerte sich noch, wie diesen Übungen eine ganz eigene Heiterkeit beim Verfertigen zynischer Argumentationen und der entlarvenden Widerlegung beim Gegner eignete. Nur wurde man all dem auch schnell wieder überdrüssig, weil es allein müßige Schülerübungen waren und blieben. Und wenn die eigene Frau oder eine gute Freundin einem rechtzeitig zu großen schmalen Schuhen, eleganten weiten Hosen wie Sakkos, einer dezent dunklen Hornbrille und einem Gang zum Stylisten für Kurzhaarschnitte und Dreitagebärte ermuntert hatte – fast hätte er jetzt bemuttert gesagt –, dann galt man in späten Jahren, bei aller Korpulenz, als sehr attraktiv und unterhaltsam. Ihm kam es vor, Frauen wie Männer hätten ihn, bevor er mit fünfzig plötzlich zu einer derartigen Körperfülle gekommen war, gar nie richtig beachtet.

Ja, das war ein gewichtiges Gefühl, jetzt mit einem Mal in dieser Höhe über den Atlantik zu fliegen, über allen Wolken, nahe der Sonne. Auf und davon, allem enthoben. Gewiss. Das Empyreum, hätte sein Vater wohl gesagt. Das hätte er ganz bestimmt, und damit wiederholte er es als Sohn, ohne etwas von diesem esoterischen Ausdruck des Renaissancedichters Dante zu verstehen, den er von seinem Vater aufge-

schnappt hatte. Charles Wanzeried war, was die
meisten Söhne über kurz oder lang nach dem Tod
ihrer Väter werden, ein Nachplapperer all der Dinge,
die man von klein auf mitbekommen hatte und nun
als unumstößliche Wahrheiten von sich gab, weil das
eigene Mittelmaß keine auch nur annähernd ähnlich
großen Erfolge und Gewissheiten wie die väterlichen
vorzuweisen hatte. Man wurde regelrecht zum letzten
Statthalter des Vaters auf Erden und auch in der
Luft, wie sich jetzt zeigte. Dann war das hier also
nicht das neue luftige Höhenparadies, sondern das
Empyreum, wohlgemerkt Dantes.

Wanzeried sah wieder das amerikanische Paar
schräg vor sich. Etwas schien mit ihrem Orangensaft
nicht zu stimmen. Eine Flugbegleiterin beugte sich
besorgt zu ihnen herunter. Meine Güte, dachte Wanzeried, wie waren doch diese Stewardessen einmal
für ihre Schönheit bekannt gewesen. Die vermögen-
deren Passagiere hatten ihnen gerne am Zielflugha-
fen einen Heiratsantrag gemacht. Aber in dieser
schlabbrigen Uniform einer Bordrestaurantkellnerin
auf den Bundesbahnen, mit diesen schrecklich verfärbten Haaren und Allerweltgesichtern, welche auch
kein noch so dick aufgetragenes Make-up mehr zu
retten vermochte, waren sie wahrlich für keinen
schwärmerisch veranlagten Dante eine Träumerei
von einer himmlischen Beatrice.

Er blickte über die grauhaarige Frau neben ihm
hinüber zum Lukenfenster. Ihre Augenlider waren
geschlossen, ein paar streng gezogene Brauen lagen
darüber. Die Nase war klein und vorne ein wenig ab-
geplattet. Und der leicht geöffnete Mund, der einen
großen Vorder- und einen verfärbten Eckzahn frei-
gab, erweckte den Eindruck, sie würde geradezu

schnarchen. Aber ihr seelenvoll wirkender Schlaf war und blieb äußerst stumm. Allein unter ihrem dunkelroten Pullover hoben und senkten sich kaum merklich ein paar große, kastenartige Brüste, die dem unteren Halsbereich entsprungen schienen, was den Pullover als einen dieser Überwürfe wirken ließ, wie sie in alten, leerstehenden Schlössern und Villen die schönsten Möbel vor Staub und Berührung schützen. Aber die beige Plastikscheibe war über das Bordfenster hinuntergezogen, so dass Charles Wanzeried sich dem Fernsehmonitor vor ihm mit der realen und der intendierten Flugroute zuwandte. Er war schon lange nicht mehr in dem Alter, wo er sich gerne den Fensterplatz gewünscht hätte, um die grauen Rauchfetzen im flackernden Tageslicht des Starts, die Wolkenpakete und den stahlklaren Himmel mit der brennenden Sonne zu beobachten. Jetzt ging es ihm nur noch um die eigene Beinfreiheit in der Nähe des Mittelganges, wobei auch diese sehr knapp bemessen blieb.

Das leise Fliegen – einmal abgesehen von einem sehr selten erfolgenden Bing-Signalton – machte den Eindruck, alles stehe still. Es war allein sein Verstand, der sich aus dem konstanten, dem Gehörsinn aber immer wieder abhanden kommenden Maschinensurren eine Art Antriebsenergie mittels Zu- und Abnahme des Düsenschubs vorstellte. Er streckte so gut es ging seine Beine energielos in den Gang. Seine zerlesene, ihn letztlich unbefriedigende Tageszeitung im tief hängenden, ausgeleierten Netz am Vordersitz drohte jeden Moment herauszufallen. Im leicht fahrigen Neonlicht kämpften Charles Wanzerieds Hände unterhalb seiner Kniescheiben eine Weile mit dieser großen, als konservativ geltenden Zeitung, die sich

einfach nicht besser zusammenfalten ließ, als wäre
er eine Figur aus einem Slapstick Film. Ja, es war
das Jahrhundert, das alles in die Hände der ausge-
klügeltesten wie teuersten Designer legte, ohne sich
weiter um die ungeschicktesten Handhaber dieser
Dinge zu kümmern. Daran krankte doch letztlich
alles. Das 21. Jahrhundert war etwas für absolut
komplizierte Menschen geworden, was die aktiven
Gestalter stets aus Prinzip bestritten. Es sei im Vergleich zur Vorzeit der Ahnen das konsumenten-
freundlichste und damit auch den sogenannten
Usern am besten angepasste Zeitalter. Wanzeried zog
die Stirn kraus.

Auf dem Fernsehmonitor sah das Großraumflug-
zeug, mit dem er gerade flog, wie eine nordkoreani-
sche Hwasong-Rakete aus, die nun vom europäischen Festland unerbittlich ihren interkontinentalen
Weg Richtung Amerika aufgenommen hatte. Die Distanz zwischen den Kontinenten ist gar nicht so riesig,
ging ihm durch den Kopf. Natürlich spielt da die Ver-
zerrung auf dem runden Globus eine gewisse Rolle.
Aber es war und blieb doch ein sehr beruhigendes
Gefühl, wie überschaubar die blaue Meerfläche auf
dem Monitor wirkte. Das verhieß, ganz im Gegensatz
zu Herrn Kolumbus, eine absehbare Halbtagesreise.

Charles Wanzeried hatte, als er bei seinen früheren
Transatlantikflügen noch am Fenster saß, immer
gerne bei klarer Sicht auf das Meer hinabgeschaut,
wo er bisweilen Miniaturschiffe sah, sozusagen vom
Format der Wikinger Ruderboote, denen gewaltige,
dunkelgraue Fahnen von Dieselrauch nachhingen,
weit größere, als der Blick aus der Vogelperspektive
auf diese eigentlichen Riesentanker und Container-
schiffe für möglich hielt, und die, wohl gerade wegen

ihrer Schwerfälligkeit, sich kaum vorwärts zu bewegen schienen. Wanzeried dachte dann stets an die Generation seiner Urgroßeltern, die auf Passagierdampfern dritter Klasse, Ende des 19. Jahrhunderts, in das alles vergoldende Amerika übergesetzt hatte. Mütterlicherseits seine Urgroßmutter zusammen mit ihren beiden Brüdern und väterlicherseits der Bruder des Urgroßvaters. Lange Zeit hatte er immer gedacht, es sei aus ländlicher Armut und Not der kinderreichen Familien geschehen, bis ihm einmal ein Familienforscher in der Bibliothek gezeigt hatte, dass die erhaltenen Dokumente solches nicht unbedingt bewiesen. Man hatte Passgebühren und Reisekosten selber bezahlt. Es war ein kleinbürgerliches Provinzmilieu, wo man die eigenen finanziellen Mittel lieber unter den Scheffel stellte. Die Erbschaftsurkunden allerdings sprachen dann eine deutlichere Sprache, wie die bewegliche und unbewegliche Habe in aller Bescheidenheit von Generation zu Generation sorgfältig bewahrt und vermehrt worden war. Und so brach man ganz offensichtlich im Zeitalter seiner Urgroßeltern aus einer persönlichen Neugier in jüngeren Jahren, oder zumindest, um Unannehmlichkeiten wie dem Militärdienst oder einer verfrühten Heirat zu entgehen, nach Amerika wie zu abenteuerlichen Lehrjahren in einer neuen Berufswelt auf, die, weil man noch derart ungehindert einwandern durfte, auch wirklich zu einem erfolgreichen Dasein führen konnten. Natürlich waren sie vorsichtig genug – es gab ja bisweilen diese bösen Geschichten von Frauenhandel und Arbeitersklaven zu hören oder zu lesen –, zuvor genügend Erkundigungen bei Rückkehrern und Auswanderungsagenturen einzuziehen. Die Urgroßmutter hatte sich bereits auf ein Inserat hin als Dame de Compagnie bei einem Ehepaar in

New Jersey beworben und reiste sicherheitshalber in
Begleitung ihrer beiden Brüder, die sich wiederum
Empfehlungsschreiben für den Bahnbau besorgt hatten. Im Falle des Urgroßonkels väterlicherseits war es
der deutsche Jesuitenorden gewesen, der diesen als
35-jährigen direkt für die Amerika-Mission als Lehrer
nach Buffalo schickte.

Es war für Wanzeried ein merkwürdiges Gefühl,
sich seinen halbtägigen Langstreckenflug als sieben-
tägige Schiffsreise wie damals vorzustellen. Man
wurde im Kunterbunt von Passagieren des Vor-
Titanic-Zeitalters jeweils auf Deck um zehn Uhr morgens und um vier Uhr nachmittags billigst verpflegt.
Zum eintönigen Eintopf und freitäglichen Stockfisch
gab es Fuselwein oder Heißgetränke, die nach faulem
Kastaniensaft schmeckten. Alles aß und trank man
dann in kleinen Kajüten unter Deck, je nachdem
noch mit selbst mitgeführtem Proviant ergänzt. Der
Mangel an Bewegung und die Seekrankheit, aber
auch der Ärger über die lärmigen, aufdringlichen und
unreinlichen, sogenannten Südländer, ließen den
damaligen Humor bald versiegen. Man langweilte
sich. Es brauchte eine gewisse Gewandtheit und gute
Beziehungen zur Mannschaft, um abends an Deck zu
gelangen und wie die Passagiere der First Class rauchend die Schönheit eines Viertelmonds im dunklen
Gewölke überm Meer zu bewundern. Vielleicht sahen
sie auch gar keine Mondsichel, wenn sie alle an der
Reling so hochstarrten. Sie glich eher einer winzigen,
silbrig glänzenden Zigarre, die kaum merklich über
den Himmel zog und aus der ihnen einer ihrer Urenkel in Gedanken verloren zusah, ein kleines Plastik-
becherchen mit Rotwein vor sich auf einem herun-
terklappbaren Kunststoffbrett und ohne rauchen zu

dürfen, obwohl er einem Land zuflog, dessen immenser Reichtum einmal in den Tabakplantagen Virginias gelegen hatte. Dieser Urenkel musste mit einem Mal über all das schallend lachen.

Äh, möchten Sie meinen Fensterplatz?, fragte eine angenehm sonore Stimme auf Englisch neben ihm.

Nein, vielen Dank, nein, nein, gar nicht, entgegnete Wanzeried, der sich nicht sofort auf sein touristisches Englischvokabular besinnen konnte.

Die Frau mit den grauen Haaren war erwacht und betrachtete ihn mit frischen dunklen Augen: Ich dachte nur so, weil sie die ganze Zeit auf das Fenster neben mir starrten.

Man weiß nicht, wohin Schauen in diesen Fliegern. Es ist immer etwas dazwischen.

Ich will ihnen nur nicht im Wege sein, wissen Sie.

Es ist mir sehr recht, wenn Sie dazwischen sitzen und schlafen, statt dass da ein lärmiges Kind herumturnt.

Allmählich fand Wanzeried sich in seinem Englisch wieder zurecht.

Ich kann in diesen Fliegern überhaupt nicht richtig schlafen, sagte die Frau.

Und doch ist man immer erstaunlich schläfrig, bemerkte Wanzeried interessiert.

Vielleicht fügen sie den kleinen Snacks Barbiturate bei.

Haben Sie bemerkt, dass ich vorhin lachen musste, weil ich daran dachte, wie in den 1970er-Jahren in

den Flugzeugen noch zur allgemeinen Beruhigung
geraucht werden durfte, sogar in Kettenfolge.

Ja, die Stewardessen legten einem Zigarettenpäck-
chen neben den Kaffee. Das waren aufwühlende Zeiten damals, die brauchten so etwas. Meine Schwester
erzählt immer, wie sie sogar ihre Joints auf der Bordtoilette fertig geraucht hätte. Heute ist man einfach
nur aufgeregt. Übrigens, ich bin Sally.

Sehr erfreut, Sally. Call me Charles.

Nice to meet you Charles. Sie fliegen geschäftlich
nach Chicago?

Nein, rein privat. – Ich will mir da endgültig das
Rauchen abgewöhnen.

Na, aber das können Sie doch mittlerweile in jedem
europäischen Land ebenso gut. Speziell wo ich lebe,
in Italien. Das ist ja nicht mehr wiederzuerkennen in
seiner, äh, Nicht-Raucher-Depressivität.

Charles hätte jetzt damit weiterfahren können,
dass die Städte in den USA ideal für einen Rauch-
stopp seien, mit ihrer schlechten Luft, dem vielen
Staub und Diesel. Und dazu noch diese viel zu hohen
Preise für Zigaretten. Aber stattdessen ließ er seine
Ironie fahren und räumte ein, dass er nur für eine
Woche Urlaub nach Chicago reise. Er schätze mitt-
lerweile abgelegene Destinationen. Denn, dachte er
für sich, da trifft man auch nicht gleich wieder auf
Landsleute. Das war es eigentlich: keine Landsleute.
Er leistete sich diese Exzentrizität, all seinen Pass-
Brüdern und -Schwestern aus dem Wege zu gehen.
Es war ihm nichts an ihnen gelegen. Höflich fragte er
nach: Und Sie, Sally, wo leben Sie in Italien?

Ich bin Professorin für Geschichte an der Uni Venedig. In Zürich war ich für einen Gastvortrag eingeladen und jetzt fliege ich zu meiner Schwester. Über Weihnachten und Neujahr. Was machen Sie beruflich, wenn ich fragen darf?

Ich war bis vor kurzem Bibliothekar.

Charles verschwieg den Grund seiner frühzeitigen Entlassung. Er mochte jetzt nicht darüber reden. Stattdessen erwähnte er, dass er zum ersten Mal nach Chicago fliege.

Ja, die berühmte Windy City mitten in der Prärie, sagte Sally. Sie ist sehr interessant, glauben Sie mir.

Ich hatte immer das Gefühl, man müsse zuerst in New York ankommen, wenn man in die USA wolle. Also auf dem Kennedy Airport, diesem neuen, trotz der vielen unwirschen Immigration-Officer, freundlicheren Ellis Island light. Einfach so aus einer Verbundenheit heraus mit allen europäischen Auswanderern. Aber jetzt scheint mir plötzlich Chicago der Ort zu sein, wo alle Einwanderer auf ihrem Weg durch die Prärie Richtung Westen irgendwann einmal vorbeikamen.

Ach, dann sollten Sie aber wirklich mit dem Auto von Neu-England nach Chicago fahren. Das ist wunderschön, Charles.

Mit meinen über sechzig Jahren bin ich aus dem Alter heraus, wo man noch selber den Kutscher, den Ochsentreiber machen will.

Sie könnten ja auch die Eisenbahn nehmen.

Daran dachte ich auch schon. Oder an eine monotone Schifffahrt. – Ich bin wohl kein eigentlicher Reisenostalgiker, keiner dieser Train- und Ship-Spotter.

Chicago ist dafür umso modernistischer, wirklich eine Entdeckung wert. Und fest in den Händen der Demokraten, also heute noch Trump-frei.

Aber, schmunzelte Charles, Trump ist doch eine sehr interessante Person, wie alle verhassten Menschen. Einer, der darüber hinaus ganz offensichtlich etwas von den Konzepten des Surrealismus versteht.

Der schaut sich ja nicht einmal ein Kinderbuch an.

Aber hat er nicht das surreale Manifest via Handy und beim Tweeten für das Politische entdeckt?

Ah, das ist doch etwas sehr hoch gegriffen. Er ist und bleibt einfach ein Charakterlump.

Dann wird er selbst im übelsten Inferno munter weiter twittern.

Oh, interessant, dass Sie in dem Zusammenhang ausgerechnet auf Dantes Inferno kommen. Mir geht als Historikerin seit einiger Zeit durch den Kopf, was es für Parallelen zwischen der Renaissance und der heutigen Trump-Welt gibt.

Ich habe vor ein paar Wochen viel in Robert Pinskys Übersetzung der Göttlichen Komödie gelesen. Dantes Verse haben mich selbst noch im amerikanischen Englisch zutiefst erschüttert.

Sagen Sie Charles, weshalb interessiert Sie Dante derart?

Déformation familiale, mein Vater war Dante-
Forscher.

Aber Sie sind jetzt nicht etwa ein Abkömmling von
August Wanzeried?

Doch, genau das bin ich.

Und Charles wusste nicht, wie ihm geschah, denn
mit einem Mal legte ihm seine Sitznachbarin mit ver-
zückten Augen die Hand auf die Schulter. Sie hatte
seinen Vater als nicht Graduierte an einem Kolloquium in Florenz kennengelernt. Er hatte offensichtlich
mit seiner Vorlesung damals großen Eindruck bei ihr
hinterlassen, was Charles sehr gut nachvollziehen
konnte, denn sein Vater besaß in der Tat erstaunliche rhetorische Fähigkeiten. Und während sie staun-
ten, dass sie beide den gleichen verstorbenen Menschen gut gekannt hatten, sah Charles auf dem
Monitor, dass sich ihr Flieger anschickte, den neuen
Kontinent mit der Nasenspitze zu berühren. Aufgeregt machte er Sally darauf aufmerksam, sie schob
die Bordfensterklappe hoch und ein heller Lichtstrahl
fiel auf sie. Charles Wanzeried fühlte sich mit einem
Mal wie ein Maat im überhöhten Ausguck eines Luft-
schiffes, obwohl es ja Amerika nicht mehr zu entdecken galt. Heutzutage blickten täglich unzählige
Passagiere auf die gleiche Aussicht hinunter. Aber
das erste Sichten des amerikanischen Festlands
blieb etwas Imposantes. War das eine europäische,
eine geradezu anthropologische Konstante, diese
Manie, sich über die Fremde immer wieder von neuem auf Reisen zu begeistern? Charles Wanzeried erinnerte sich, wie er als Kind auf den Spaziergängen
im Nebel an der Limmat ungläubig auf die schatten-
haften Bäume am andern, kaum sichtbaren Ufer ge-

starrt hatte. Waren das überhaupt Spaziergänge gewesen? Oder eher väterliche Eilmärsche? Derart
schnell war schon Beatrice in der Göttlichen Komödie
ins Paradies davongestürmt, um eindringlich den
zurückfallenden Dante immer wieder zu ermahnen,
seine Gewänder doch bitte über die großen Füße
hochzuziehen und zu sebälä sebälä sebälä, wie es im
Schweizerdeutschen so schön heißt.

Charles beugte sich leicht vor, um an Sally vorbei
einen Blick von draußen, vom Grün und Blau zu erhaschen, etwas vom Anblick der gigantischen Wälder
und Seen Neufundlands. Dann orderte er für sie beide Campari Soda, und es war immer noch Nachmittag, die Zeit schien stehengeblieben zu sein.

II

So schrecklich erbebte der dunkle Boden, erinnerte sich Charles Wanzeried vage an die Verse im Inferno Dantes, dass sich sein Geist noch jetzt im Angstschweiß badete.

Everything okay with you?, fragte besorgt eine Männerstimme.

Wanzeried saß nach vorne gekrümmt auf einem Barstuhl, nass wie ein begossener Pudel. Und während er das Wort Police sagte, hob er langsam den rechten Arm. Aber sein Englisch war so leise, dass es eher wie please klang. Zugleich klappte er mit den Fingern seiner rechten Hand auf und ab, was fast einem bejahenden Winken vor der Theke glich. Der Barkeeper mit Wallrossschnauz und Wollkäppchen verschwand unter dem Fernsehbildschirm, wo irgendein Sportkanal mit heruntergedrehtem Ton lief. Er hatte wohl im hinteren Teil des Schankraums etwas zu besorgen, dessen bläulich schummriges Licht auf einen weiteren, kaum erkennbaren Gast fiel. Dieser saß in nachdenklicher Haltung an einem erhöhten Holztisch. Wanzeried aber sah gar nicht erst hin, sondern lieber hinauf, wo man im Fenster des Bildschirms jetzt gut eine hell flimmernde Rasenfläche sehen konnte. Es regnete offenbar gar nicht mehr. Schon eilte der Barkeeper mit einem Schnapsglas erneut herbei und stellte es vor ihn hin.

On the house. – Are you allright, Sir?

Wanzeried hörte nur Sir und zuckte leicht zusammen. Dann nickte er kurz.

23

I'll bring someone to help you, yes?

Damit verschwand der Barkeeper wieder. Wanzeried blickte noch einmal hoch durchs telegene Fenster auf den grünen Rasen, wo berockte Mädchen in Kriegsbemalung zu tanzen begannen. Nach einer Weile trat ein uniformierter Junge mit Mütze neben sie und warf mit einer solchen Kraft einen kleinen Ball, dass ihm der Arm nur so nach vorne schnellte und die dünnen Beinchen beinahe nach hinten weggezogen wurden. Mit einem Wusch-zzz schoss der Ball in hoher Geschwindigkeit über den Rasen und die daran anschließende Sandfläche hinweg. Wanzeried spürte, wie ihn dieser Wurf mitriss, ja er flog regelrecht mit dem Ball dahin. Gewann an Höhe und Tempo. Weiter und weiter. Und schließlich durchquerte er eine Halle, um an deren Ende plötzlich wie vom Ball herab auf die eigenen Füße zu purzeln. Er erhob sich und klopfte den Staub von seinen Jeanshosen.

***

Da stand er mit dem kleinen schwarzen Rollkoffer in der seelenlosen Abfertigungshalle des O'Hare-Flughafens. Eine kleine, mollige Südamerikanerin, so schien es Charles Wanzeried jedenfalls, forderte ihn in gestrengem Ton und geradezu unverständlichem Englisch auf, sofort umzukehren. Ihre rundliche Hand wies ihm den durch Absperrbänder vorgegebenen labyrinthischen Weg zurück. Wanzeried versuchte es noch einmal mit einem andern Schalter, aber dort erging es seinem Anliegen nicht viel besser. Eine Asiatin deutete vorwurfsvoll an, er könne hier nur mit einer korrekt ausgefüllten Deklarationsliste weitergelangen. Als Wanzeried wieder an seinen Ausgangspunkt in der Halle zurückkehrte, lag kein einziges dieser Formulare irgendwo auf. Er fragte sich, wieso er ein solches Formblatt nicht bereits im Flugzeug erhalten hatte. Wer US-Papiere besaß, war schon längst nach ein paar in den Computerterminals eingegebenen Daten und Stichworten auf und davon zur Gepäckausgabe oder direkt zum Ausgangsbereich. Trostlos alleine und ohne Liste stand Wanzeried zwischen all den altertümlich wirkenden, blauen Datengeräten. Und so ging er von neuem einen anderen Irrweg Richtung Einreiseschalter. Aber auch hier erwachte ein in seiner gelben Signalweste leuchtendes Südamerikanermädchen aus seinen Tagträumereien und verwies ihn mit heftigen Gesten in die Richtung zurück, aus der er gerade gekommen war. Schließlich erbarmte sich eine dunkelhäutige Reinigungskraft, die in der Nähe den Boden aufnahm, indem sie ihm mit dem Besen das Absperrband hochzog, damit er gebückt unten durch zu einem der wenigen mit Beamten besetzten Schalter gelangte. Dort lagen tatsächlich die sehnlichst gesuchten Formulare in liebloser Unordnung auf einem schmalen Regalbrett. Aber das war keine Schreibfläche und so kehrte er ein weiteres Mal ans Ende der Halle zurück, zu einem Tisch neben den Computerterminals, vollgepackt mit vergilbten Prospekten verschiedener Fluggesellschaften. Er setzte sich hin. Einen Kugelschreiber hatte er zum Glück in seiner Manteltasche. Nein, er führte keine Fleischprodukte in die USA ein und auch sonst keine für den Zoll deklarationspflichtigen Waren. Den Namen seines Hotels wusste er auswendig, nicht aber die genaue Adresse und Telefonnummer. Dafür hatte er sein Abflugdatum im Gedächtnis behalten. Und jetzt nichts wie zurück an den Schalter geeilt.

Der Immigration-Officer im halbdurchsichtigen
Plastikhäuschen nahm mit seinen in blauen und viel
zu kleinen Abwaschhandschuhen steckenden Pran-
ken die eilig erstellte Deklaration durch das enge
Schiebefenster entgegen. Und indem er mit seinem
Drehstuhl eine abrupte Kehrtwende machte, warf er
sie auf einen am Boden befindlichen Stoß Papiere im
hinteren Teil des Kabäuschens. Dann drehte er sich
mit seinem Stuhl wieder zur Durchreiche um.
Passport, please. Das war ja letztlich entscheidend.
Im Mund des Officer bewegte sich der Kaugummi auf
und ab. Genauso machte es auch Wanzerieds Zahn-
arzt, um dem schlechten Mundgeruch seiner Patien-
ten vorzubeugen. Gelangweilt blätterte der Beamte
im roten Pass. Es war nicht viel los damit, das wusste Wanzeried. In den letzten Jahren hatte er selten
weite Ausflüge unternommen. Erst nach seiner kürzlich erfolgten Entlassung dachte er überhaupt wieder
an Fahrten ins Ausland.

Sie bleiben eine Woche in der Stadt Chicago?

Ja, natürlich.

Vielleicht war das nicht ganz korrekt. Schließlich
hatte er sich einen Mietwagen bestellt, um auch ein
wenig dem Lake Michigan Richtung Milwaukee ent-
langfahren zu können. Er musste ja diesem Überwa-
chungsfimmel einer bis zur Hysterie terrorisierten
Nation nicht gleich alles bekennen.

Was ist der Zweck Ihres Aufenthalts?

Ferien. Also die Stadt zu besichtigen.

Wanzeried hustete leicht.

Museen, Konzerte. Ausflüge. Nichts Spezielles.

Haben Sie Verwandte hier?

Keinen einzigen.

Er dachte in diesem Moment nicht einmal mehr an seine ausgewanderten Vorfahren.

Wieviel Bargeld führen Sie mit sich?

Dreihundert Dollar.

Waren Sie Mitglied oder sind Sie Unterstützer einer kriminellen Organisation?

Nicht dass ich wüsste.

Waren Sie schon einmal hier in Chicago?

Nein, das ist das erste Mal.

Dann empfehle ich Ihnen, gehen Sie unbedingt bei Fatty Daddy in der Prairie Avenue unten am Grant Park die gebratene Ente mit Chips versuchen, wirklich, tun Sie das.

Danke Ihnen.

Genießen Sie Ihren Aufenthalt, Sir.

***

Der dunkle Boden unter dem Barhocker schien noch immer zu beben. Charles Wanzeried trank einen großen Schluck aus dem offerierten Glas Schnaps, der ihm warm die Kehle hinunterfloss. Im hinteren Teil des Schankraums sprach der Barkeeper eindringlich mit der Gestalt im Dämmerlicht. Doch dann musste Wanzeried unweigerlich wieder auf das ihm gegenüber, höher angebrachte Fernsehfenster starren. Dort stand jetzt mitten auf dem Rasen ein Weißgekleideter mit Schlagstock, als wolle er irgendjeman-

dem eins auf den Schädel geben. Es ging nicht lange,
da drehte der Schlagmann sich plötzlich ganz leicht
um die eigene Achse und hieb eine eben an ihm vor-
beifliegende Kugel rückwärts elegant weg. Sie sauste
mit doppelter Antriebsgeschwindigkeit wieder an ihren Ausgangspunkt zurück und Wanzeried hatte
noch einmal das starke Gefühl, er flöge quasi auf ihr
mit. Nur fürchtete er, dass er irgendwo mit voller
Wucht gegen eine dieser bunten Pressholzplatten
prallen könnte, die hier offensichtlich als Gartenzäu-
ne dienten. Etwas stieß ihm sauer auf. Etwa der
Schnaps?

***

Und schon stand er wieder im O'Hare nahe den Ge-
päckbändern in einer unwirtlichen Ankunftshalle
aus den 1970er-Jahren. Er musste lange in der Menschenschlange vor seiner Autovermietungsfirma warten. Es gab da vor ihm irgendwelche Probleme. Mit
einem Mal wies ihn ein untersetzter Mann mit weit
abstehenden Ohren und in viel zu großer Kleidung
an einen Ersatzschalter, wo in ungeheurer Nervosität
die nötigen Dokumente für den Mietwagen zusam-
mengestellt und mit Schweißperlen auf der Stirn
überreicht wurden: Wir haben da übrigens ein Upgrade für Ihren Wagen gemacht.

Oh, danke schön.

Heutzutage konnte letztlich jede per Internet aus-
geführte Bestellung und Buchung in einem sogenannten Upgrade enden, wusste Charles Wanzeried.
Niemand hatte da eigentlich etwas dagegen: Man bestellte eine Rösti und bekam dazu noch ein T-Bone-
Steak mit einem exklusiven Glas Malbec. Außer Pu-
risten natürlich.

Als Wanzeried nach den üblichen technischen Instruktionen und der Aushändigung des Zündschlüssels mit vielen guten Reisewünschen in seinem zur
Limousine upgegradeten Auto saß, musste er fast
lachen über so viel unerwarteten, elektronisch leuchtenden Komfort, den er da im Innern vorfand, für
einen einzelnen harmlosen Touristen wie ihn.

Aus dem bedrückend niedrig hängenden Himmel
fiel ununterbrochen schwarzer Regen. Die Scheibenwischer hatten automatisch gestartet und der kleine
Monitor zeigte ihm den Weg über den Kennedy Expressway Richtung Innenstadt an. Er wollte ja in den
Loop. Jetzt musste er quasi nur noch den Aufforderungen dieses Bordcomputers mit seinem gesunden
Menschenverstand und dem Steuerrad folgen wollen.
Auf dem vierspurigen Expressway beunruhigte ihn
zunächst das schnelle Tempo der Autos. Oder lag das
nur daran, dass er jetzt älter war? Er beobachtete
eine Mischung aus Rücksichtslosigkeit und Rücksichtnahme der Fahrer, wie sie mit ihren Wagen
ständig und meist ganz unerwartet ihre Spur wechselten, nach Mustern, die ihm nichts sagten. Man
drängte und wurde gedrängt. Aber alles schien ideal
geschaltet, gesteuert, beschleunigt und abgebremst,
dass dabei kein Auffahrunfall passierte. Wanzeried
verlor allmählich alle Scheu und bekam sogar Freude
am Aufleuchten und Verlöschen der Rücklichter. Die
heruntergekommene Umgebung bemerkte er dabei
gar nicht weiter, durch die er gerade fuhr: die stillgelegten Fabriken, uralte Schienenanschlüsse, vor sich
hin rostende Gastanks, ausgesonderter Schrott und
unglaublich viel Sperrmüll. Es wurde schon dunkel,
aber das gewaltige Verkehrsaufkommen auf den Ge

genspuren aus der Stadt heraus hatte wohl noch
nicht begonnen.

Als er so je länger je mehr gelassen dahinfuhr,
wechselte von links ein heller Ford Transporter vor
ihm auf seine Spur, begann das Tempo zu drosseln
und ließ die beiden Seitenlichter blinken. Wanzeried
glaubte den Schriftzug seines Autoverleihs wiederzuerkennen und dachte, dass da wohl ein Fehler beim
Upgrading unterlaufen sein musste. Es schien ihm
irgendwie sehr plausibel. Jedenfalls folgte er dem
blinkenden Wagen auf die äußerste Spur und bog
dann mit diesem zusammen rechts vom Expressway
ab. In der Tat ging es nicht lange, da hielt der Lieferwagen auf einem großflächigen, gänzlich leeren
Parkplatz und Wanzeried gleich dahinter. Ein junger
dunkelhäutiger Mann, wie ein Tankwart gekleidet,
mit einem deppert wirkenden Hip Hop Chäppli – so
hätten Wanzerieds Töchter wohl die Mütze bezeich-
net –, trat an seine Wagentür und klopfte.

Sir! Sir!

Wanzeried ließ die nasse Scheibe herunter.

Good evening, Sir. Es tut mir sehr leid, ein Mitar-
beiter unserer Firma hat sich bei der Autoübergabe
geirrt. Jetzt haben wir ein großes Problem. Darf ich
Sie bitten, mir rasch in meinen Wagen zu folgen, Sir.

Die erfrischende Höflichkeit des Angestellten erstaunte Wanzeried ebenso wie seine überdeutliche
Aussprache des Englischen, das fast nach Schul-
grammatik klang. Ohne sich zu besinnen, ließ er das
Fenster wieder hochfahren. Er zog den blauen Regenmantel über, stieg aus, nahm seinen Trolley aus
dem Kofferraum und lief leicht geduckt im Regen

rechts nach vorn, um im weißen Firmenwagen Platz
zu nehmen.

Unser Angestellter, Mister Kook, hat Ihnen leider
das falsche Auto mitgegeben, Sir. Das bedauern wir
zutiefst. Ihr Wagen ist für die Manager einer New
Yorker Anlagebank bestimmt, die wir in einer Stunde
am O'Hare erwarten. Sie werden mit der Stadtverwal-
tung über einen großen neuen Investitionsfond ver-
handeln.

Damit war das nichts mit dem Upgrading?

Doch doch, das ist alles nach wie vor so in Ordnung. Aber das Dumme ist, dass die Herrschaften
immer genau diese schwarze Limousine wollen. Als
Ersatz werden Sie das gleiche Modell wieder bekommen, nur einfach in Silber. Ich bin angewiesen worden, Ihren Wagen so rasch wie möglich zurückzufahren und Ihnen dafür den richtigen zu bringen. Ich
hoffe, Sie können hier solange warten. Das dauert
höchstens eine Viertelstunde.

Wanzeried verspürte eine große Müdigkeit und
nickte bloß.

Dann müssen Sie mir bitte noch hier unterschrei-
ben, dass ich das Fahrzeug von Ihnen korrekt erhalten habe … gut … So, das ist für Sie … Es tut mir
wirklich alles sehr sehr leid. Ich entschuldige mich
im Namen der Firma für all die Unannehmlichkeiten,
die wir Ihnen hier bereiten. Das ist uns noch nie passiert, Sir, glauben Sie mir.

Schon gut, schon gut.

Wanzeried wollte und wollte das you're welcome
nicht über die Lippen in diesem Zusammenhang.

Ich werde in der Zwischenzeit wohl eine rauchen, ich hatte einen halben Tag lang wegen des Fluges keine einzige Zigarette.

Oh, Sie dürfen ungeniert hier drinnen rauchen. Fühlen sie sich wie in ihrem eigenen Wagen. Oder hätten Sie sogar Lust auf einen Joint?

Wanzeried wusste zuerst nicht, ob er sich verhört hatte und fragte nach. Aber er hatte schon richtig verstanden. Und dann schien sich mit einem Mal der Übermut, der ihn auf dem Expressway mit seiner Limousine derart schnell hatte fahren lassen, auch auf sein sonstiges Verhalten zu übertragen und er sagte in einer ungewohnten Lautstärke zu diesem Joint Venture: Yessss!

Wie lange hatte er kein Cannabis mehr geraucht. Und vergnügt sah er zu, wie ihm da eine riesige Haschischzigarette gebaut wurde, ohne dass der Angestellte sie auch nur mit seiner Zunge berührt – Würden Sie hier bitte selber ablecken, Sir! –, oder sie gar als erster angeraucht hätte.

Now it's your turn. Enjoy it, Sir.

Und als der manierliche Zigarettendreher in der Dunkelheit verschwunden war, fühlte sich Wanzeried mit einem Mal wieder so jung wie damals unmittelbar nach Schulabschluss, als er mit einem ehemaligen Klassenkameraden in New York, ihr Autokauf war getätigt, vom strahlenden Händler ebenfalls einen Joint offeriert bekam. Danach hatten sie sich an die Durchquerung weiterer Cannabis-Staaten gemacht. Jetzt nahm er all das als ein gutes Zeichen. Zündete an, sog, hustete, inhalierte wieder. Dann noch einmal kräftiger. Oh, das war aber sehr starke

und gute Ware. Ja, damit war ein schönes Zeichen
gesetzt. Nun war er wirklich angekommen in diesem
American Way of Life, wo man nie wusste, was einem
als nächstes Abenteuerliches widerfahren würde.
Alles war möglich. Auch mitten im Regen auf einem
Parkplatz in den trostlosesten Suburbs Chicagos zu
sitzen und im Dunkeln zu kiffen. Das Bewusstsein zu
durchlüften und zu warten, dass noch ein besserer
Wagen daher gefahren käme. It's just great!

Waren sie an diesem Tag eigentlich weit gekommen, als sie mit ihrem neuen Ford von New York aus
losfuhren?, überlegte er. Aber er erinnerte sich nicht
mehr allzu genau. Cannabis war auf jeden Fall noch
illegal. Sie mussten es immer heimlich rauchen.
Doch eines wusste er mit Sicherheit, es war letztlich
ein vollkommenes Miststück von Auto gewesen. Sie
hatten es fast jeden zweiten Tag irgendwo reparieren
lassen müssen. In Austin hatten sie den Wagen dann
sogar in einer Garage stehenlassen. Das hatte sich
wirklich nicht gelohnt, diesen Rosthaufen zu kaufen.
Der Greyhound-Bus wäre nicht teurer gewesen. Aber
an den Joint dachte er gerne zurück. Er spürte die
Stoffhülle seines Rollkoffers angenehm zwischen den
Beinen. Alles war mit einem Mal so leicht. Er wurde
richtig übermütig. Schob die von der Reise schweren
Beine mit den vorne spitz zulaufenden Schuhen aufs
Armaturenbrett. Das war Amerika, die Füße möglichst hoch gelagert. Den Rhythmus der Musik aus
dem Radio trommelte er mit den Fingerknöcheln auf
die Fensterscheibe. Ja, er musste alles berühren und
anfassen in diesem Fahrzeug, alles törnte ihn an,
und so zog er sogar am Griff des Handschuhfachs.
Es war, als besitze er jetzt einen eigenen, höchst persönlichen Lieferwagen. Er würde sich noch um ein

Geschäft in Chicago bemühen müssen: Cannabis-Guetzli-Catering.

***

Wanzeried glaubte so etwas wie starke Zugluft im Rücken zu spüren. Er blickte hinter sich und sah im bläulichen Raum ein rotes Licht an der Wand blinken. Vielleicht ein Spielautomat? Und wie hieß es doch bei Meister Dante so schön: Solch ein Blinken drohe das eigene Fühlen zu überwältigen. Wanzeried wandte sich rasch ab und dem hohen Fernsehfenster vor ihm zu, um weiter die knallgrüne Wiese vor Augen zu haben. Wie lange nur? Mit einem Mal konnte er die Schweißperlen auf der Stirn des Wagenvermieters sehen – Gook oder so hieß er doch? –, der nun hinter dem Mann mit dem Schlagstock aufgetaucht war. Doch dann wurde all das von einer riesigen Hand verdeckt. Nein, es war ein großer Lederhandschuh. Und darin war mit einem Mal, wie hineingesogen, ein Autoschlüssel, leuchtend wie … wie … wie eine weiße Kugel. Wanzeried wurde unruhig und leerte sein Schnapsglas. Er sah noch einmal genauer hin und bemerkte, dass der Weißgekleidete seinen Schlagstock jetzt weggeworfen hatte und wohl vor übermächtiger Angst am Gartenzaun hinter der Wiese entlang davonhastete. Und es packte auch ihn regelrecht die Panik wieder, wie heute im Lieferwagen, als er das Handschuhfach geöffnet hatte: Da lag vor ihm ein Taschenrevolver mit einem sich im Dunkeln heller abzeichnenden Griff, viel kleiner als die schwere Pistole, mit der er noch in der Sanität ausgebildet worden war. Er hatte ihn vorsichtig herausgenommen und dann, seinen Finger am Abzug, wie einen Colt rotieren lassen. Das war filmreifer Western Stuntman. Mit dem Fuß hatte er die Tür aufgesto-

ßen, ins Dunkle gezielt, bis es ihm mit einem Mal
den Arm hochriss, dass der Lauf der Pistole heftig
gegen den oberen Türrahmen stieß. Draußen rollte
noch schwerer Donner nach. Der Revolver war gela-
den und ungesichert gewesen. Er schrie auf. Mit zitt-
rigen Beinen sprang er hinaus auf den schwarzen
Asphalt. In verregnete Dunkelheit gehüllt stieß er
noch einmal einen Schrei aus. Ohne länger zu zögern
riss er seinen Koffer mit der Linken am Griff aus dem
Wagen und lief mitten in den niederprasselnden Regen hinein, die Pistole weit von sich weg haltend. Er
rannte, wie seit seiner Kindheit nie mehr. Quer über
den leeren Parkplatz, sein Bauch wabbelte nur so.
Dann musste er ein niedriges Gebüsch durchqueren,
die Äste knackten hart. Dabei fiel ihm der Revolver
aus der Hand und verschwand im Dunkel des Wur-
zelgrunds. Vielleicht war das ganz gut so. Er eilte
weiter und gelangte auf eine unbeleuchtete Straße,
die an leerstehenden Lagerhallen ohne Fenster vorbeiführte. Sie sahen wie geplünderte Blockhäuser
aus, die anschließend ausgebrannt waren. Er rannte
und rannte. Schließlich stieß er auf eine breite
Schnellstraße. Aber auch sie war ohne Beleuchtung.
Vorbei an einer Tankstelle, die nicht mehr in Betrieb
war. Dann kam ein Wäldchen. Er glaubte sich zwischen feindlichen Stämmen, sah Menschen in
Kriegsbemalung unter den Bäumen, die sich zu seiner Verfolgung anschickten. Einer der Männer, mit
einem schwarzen Helm, hob drohend die Faust. Und
jede Menge Schlagstöcke, Äxte und Kriegsbeile blitz-
ten hinter ihm auf, als gelte es an einem Outcast ein
Exempel zu statuieren, wie zur legendären Zeit der
ersten Einwanderer, der Pilgrim Fathers. Dass er
überhaupt noch rennen konnte mit seinem Gewicht,
wunderte sich Wanzeried. Selbst seine zwei gut kon-

ditionierten Töchter hätten gestaunt. Und irgendwann sah er weiter vorn das kleine Barschild an der
Straße wie eine letzte große Hoffnung leuchten. Der
Regen, die Geister, sie tanzten alle um ihn. Er keuch-
te, sein Herz hämmerte, er fühlte sich am Ende.

***

Mister, that's Sam, your help. Es hat mich viel Über-
redung gekostet, ihn von seinem Sudokuzeugs da
wegzulocken, das können Sie mir glauben.

Holy Fuck, das kannste wohl sagen, Sonofabitch,
sagte der Mann mit heiserer Stimme, der jetzt aus
dem Dunkeln getreten war. Er hatte ein hageres Gesicht, auf dem ein unwirscher Zug lag, verstärkt
durch zwei kleine Höcker über den leuchtenden Ha-
bichtsaugen. Sein Bart bestand aus länglichen, wie
mit Zeichenkohle im Gesicht aufgetragenen Stoppeln,
so dass der Mund nur noch als ein winziges Knopf-
loch aufschien. Seine Augen lagen im Schatten einer
Baseballmütze, unter der hinten ein fettig brauner
Haarknoten herausragte. Ein dickes, kariertes Fla-
nellhemd leuchtete unter der grauen, leicht gefütterten Regenjacke mit seinem Rot und Schwarz der
Holzfäller hervor, über schwarzen Lederhosen und
Stiefeln.

Hi, grüßte Wanzeried. I'm Charles.

Charles, Sam wird Sie gut nach Hause bringen,
wenn Sie ihm zeigen, where your car is.

Thanks, sagte Charles und zog die Brieftasche heraus. Aber der Barkeeper hob abwehrend seine beiden
Hände.

It's allright. It's allright. Take care of you.

36

Und so traten die beiden vor die Tür der kleinen düsteren Kneipe an den Regen hinaus, der alles herunterwusch, was Chicago an Schmutz und Dreck zu besitzen schien. Charles ging mit seinem Rollkoffer an der Hand ein paar Schritte voraus, Sam folgte ihm ebenso schweigsam durch die Dunkelheit. Es kam Charles wie in früher Jugend vor, wenn er mit einem Freund vom Fußballfeld nach einer Niederlage zurück nach Hause trottete, mit verdreckten Turnschuhen und aufgeratschten Knien. Schweigend schlichen sie dahin und keiner von beiden wusste so recht, ob man nach einem solchen Mistspiel aufeinander wütend war oder einfach nur unendlich froh, nicht alleine mit hängendem Kopf nach Hause zu müssen. Auf jeden Fall machte dieses feindlich wirkende, aber vertraute Schweigen Charles wieder gefasster. Je mehr er seine Angst bändigte, desto klarer wurde ihm auch wieder die Richtung, die er auf seiner Lieferwagensuche einschlagen musste. Erst jetzt sah er, durch was für eine elende Vorortwildnis er da gelaufen war. Es schien alles derart schwarz verschattet, als ginge Chicago hier, oder zumindest alte verlassene Teile davon, in eine Stadt der hoffnungslosen Verlorenheit über. Keine werbende Beschriftung an den Gebäuden stimmte mehr. Die Windböen peitschten unbarmherzig den Regen auf Charles und Sam, während die beiden sich zwischen unbewohnten Gebäuden und zwergwüchsigen Büschen fortbewegten. Die rostigen Verkehrsschilder klapperten im Takt dazu.

Als Charles endlich den im Dunkeln einsam daliegenden Parkplatz gefunden hatte, lief im Lieferwagen noch immer das Autoradio. Ja, Charles hatte die Tür ebenso wenig verriegelt, wie er auch den Zündschlüssel hatte stecken lassen. Von einer silbrigen Limousine fehlte jede Spur. Das war jetzt sozusagen ein Downgrading geworden. Sam umrundete den Wagen, trat mehrmals gegen die hintere Tür, blickte durch eines der beiden Fenster in den Laderaum, ging dann auf die Fahrerseite, stieg ein und prüfte das Armaturenbrett.

Hast du hier geraucht oder war das dein netter Freund?

Charles versuchte zu erklären, während er seine Brille trockenrieb, wie alles passiert war. Nur geriet er damit an den Falschen.

Charly, you fucking Vermin. Jetzt hör mir Mal zu, ja. Ihr fucking Europäer halst uns mit eurer unwissenden Stupidität solchen verdammten Scheißdreck auf.

Es war jetzt wohl nicht der richtige Zeitpunkt für eine Staatskundelektion, begriff Charles sofort, um den Unterschied von Europäern und Schweizern zu erläutern.

Ihr verdammten Hurensöhne habt überhaupt nicht die blasseste Ahnung, wie die Welt hier wirklich läuft. Aber immer 'ne Riesenklappe, ja das habt ihr. Und nachher müssen wir den ganzen Scheißdreck ausbaden für euch, ihr dreckigen Bastards, ihr. Klar, ich werde das alles jetzt lösen, klar, you stupid Fuck. Das ganze verdammte Zeug mit Polizei, Wagenpapieren und allem, was eben dazu gehört. Aber auf meine Weise, das sag ich Dir Du. Alles heute und morgen, verdammt noch Mal. Ich fahre Dich zu einer Mutter eines guten Freundes nach Logan Square. Da kannst Du Dich in aller Ruhe in ihrer Pension erholen. Ist

viel besser und billiger als irgendeine touristische
Abrissbude da im Loop, wo Du Dich wahrscheinlich
einquartieren wolltest. Und ein letztes: Ich werde Dir
einmal bei Gelegenheit ausführlich erklären müssen,
was wir unter Carjacking verstehen. Du kannst von
Glück reden, dass Du nicht mit 'ner Kugel zwischen
den Augen aus Deinem fucking Rausch erwacht bist,
Du riesiges Hirnarschloch.

Und dann drehte Sam den Zündschlüssel, stellte
die Schweinwerfer und Scheibenwischer ein und fuhr
in zügigem Tempo zurück auf den Expressway.
Charles sagte nichts mehr. Ihm schienen in diesem
abendlichen Verkehr alle Lichter der Stadt gleichzeitig wie wild zu tanzen. Aber er hatte dennoch ein
ganz unerwartet tiefes Vertrauen zu dem schweigsam
dahinfahrenden Sam, er konnte es sich selber nicht
recht erklären. Und da fielen ihm schon vor Müdigkeit die Augen zu und er hörte eine Zeitlang im Rau-
schen des Motors und der Scheibenwischer einen
ihm bekannt vorkommenden Radiogesang. War das
etwa der schwindelerregende, danteske Sound der
Verse von Robert Pirsky? Aber all das hatte immer
mehr Mühe noch wirklich in seinen unaufmerksa-
men Gehörsinn zu dringen: The land of tears – a
wind oh blowing – oh the rain – a light oh – feels like
a man whom sleep has seized …

III

Whaaaazzup?, durchfuhr es Charles Wanzeried wie ein amerikanischer Blitz. Er musste zwischen drei Kissen auf einem Queens Size Bett tief und doch auch unruhig geschlafen haben, denn unmittelbar beim Erwachen war ihm, es habe ihn soeben ein höllischer Donner dantesker Art an der Schulter gerührt. Ohne sich auch nur lange zu besinnen, richtete er sich auf, um ganz erschrocken in diesem ihm unbekannten Raum herumzuspähen. Als erstes sah er eine neben dem Bett sitzende, hochgewachsene und korpulente Frau, weit über sechzig, mit hochaufgetürmten, schwarz gefärbten Haaren, in deren flachem, fast runzellosem Gesicht zwei durch dunkle Tusche betonte braune Augen oberhalb einer breiten Nase herunterstrahlten, die vorne eine Art Knubbel aufwies. Kaum trafen sich ihre Blicke, so verzog sie auch schon den Mund zu einem Lächeln, das zwei Goldplomben zu beiden Seiten zierten.

Dann sahen Wanzerieds Augen weiter hinunter auf das Oberteil seines hellgelben Schlafanzugs, das unter einer kardinalroten Bettdecke hervorstach. Dem Fußende des Bettes gegenüber stand ein massiver Kleiderschrank, solide Eiche wahrscheinlich, und links davon befand sich ein hohes Fenster mit einem braunen, nur halb zur Seite gezogenen Vorhang, den das Morgenlicht von draußen rötlich leuchten ließ. Rechts gegenüber stand die Tür offen und an der Wand prangte eine gerahmte Schlittenfahrt über einem hellbraunen Sideboard, woneben die ihm unbekannte wie korpulente Frau auf ihrem Stuhl thronte.

Das ist sehrrr gut, dass Sie doch auch erwacht sind, Herr Vanceride. Dann bringe ich Ihnen nämlich Kaffee mit Frühstück ans Bett.

Charles Wanzerieds Augen blickten höchst erstaunt und weiteten sich dann immer mehr Richtung Entsetzen.

Frau ...

Procházka!

Frau Prochatzka.

Procházka!

Frau ... nur das nicht. Ich kann unmöglich im Bett essen, das geht nicht. Ich muss sitzen, sonst kommt mir das ganze Frühstück ... in den falschen Hals.

Nur keine Sorge, sagte Frau Procházka und ließ ihre Goldzähne fröhlich schimmern. Dann bringe ich Ihnen Frühstück im Wohnzimmer.

Sie stemmte ihr Gewicht vom Stuhl und rauschte imposant wie eilig hinaus, so dass unter ihrem dunkelblau schwankenden Rocksaum zwei kurze dicke Waden sichtbar wurden. Charles Wanzeried in seinem gelben Schlafanzug wirkte, wenn man ihn auf seinen Ellenbogen sah, fast ein wenig bedrückt. Oder besser, es begehrte eine einzige Frage in ihm brennend nach Antwort. Wie nur hatte dieser hagere Sam ihn gestern Abend in dieses Zimmer gebracht, ausgezogen und im Pyjama unter die Bettdecke gesteckt?

Charles Wanzeried zog mit vor Verlegenheit leicht gerötetem Kopf die Decke weg, um sich aus dem Bett zu hieven. Doch das war alles andere als sportlich, derart schmerzten ihn sämtliche Glieder und Gelenke. Und da er keinen Schlafrock dabei hatte, aber seinen Rollkoffer leicht aufgedunsen nahe beim Bett stehen sah, begann er sich umzukleiden, so schwerfällig er sich auch vorkam.

Dann ging er leicht schwankend, die Beine fühlten sich bleischwer an, zur Tür hinaus, kam auf einen kleinen Flur, an dessen rechtem Ende aufgrund des Kaffeegeruchs wohl das Wohnzimmer lag. Links schien eine Küche zu sein, die Frau Procházka klapperte da zumindest heftig mit Geschirr und Besteck, und gleich gegenüber erspähte er ein kleines Badezimmer, in dem er sich ein wenig mit dem Rasierer zurechtmachte, bevor er das Wohnzimmer betrat. Es war ein mittelgroßer Raum mit schweren dunklen Teppichen und künstlerisch nicht allzu wertvollen Landschaftsbildern, dessen drei hohe Fenster viel Licht von der Straße einließen. In der Mitte stand ein großer runder Tisch, an dem ihn Frau Procházka bereits sitzend erwartete. Und während er sich ihr gegenüber hinsetzte, deutete sie schon auf all die verschiedenen selbstgefertigten Konfitüren, die delikaten Käse- und Wurstsorten, die eingemachten Mixed Pickles nicht zu vergessen, das eigens gebackene Brot und das süße Gebäck und erklärte ausführlich ihre Herstellung und Herkunft. Charles Wanzerieds Teller füllte sich wie von selber, denn er war ein guter Esser. Und Frau Procházka, die selber nichts von all dem Köstlichen anrührte, zeigte sich darüber sehr erfreut. Es machte sie offensichtlich regelrecht glücklich, ihn stumm zuzulangen und mit immer vergnügterem Gesichtsausdruck essen zu sehen, so dass sie ihrem Sprechen parallel dazu freien Lauf lassen konnte. Und als er dann noch das Birnenkompott mit dem Zitronenaroma in höchsten Tö-

nen rühmte, das er sich auf eine Viertelscheibe
schwarzen Pumpernickelbrotes gestrichen hatte, da
sagte Frau Procházka, dass sie zum ersten Mal einen
Schweizer richtig Englisch sprechen höre. Einmal
nur, erzählte sie weiter, hatte ich einen Schweizer
hier bei mir, der kein Wort sprach, einen ganz dunkelhäutigen, fast schwarz wie ein Zigeuner. Mir wurde richtig bange vor ihm.

Ja, wir Schweizer sind eine eigenartige Mischung.
Waren Sie denn je in der Schweiz?

Nein, nur in Bayern einmal mit meinem Vater, als
er den Hof besuchen wollte, wo er als Zwangsarbeiter
im Krieg gearbeitet hatte.

Oh, das klingt nach einer unguten Geschichte.

Ja sehrrr. Aber mein Vater hatte sich dort offensichtlich besser mit den Bauern verstanden, als man
denken könnte. Er hatte wohl auch besseres Essen
als seine Eltern und Geschwister in Opava während
des Krieges.

Ah ja, Opava. Ich war einmal ganz in der Nähe, in
Ostrava.

Herr Vanceride, was um Himmelswillen haben Sie
denn nur in Ostrava gemacht?

Ferien.

Aber dort macht man doch keine Ferien, in dieser
grauenhaften Kohle- und Bergwerkstadt. Das war ja
eine Strafkolonie unter den Kommunisten. So gräss-
lich sahen noch im Chicago der 1960er-Jahre die
alten Raffinerien und übriggebliebenen Stahlwerke
von Hammond und Gary aus.

Wie Sie sehen, mache ich gerne Ferien in unge-
wöhnlich schrecklichen Destinationen. Auch in Chicago, wie ich gestern erlebte...

Das ist ganz schlimm, was Ihnen da passiert ist,
Herr Vanceride, absolut schrecklich, diese anstei-
gende Kriminalität heutzutage. Sam hat mir alles
haargenau erzählt.

Frau ...

Procházka!

Frau Prochatzka.

Procházka!

Sie müssen einfach entschuldigen, dass ich ein so
schlechtes Ohr für die slawische Aussprache und
Betonung habe. Ich höre es nie richtig und spreche
es dann konsequent falsch aus. Schade, dass ich
nicht Russisch statt Englisch in der Schule lernte,
dann würde mir jetzt sicher das Aussprechen ihres
Namens leichter fallen.

Ja, aber doch nicht gleich das Schwierigste zuerst.
Sie sind in Amerika.

Nun, Tschechisch ist doch auch nicht sehr viel
leichter.

Frau Procházka berührte Wanzerieds Handrücken
sanft mit dem Zeigefinger.

Ich rate Ihnen, nehmen Sie von diesem süßen
tschechischen Gebäck. Mohnkolatschen sind sehrrr
bekömmlich zu Kaffee. Sind Sie denn das erste Mal
in den Vereinigten Staaten?

Oh nein, gar nicht. Es war wohl mehr meine Müdigkeit und Bibliothekarszerstreutheit, dass ich gestern meine Limousine einbüßte. Ich war schon als Austauschschüler in den USA. Mit ungefähr sechzehn Jahren kam ich zu einer Sektiererfamilie im Mittleren Westen. Wenn Sie mich fragen, es war, wie wenn ich die letzten Überbleibsel der Prohibitionszeit kennengelernt hätte, wenn der Familienvater mit seinen Söhnen und mir in den nächsten Bundesstaat für ein Glas Bier fahren musste, natürlich immer rauchend am Steuer. Hunderte von Kilometern für ein Glas Bier, stellen Sie sich vor. Und diese prüde Prom-Ball-Tanzerei an der Schule in Kleidung und Krawatte.

Oh ja, die Amerikaner können schreckliche Puritaner sein.

Dann bin ich als Student anfangs der 1970er-Jahre noch ein paarmal quer durch Amerika gereist. Das war jedes Mal irgendwie vollkommen crazy. Meine Eltern müssen Zustände gehabt haben, schließlich waren die Zeitungen voll von Charles Manson und seinen kaltblütig mordenden Sektenanhängern. Das Land galt als nicht ganz ungefährlich für junge Leute, ab und zu verschwanden Au-pairs irgendwo beim Trampen oder waren infolge heimlich verabreichter Psychedelika derart psychotisch geworden, dass ihnen bei der Rückkehr eine verfrühte Invalidenrente blühte.

Amerika, Herr Vanceride, glauben Sie es mir, ist eben ein unheimlich junges Land. Und Sie wissen selber, wie grausam und unschuldig zugleich Junge sein können.

Ja, ich muss gestehen, für mich war das dann eigentlich auch genug Amerika. Man hat ja noch die Bücher, die Musik und das Kino – das Fernsehen meinte er hier durchaus mit –, die halten einen ständig auf dem Laufenden. Ich glaube, ich wurde dann einer von diesen gepflegten Anti-Amerikanern mit der linken Philosophie: Das Land und die Leute sind schwer in Ordnung, aber der wirtschaftlich-militärische Komplex und seine politische Verwaltung sind für das komplizierte Land wie die gesamte Welt ein einziges Desaster. Ich glaube, ich wäre nie mehr in die USA gereist, spätestens nach diesen Anti-Raucher-Exzessen nicht. Aber meine heranwachsenden Töchter drängten dann plötzlich wieder auf eine Amerikafahrt. Kein Karl May oder John Wayne, keine Greta Garbo oder Marilyn Monroe hätte sie je über den Atlantik gelockt, nein, aber jetzt wollten sie unbedingt die glänzenden Originalschauplätze von Fernsehserien wie Sex in the City oder Desperate Housewives sehen. Eigenartig.

Dann sollten Sie ja mit Ihnen unbedingt nach Chicago kommen. Es spielen derart viele Fernsehserien hier.

Ach, die letzte Reise habe ich schon in sehr unguter Erinnerung behalten. Wir haben uns irgendwann alle nur noch auf die Nerven gegeben. Das war wohl auch der Anfang vom Ende meiner Ehe. Das Leben springt manchmal mit als langweilig geltenden Bibliothekaren merkwürdig um.

Aber Herr Vanceride, das Leben ist, wie es ist.

Und sie ließ dieses Leben im Englischen erklingen wie ein schweizerisches Läbä.

Ich sehe, Ihr Teller und Ihre Tasse sind geleert. Dann lassen Sie uns doch noch ganz gemütlich rauchen im Salon, den mein leider viel zu früh verstorbener Mann angebaut hat. Anschließend können Sie sich auf einen schönen Rundgang durch die Stadt machen.

Frau Prochatzka.

Procházka!

Ich lasse mich noch so gerne von Ihnen dorthin führen.

Und so zeigte ihm Frau Procházka in der Küche eine kleine hölzerne Tür, von außen hätte man an eine Vorratskammer denken können. Dahinter lag ein leicht modrig riechendes, abgeschrägtes und mit Holz verschaltes Kämmerlein, in dem zwei Gartenstühle mit Wolldecken und einem elektrischen Ofen vor einem kleinen rechteckigen Fenster standen. Charles Wanzeried kramte seine Zigaretten aus der Jackentasche hervor, gab Feuer und so rauchten sie nebeneinander und schauten dabei aus dem Fenster, wo man im Hintergrund zwischen all den niedrigen Häusern mit ihren flachen Dächern eine Eisenbahnbrücke sehen konnte, über die ab und zu der El-Zug der Blue Line fuhr.

Das ist sehr friedlich hier.

Wissen Sie, Herr Vanceride, als ich und mein Mann mit unserem gerade geborenen Sohn 1948 hierher kamen, da war Logan Square ein wunderbares Quartier oder nice Neighborhood, wie sie es hier nennen. Überall war man sehrrr willkommen. Man musste nicht einmal die Tür abschließen, so sicher war es. Mein Mann verdiente damals gut als Ingenieur und auch ich als Sekretärin. Bald einmal kauften wir dieses kleine dreigeschossige Haus. Eine Wohnung vermieteten wir von Anfang an. Ich wohne Ihnen gegenüber. Über uns wohnt eine japanische Familie, und im kleinen Dachzimmer hat mein Sohn David seine Schreibstube. Er ist ein sehrrr guter Schriftsteller, das sollten Sie als Bibliothekar wissen. Er hat so viele Erfolge, dass er jetzt den Winter in Florida verbringt. Ein Freund von ihm wohnt in der Zwischenzeit hier unterm Dach.

Oh, das ist aber sehr erfreulich.

Ja, das ist es. Ich bin sehrrr stolz auf David.

Gerade und gekringelt stieg der Zigarettenrauch vor ihren Gesichtern.

Meine Vorfahren, sagte Charles Wanzeried plötzlich in das Schweigen mit Frau Procházka hinein, als fürchtete er bei einer länger andauernden Stille, dieser Erzählung als Figur noch abhandenzukommen. Doch die beiden unvermittelt ausgesprochenen Worte erschreckten ihn derart, dass er noch einmal mit etwas festerer Stimme ansetzte: Meine Vorfahren, die vor rund 130 Jahren hierher kamen, kämpften die ganze Zeit über mit dem argen Heimweh. Meine Urgroßmutter, die in New Jersey bei einem gänzlich zerstrittenen Ehepaar arbeitete, das kein Wort mehr miteinander sprach – sie musste bei den Mahlzeiten alle Fragen und Antworten den beiden jeweils auf Zettelchen notiert von Tischende zu Tischende überbringen –, ist liebend gern wieder in die Schweiz zurückgekehrt, um dort als Kellnerin zu arbeiten. Auch einer ihrer Brüder kehrte zurück, weil er es vor Heimweh nicht mehr aushielt, und dem sie dann in der Schweiz den Übernamen Jackhand gaben, weil er ständig davon erzählte, dass er mit allen Amerikanern Shakehands gemacht habe. Und sein Bruder wiederum, der als Bahnarbeiter über Chicago nach Kalifornien gelangte und dort auch heiratete, weigerte sich sogar für das Begräbnis seiner Eltern in die Schweiz zu reisen. Er fürchtete allen Ernstes, er würde dann für immer in der alten Heimat bleiben, nie mehr nach Amerika zurück wollen. Solche Ängste sind mir als Nachfahre völlig unbekannt.

Und nach einer kurzen Pause fügte er die Frage an: Haben Sie hier in Chicago nie solch großes Heimweh nach Tschechien gehabt?

O doch, sehrrr, sagte Frau Procházka und drückte ihre schmale Zigarette im Aschenbecher aus, der am Boden zwischen ihnen stand. Sehrrr sogar. Ich bin, als mein Bruder starb – er war der letzte noch lebende Verwandte in Opava –, mit meinem Sohn nach Tschechien geflogen. Das war kurz nach dem Fall des Eisernen Vorhangs. Vielleicht bin ich sogar mit dem Gedanken hingereist, das väterliche Haus aufs Alter hin zu übernehmen. Aber als ich die heruntergekommenen Verhältnisse sah, diese überall vorherrschende Frechheit und Feindseligkeit, auch mir und meinem Sohn gegenüber, nur weil wir über eine amerikanische Staatsbürgerschaft verfügten, da habe ich mir gesagt, dass ich nie mehr dorthin reisen werde. Ich habe das Haus unter seinem Preis an irgend so einen Prager Spekulanten verkaufen müssen. Es war grauenhaft. Nein, ich sehe meine Wurzeln jetzt nur noch in Chicago, denn meine besten Freunde, die leben hier.

Charles Wanzeried drückte nun seinerseits die Zigarette aus.

Ich glaube, jetzt bin ich wirklich wunderbar gestärkt für einen kleinen Bummel durch die Riesenstadt. Ein bisschen an den Lake Michigan und ins Kunstmuseum.

Er verschwieg geflissentlich den Muskelkater, der ihn noch lange begleiten sollte, aber vielleicht hatte er ihn im Moment auch tatsächlich vergessen.

Frau Procházka musste das wohl mit großer Freude gehört haben. Wenn er hier den El Train nehme, so sei er in einer halben Stunde in der Innenstadt. Um ihren Ratschlag abschließend noch ganz zu vervollständigen, fügte sie rasch bei: Und noch eins, Herr Vanceride. Ich würde Ihnen auch sehrrr raten, sich Long Johns zu besorgen, denn es kann hier sehrrr kalt werden. Ich habe gesehen, dass Sie ja gar keine richtig warme Unterwäsche dabei haben.

Und sie gab sich alle nur erdenkliche Mühe, ihr Lachen zu verkneifen, weil sie den vollkommen verblüfften Gesichtsausdruck von Charles Wanzeried sah.

IV

Ich, dachte Charles Wanzeried, als er die North California Avenue mit einem kleinen Reiserucksack am Rücken hinunterschlenderte, ich kann es fast noch nicht glauben, dass ich hier einfach so durch Chicago spaziere. Dabei war doch Logan Square im Sonnenlicht eines verblühten Indian Summer, mit bereits kahlen Bäumen und müdem Gras, ein Vorort, den er eher irgendwo in England vermutet hätte, nicht aber in einer amerikanischen Großstadt mit ihrem legendären Ruf, eine gigantische Wolkenkratzerstadt zu sein. Wo waren diese Hochhäuser überhaupt? Er sah kleine, meist zweigeschossige, je nachdem unverputzte, grausteinige oder backsteinrote Häuschen mit normierten Vorgärtchen und handwerklich liebevoll gefertigten Details an ihren Fassaden, die zumindest das Wissen um alte Baustile heraufbeschworen. Aneinandergereiht kamen sie Charles Wanzeried vor wie einfache Bauten, die zur Staffage einer Spielzeugeisenbahn gehörten. Es schien ihm sogar, als hätte man sie wie Legosteine ebenso gut zu ganz anderen, größeren Gebäuden zusammensetzen können. Eines dieser Backsteinhäuschen musste er einfach mit seinem Handy fotografieren, um es seiner Frau Lisbeth – der schreckliche Ausdruck Ex-Frau störte ihn nach wie vor in seiner Gedankenwelt – und seinen beiden Töchtern zu schicken, bei denen es wohl schon Abend sein mochte: Liebe Grüße aus Chicago, C.

In der Nähe der Bahnstation, wo lieblose Gewerbebauten aufzutauchen begannen, wurde es merklich kühler. Als er schließlich oben auf dem hölzernen

Bahndamm in luftiger Höhe warten musste, blies ihm ein kalter Wind um die Ohren. Er war froh, dass der El Train vom Flughafen her pünktlich eintraf. Der Zug bestand aus silbrigen Wagen, die, wie man stets bei amerikanischen Bahnen das Gefühl hatte, schon bessere Zeiten gekannt hatten. Aber Charles Wanzeried gefiel die strapazierfähige Schäbigkeit der Waggons, und dass deren Türen sich automatisch vor einem öffneten. Der gut besetzte Zugwagen hatte nur noch im hinteren Teil freie Sitzplätze, so dass er sich erst an all den im Gang stehenden Koffern der Touristen vorbeidrücken musste. Viele Passagiere hatten eigenartigerweise ihre Sonnengläser auf, als könnten sie mit derartigen Gangsterbrillen besser zum Gepäck schauen. Oder war damit ein kleines Schläfchen ungestörter möglich?

Von seinem Sitz am Fenster aus konnte Charles Wanzeried in die Wohnzimmer und Büros erhöhter Stockwerke sehen, zwischen Dächern hindurch auf Parkplätze und Grünanlagen, oder von Brücken auf Straßen, die den Verkehr schnurgerade in gut einsehbare Quartiere führten oder ableiteten. Die auf gleicher Sichthöhe parkierten Autos der Großgaragen, die rostigen Lüftungsschächte oder alten Air Conditioners, sowie überhaupt allerlei Röhren wirkten aus dieser Nähe mit einem Mal ganz anders, geradezu exotisch befremdlich. Es kam ihm vor, er könne die altmodischen Wassertanks, die Antennen und großen Werbetafeln auf den flachen Hausdächern mit ausgestrecktem Arm fast berühren. Und bisweilen fühlte er sich wie in einem startenden Flugzeug: Der Zug hätte sich ebenso gut in den derart nahe vorbeiziehenden Wolkenpaketen verlieren können, die sich wiederum über einen in aller Klarheit des hellen Blaus geweiteten Himmel bis zum Horizont regelmäßig verteilten. Und irgendwann, wohl nahe dem Stadtzentrum, wurde aus dieser faszinierenden Höhen- eine Talfahrt, die im dafür üblichen unterirdischen Tunnelsystem mit gekachelten Stationen einer großstädtischen Untergrundbahn weiterging.

Als Charles Wanzeried auf einer Rolltreppe an die Oberfläche kam, befand er sich unmittelbar unter den berühmten Hochbauten Chicagos. Er wusste nicht recht, in welcher Richtung er nun der von ihnen leicht verschatteten Straße folgen sollte: eher nach oben oder nach unten? Aber wo war da überhaupt oben und unten? Wo Uptown und wo der See? Doch da die Avenue eine rege Einkaufsstraße war, entschloss er sich, in einem dieser gewaltigen Warenhäuser eine Mütze, Schal und Handschuhe zu besorgen. Und als er schließlich eine gelangweilte Verkäuferin nach den Long Johns, diesen Liebestötern fragte, zeigte sie ihm ohne mit der Wimper zu zucken den Weg in die Dessous-Abteilung im oberen Stock, wo sich thermale Unterwäsche, seine Long Underwear neben kürzester Reizwäsche problemlos in der passenden Übergröße finden ließ.

Draußen war es sehr kalt geworden. Der durch die hohen Häuserzeilen des Loops wehende Wind fühlte sich wesentlich giftiger als in Logan Square an. Und während er so zum ersten Mal in Chicago fror, kam ihm die Idee, sein ursprünglich gebuchtes Hotel aufzusuchen, um sich dort korrekt abzumelden. Der elektronische Stadtplan auf seinem Handy ließ denn das Hotel Severin ganz in der Nähe aufscheinen. Da wäre man ja auch wieder an der Wärme. Also machte er sich kurzentschlossen dahin auf. An der Rezeption saß ein alter, hagerer Mann mit Hornbrille. Seine grauen, pomadisierten Haare waren in der Mitte gescheitelt, was ihm einen leicht einfältigen Ausdruck verlieh. Charles Wanzeried nannte seinen Namen, worauf der Rezeptionist sofort aufstand, um ihn persönlich zu begrüßen. Er kondolierte gleich noch zum schrecklichen Todesfall. – Schrecklicher Todesfall?, fragte sich Wanzeried. – Er müsse sich überhaupt keine Sorgen machen wegen der Stornierung und so. Bereits gestern Abend wäre ja sein Bruder hier gewesen. – Welcher Bruder? – Er hätte alles Nötige mit dem hiesigen Geschäftsführer erledigen können. Der Generalmanager habe heute früh über all das genauestens informiert. Es tue ihm auch sehr leid, dass Charles Wanzeried gestern bestohlen worden sei und deswegen nicht selber habe vorbeikommen können. – Bestohlen? – Da habe er wirklich großes Pech gehabt. Er bedaure zutiefst diesen Anstieg der Kriminalität in Chicago, das sei alles andere als gut für den Tourismus. Er hoffe dennoch, dass er ihn wieder einmal im Hotel Severin erwarten dürfe. Die Hotelcrew stehe ihm jederzeit gerne für alle Informationen zur Verfügung. Und so wünsche er ihm einen sehr guten Rückflug. – Welcher Rückflug denn? – Er solle Sorge zu sich tragen. Händeschütteln, Shakehands.

Charles Wanzeried stand perplex vor dem Hotel Severin. Hätte er danach fragen sollen, wie sein ihm unbekannter Bruder denn heiße, oder wie er denn ausgesehen habe, oder ob er eine Adresse oder Telefonnummer hinterlassen habe? Die Geschichte klang absolut blödsinnig. War das etwa Sam gewesen? Was war dem nur eingefallen? Oder war es gar nicht er gewesen? Aber wer dann? Frau Prochatzka aus der Pension wohl kaum. Oder dieser seltsame Herr Gook von der Automietfirma etwa? Er war noch verwirrt, als er ein italienisches Lokal betrat, in dem ihm bereits im Eingangsbereich eine uniformierte, junge Kellnerin die Tageshits herunterratterte. Vielleicht hatte ihm der kalte Wind die Ohren verstopft, aber er verstand kein einziges Wort. Und da er der einsehbaren Self-Service-Küche mit orientalisch aussehenden Hilfsköchen misstraute, bestellte er nur einen Salat mit einem Glas Rotwein – da konnte eigentlich nichts schiefgehen.

Den Salat und den Wein bekam er auf einem Tablett über die Theke gereicht. Im überfüllten Lokal sah er am Fenster einen Vierertisch, wo eine wohl zwanzigjährige Frau allein saß. Als er sie fragte, ob neben ihr frei sei, blickte die Frau nur ganz kurz von ihrem iPhone auf und nickte mit Stöpseln in den Ohren. Doch kaum hatte er seinen Regenmantel ausgezogen und zusammen mit Schal, Mütze und Rucksack auf den gegenüberstehenden Schemel gelegt, um sich dann neben die Frau auf einen Hocker zu setzen und einen Schluck Wein zu probieren, da fragte ihn die junge Frau unvermittelt, ob er noch ihre halbe Pizza haben wolle, sie habe mehr als genug. Er wusste nicht so recht was sagen, da schob sie ihm auch schon ihren Teller mit einem Lächeln rüber: It's very good! Sah er denn so hungrig aus? Aber vielleicht war das jetzt in Amerika einfach Mode geworden, etwa wie man früher in den Speiselokalen die übliche Bitte an Mitgäste um Raucherlaubnis gerne mit einem vertraulichen Zigarettenangebot einhergehen ließ. Sein Erlebnis im Hotel Severin absorbierte ihn derart, dass er ohne weiter zu zögern vom eigenen Teller Salat und vom fremden Pizza aß, Hauptsache, es blieb nichts übrig. Musste er jetzt eventuell mit ihr

über dieses dargebotene Stück Hefegebäck reden?
Doch in dem Moment stand sie schon auf, nahm die
iPhone-Stöpsel aus den Ohren, beugte sich zu ihm
herunter, um ihn an der breiten Schulter leicht zu
tätscheln und ihm einen ganz speziell schönen Tag
zu wünschen. Als er sich noch bedanken wollte, war
sie schon verrauscht und verschwunden. Die Pizza
war nicht schlecht. – Es konnte eigentlich, dachte
Charles Wanzeried, nur Sam gewesen sein, der ein
solch blödes Märchen im Hotel erzählt hatte! Die Adresse seiner Unterkunft im Loop kannte niemand,
auch Lisbeth und seine Töchter nicht. Es waren ja
bloß ein paar ihm noch zustehende bezahlte Ferien-
tage, die er in Chicago verbrachte, obwohl er in seiner Bibliothek bereits nicht mehr arbeitete. Er sah,
dass drei Kurzbotschaften auf seinem Handy eingetroffen waren:

Papi, have a good time! P.

Echt cool, Papi. Für wie lange geht's denn so? Allein? Smiley!

Ich will nicht weiter fragen, was Du da machst.
Aber ich sehe, Du gehst einmal mehr gemeinsamen
Weihnachten mit Deinen Töchtern aus dem Weg. LG
Lisbeth.

Nein, niemand wusste von seinem Hotel und es interessierte auch gar keinen, wo er wirklich war. Aber
wenn es nach dem Rezeptionisten ginge, so war er in
Chicago ausgeraubt worden, mit einem schrecklichen
Todesfall konfrontiert und wartete auf seinen unmittelbar bevorstehenden Rückflug. Wanzeried schüttelte den Kopf, dass er überhaupt auf die Idee gekommen war, für ein paar Tage hierherzufliegen. Und
jetzt hatte er richtigen Hunger bekommen. Er ging

zur offenen Küche hinüber und bestellte dort dieselbe Pizza Arrabbiata mit einem weiteren Glas Wein. Später brauchte er sogar noch ein Tiramisu mit einem Cappuccino. – Vielleicht wusste Frau Prochatzka über alles Bescheid. Sie konnte ihm sicher die Adresse und Telefonnummer von diesem Sam geben. Denn was genau war mit dem Flug zurück in die Schweiz los? Er rief in seinem Handy die Flugticketbuchung auf, und sie war mit allen korrekten Daten noch da. Wenigstens sein heutiger Heimflug entpuppte sich eindeutig als Märchen. Ein Rezeptionisten-Märlein, vielleicht etwas zum Lachen. Er beruhigte sich wieder, zahlte und ging.

Es ist eine merkwürdige Stadt, dieses Chicago, dachte er, als er vom Restaurant gegen den See hin spazierte. Wenn man den Hochhäusern so nahe wie jetzt war, dann sah man sie eigentlich in ihrer vollen Größe genauso wenig wie von Logan Square oder von der Hochbahn aus. Man spürte sie höchstens atmosphärisch, indem sie eine kalte, leicht verschattete Stimmung verbreiteten. So war er geradezu froh um die altmodisch geschwungenen Gleisträger der El, die hier im Loop belassen worden waren, damit sich noch wie einst eine oberirdische Runde darauf drehen ließ. Sie verdüsterten zwar die darunterliegenden Straßen und Gehsteige, aber wenigstens waren sie gleichzeitig auch ein Schutz vor Fallwinden. Als er zwischen den beiden nackten Indianerstatuen durchging, die auf ihren Pferden geradezu einer anatomischen Körperweltenausstellung entstammten, und in den Grant Park gelangte, mit seinem riesigen, für den Winter bereits stillgelegten Wasserspiel, wurde ihm auch einiges in Sachen Wind klarer. Vom See her wehte es so stark, dass er nur leicht nach vorne

gebeugt genügend Widerstand bieten konnte, um
nicht geradewegs umgeblasen zu werden. Es fühlte
sich jedenfalls so an. Der Wind peitschte vom Norden
Kanadas her über den Lake Michigan und fiel dann
in diese Stadt am Ufer ein. Der See aber wirkte geradezu erstaunlich ruhig in seiner Lichtundurchlässig-
keit. Dunkles, grünblaues Wasser lag da vor einem,
ohne ein gegenüberliegendes, wohl waldiges Ufer zu
zeigen, derart weit und offen wie ein Meer eben, ohne
ein einziges Schiff darauf. Als er weiterspazieren wollte, versperrten ihm laute Baumaschinen und Lastwagen den Weg. Und der starke Verkehr auf dem
South Lake Shore Drive sorgte für derart viel Lärm,
Dieselgestank und Staub, dass er lieber wieder zum
Loop zurückkehrte. Auf dem Weg durch den Park
sah er die Wolkenkratzer zum ersten Mal so, wie sie
in Tourismusprospekten und Reiseführern aufschie-
nen. Gewaltige architektonische Ingenieurskunst,
deren Stahl und Glas im mattgelben, langsam ein-
dämmernden Spätnachmittagslicht golden, silbern
und schwarz um die Wette brillierten. Ich, dachte
Charles Wanzeried zum zweiten Mal an diesem Tag,
ich glaube es ja nicht, dass ich nun wirklich mitten
in Chicago stehe. Hatten ihm zuvor die kleinen
Vorortshäuser in ihrer endlosen Aneinanderreihung
den Eindruck von der Weite der Stadt vermittelt,
dann zeigte jetzt die Ballung der Türme auf engstem
Raum die Größe der Stadt. Es war eine unerwartete
Konzentration bemerkenswerter Architektur. Als einziger Besucher schlenderte er durch den Grant Park,
vorbei am einsam und vergelstert auf seinem Stuhl
sitzenden Abraham Lincoln, als würde diese Statue
immerwährende Fassungslosigkeit verkörpern angesichts all der beunruhigenden Präsidenten im Wei-

ßen Haus seit Ende des Sezessionskriegs 1865, diesem Bürgerkrieg mit über einer Million Opfern.

Das Art Institute selber wirkte von außen wie ein kleines, bescheidenes klassizistisches Gebäude neben den hohen Bauten im Hintergrund. Charles Wanzeried war unentschlossen, ob er sich jetzt Kunst zumuten wollte, zündete eine Zigarette an und betrachtete die ununterbrochen die breiten Stufen hinauf- und hinunterströmenden Massen von Touristen. Selbst die zwei bronzenen Löwen zu beiden Seiten der Treppe hielten das auf ihren Sockeln nur mit abgewendetem Kopf aus. Und plötzlich löste sich aus dieser ungeheuren Besuchermenge ein hagerer Mann mit Baseballmütze, grauer Regenjacke, schwarzen Lederhosen und Stiefeln, trat auf ihn zu und sagte mit heiserer Stimme: Hi Charly, how nice to meet you here smoking.

Das gibt es doch nicht, Sam, Du hier. Ich glaub's ja nicht. Mit Dir habe ich noch ein Hühnchen zu rupfen. Du weißt gar nicht, was Du mir da alles eingebrockt hast, sprudelte das Englisch regelrecht aus Charles verrauchtem Mund hervor, in einer eigentümlichen Mischung aus Schrecken und Zorn.

Schon gut, schon gut. Dann lass uns das in aller Ruhe besprechen.

Sam wendete sich ab und ging in gemessenen Schritten über die Michigan Avenue, so dass Charles keine andere Möglichkeit sah, als ihm zu folgen. Und es war wieder wie gestern Abend, nur umgekehrt, jetzt lief er Sam nach, der auf keine seiner Fragen auch nur mit einem Wort reagierte. Es schien Charles, das Ganze werde immer absurder. Wohin sollte es denn gehen? Das war doch gar nicht nötig.

Sie könnten das alles auch gleich hier und jetzt klarstellen, dafür brauchte er kein neues Abenteuer in diesem wilden Chicago. Er hatte genug, endgültig genug.

Sam ging ungerührt die dicht befahrene State Street weiter hoch, um dort vor einem Kaufhaus stehenzubleiben: Wenn ich Dich so in Deinem fucking Regenmantel sehe, kommen mir die Tränen. Mann, jetzt kaufen wir aber zuerst einmal einen richtigen Wintermantel.

Aber was soll ich denn mit einem neuen Mantel, um Herrgottswillen. Ich bleibe doch nur diese Woche hier. Da reicht das vollkommen, mit Schal und Mütze sowieso. Und Handschuhe habe ich übrigens auch. Frisch gekauft, stell Dir vor. Ich will keinen Wintermantel. Was soll das?

Hör zu, Charly, bald kannst Du diesen shitty Regenmantel absolut vergessen, das sage ich Dir in allem Ernst. Du kaufst jetzt einen richtigen Mantel, wie ich Dir sage! Oder willst Du Schwierigkeiten machen, you fucking Weirdo.

Ich bin kein Spinner wie Du. Ich lasse mir nicht jede Frechheit bieten, das sage ich Dir jetzt auch einmal, damit das klar ist.

Charles Stimme überschlug sich nahezu, das kam eigentlich nicht allzu häufig vor.

Während er Sam gefolgt war, trat eine Verkäuferin auf sie zu und fragte nach den Wünschen der beiden Herren. Als sie hörte, dass Charles einen Wintermantel brauche, einen richtig guten, brachte sie dem Verärgerten und dem Stummen eine Auswahl von schwer gefütterten Mänteln und Jacken. Sam deutete sogleich auf den Parka mit fellgefütterter Kapuze, in dem Charles wie ein Ureinwohner aus dem Norden Kanadas oder ein Goldgräber aus Alaska wirkte. Aber der Parka passte anstandslos wie angegossen. Sam beglich die Rechnung.

Wieso bitte kriege ich jetzt einen Wintermantel geschenkt? Ist in Chicago schon Weihnachtsbescherung oder was? Ich will doch keine Geschenke von Dir.

Sam antwortete nicht, sondern entfernte sich Richtung Ausgang. Und Charles musste wohl oder übel ihm hinterherlaufen, diesmal im Parka, den Regenmantel überm Arm.

Was ist mit dem Hotel? Und meinem Bruder? Meinem Rückflug? Was sollten diese Lügengeschichten?

Sam blieb auf der Straße stehen, schaute ihn kurz an und sagte: Wir gehen was essen, da können wir dann darüber reden.

Da können wir dann reden, ja, ja, ja, ich glaub's ja nicht. Was können wir da bereden? Hier und jetzt können wir das. Ich will nicht essen gehen. Verstehst Du? Nichts essen, gopferdelli!

Sam ging einfach weiter. Charles wusste weder aus noch ein, folgte blindlings, widerwilligst. Es war eine solche Wut in ihm, dass er mit seinen zu Fäusten geballten Händen beim Gehen herumfuchtelte, ja mit den Zähnen klapperte: Sam, Du Satansbraten!

In der Wabash Street gelangten sie zu einer zwischen zwei Hochhäusern eingekeilten, unbewachten Parkhalle. Da stand der weiße Lieferwagen von ges-

tern parterre auf einem mit RESERVED markierten
Feld.

Ich glaub's ja nicht!

Hast Du ein Lokal, in das Du gerne gehen möchtest, Charly.

Nein, hab ich nicht. Ich möchte nicht einmal in irgendein Happy Daddy, oder wie das auch immer heißt.

Du meinst wohl Fatty Daddy. Das ist aber reiner Bullshit für Touristen, die darauf gieren, dass dort jeden Moment so ein Al Capone auftauchen könnte, um ihnen mit 'ner Beretta die Spagetti zu pfeffern. Dieser Kriminaltourismus ist 'ne wahre Pest in Chicago. Da weiß ich wirklich was Besseres.

Und so saß Charles wieder wie gestern neben Sam im geräumigen Lieferwagen, nur war er diesmal stinkwütend. Er hatte keine Ahnung, wo sie waren, als Sam parkierte und ihm in ein kleines Lokal vorausging, eine Mischung aus Bar und Diner, erfüllt vom würzigen Geruch nach gegrilltem Fleisch. Sie setzten sich in eines der grün gepolsterten Separees.

Hier kannst Du guten Wein bekommen, sagte Sam. So kam Charles zu einem Liter Malbec, während Sam, der unter seiner grauen Jacke ein frisch gebügeltes blaues Hemd mit roter Krawatte trug, ein Bier nach dem andern trank.

So, so, sagte Charles.

Yeah, yeah, sagte Sam. Du hast da ja mit der Karre ein großes Los gezogen.

Charles blickte ihn fragend an.

Ich habe mir alles ein bisschen näher angeschaut.
Da finden sich ja allerhand Dinge.

Ich weiß von nichts, tut mir leid.

Musst Du ja auch nicht. Aber der Wagen ist diesen
Deal wert. Ich war bei der Polizei, die haben ihn
überprüft. Er ist nicht als gestohlen gemeldet und die
von Dir unterschriebenen Papiere, die ich gefunden
habe, sind einwandfrei, alles gehört Dir Charly.

Ich habe nichts unterschrieben.

Schau her, und Sam kramte einen Verkaufsvertrag
aus seiner Jackentasche. Das ist doch Deine Unterschrift oder? Und damit gehört der ganze Inhalt auch
Dir. Ich habe im Handschuhfach …

Die Pistole?

Was jetzt Pistole? Hast Du eine mitlaufen lassen
und sagst überhaupt nichts? Du bist mir ja auch ein
durchtriebener Lügenbold.

Ich bin kein Lügner, im Gegensatz zu Dir.

Ah ja, aber es war noch die Munition da, die hast
Du wohl vergessen.

Also ich habe …

Siehst Du, Du Lügner.

Nein, der Revolver … ich hab ihn nicht mehr. Mir
ging ein Schuss ab und dann habe ich ihn irgendwo
weggeworfen.

Also hör Mal Charly, so etwas wegwerfen. Da hat
es kürzlich einen schweren Shooting-Unfall in einem
Hotel beim Check-out gegeben. Einem Gast ist die

Knarre aus der Tasche gefallen und losgegangen: drei Verletzte. So ein Ding schmeißt man nicht einfach weg.

Also, ich habe nicht …

Die Kellnerin brachte das Georderte, gewaltige Portionen mit riesigen Beilagen. Sam begann schweigend zu essen. Charles stocherte zwischen den Fleischstücken und dem Gemüse, er wusste nicht so recht, wie ihm eigentlich zumute war. Aber der Teller sah gut aus und roch phantastisch.

Warum hast Du nur diese Geschichte im Hotel angezettelt?

Ist das Bett bei Irena denn so schlecht?

Frau Prochatzka? Nein, überhaupt nicht. Das ist sehr gut da.

Also. Ich habe nichts angezettelt, ich habe nur einen Vorwand gebraucht, damit Du ohne irgendwelche Scherereien aus dem verdammten Hotel wieder raus kommst, wo sie dort normalerweise jeden Gast nach Strich und Faden ausnehmen. Was ist daran so schlimm?

Und dafür muss ein Bruder von mir her und irgendjemand sterben?

Klar, ich hätte auch sagen können, ich bin Dein Schwager und Du hast die Maul- und Klauenseuche vom vielen Tüten-Rauchen oder so. Und das mit dem Todesfall und dem Diebstahl war die einzige Möglichkeit, dem Manager klar zu machen, wieso ich als Schwager, oder als Bruder von mir aus, die Sache regeln müsse und nicht Du selber. Du wärst mit

Deinem Rausch gestern auch gar nicht mehr dazu in der Lage gewesen, by the way.

Charles blickte ihn verständnislos an: Und dann hast Du noch den Rückflug erfunden, ja?

Ich habe ihn nicht erfunden. Ich habe heute Nachmittag Dein Ticket in einen Rückflug ohne festgelegtes Datum umgewandelt. Der ganze Scheiß kostet Dich rein gar nichts.

Was? Wie kommst Du jetzt darauf? Das geht doch überhaupt nicht.

Schau, in Chicago geht vieles nur mit Beziehungen, aber dann geht vieles, sag ich Dir. Nimm nur einmal die Politik: überall blühende Investitionsfonds. Und wenn sich ein Governor damit schwer tut, dann landet er eben hinter schwedischen Gardinen. Bald wirst Du das bestens verstehen, ich sag's Dir. Charly, Ende Woche werden keine Flüge mehr gehen, das ist hier so, wenn der viele fucking Schnee kommt.

Ja, aber ... ich verstehe ... Bahnhof, sorry.

Die große Wut von Charles verwandelte sich doch allmählich in eine verzweifelte Resignation. Ständig wurde er in dieser Stadt bevormundet. Sam aß in aller Ruhe weiter: Du hast die bloody Pistole, ich hab dafür was anderes Nettes gefunden.

Jetzt begann Charles zu essen, das riesige Hungergefühl war wieder da. Und irgendwann fragte ihn Sam, ob er nicht zur Beruhigung eine Zigarettenpause einlegen möchte. Charles nickte stumm. Sam winkte die Kellnerin heran, sie solle die beiden Teller

warm stellen, sie würden Mal draußen eine rauchen
gehen.

Aber klar, Sam, das tu ich noch so gerne für Dich.

Im Innenhof war es windgeschützt und merklich
wärmer. Oder lag das einfach am neuen Wintermantel? Sam nahm aus einem Etui eine Selbstgedrehte,
zündete sie an und gab dann Charles Feuer. Sie
rauchten stumm nebeneinander, die Brandmauer
des Nachbarhauses vor sich.

Was brauchst Du noch, Charly? Cannabis? Gals?
Ich besorge Dir alles.

Es brauchte eine Weile, bis Charles überhaupt begriff, dass mit Gals irgendwelche leichten Girls gemeint sein könnten: Zigaretten könnte ich brauchen,
ich habe viel zu wenig dabei, wie ich jetzt merke.

Kein Problem.

Aber meine Marke gibt es nur in der kleinen
Schweiz, Sam. Die liefern sie gar nicht erst ins Ausland. Du kannst sie hier nirgendwo kaufen.

Hey, Charly, no problem. Take it easy. You're in
Chicago.

V

Meine Urgroßeltern, sagte Frau Procházka und blies einen Rauchkringel dazu in die Luft, als wolle sie dieses Vergangene noch akzentuieren, sind in Mähren auf dem Land aufgewachsen. Der Komponist Janáček soll sich damals für die Sommerfrische dort eingemietet haben. Und jedes Mal, wenn er etwas fertig komponiert hatte, so mussten die Bauern sein Klavier nach draußen vors Haus tragen. Das ganze Dorf versammelte sich und hörte andächtig seinen Tänzen zu, während die Jugend dazu sang und herumtollte. Vielleicht ist das nur Legende. Aber meine Eltern sagten noch, wenn wir allzu ausgelassen waren: Kinder, Janáček hat euch wohl aufgespielt. Können Sie sich das derzeit vorstellen, Herr Vanceride?

Nein, so etwas kenne ich nicht. Bei dem jetzigen Unwesen mit den Stars ist das geradezu unmöglich geworden.

Ja, heutzutage müssen selbst Milliardäre einem Dirigenten in Chicago ich weiß nicht was zahlen, damit er sich überhaupt mit ihnen in der Öffentlichkeit zeigt. Gratis gibt's da nichts mehr, nicht Mal ein Kinderkonzert.

Dabei gilt doch Chicago seit jeher und über allen Jazz hinaus als die amerikanische Musikstadt.

Aber das ist leider alles in den Händen des mafiosen Musikgeschäfts, seufzte Frau Procházka und drückte ihre Zigarette im Aschenbecher aus.

Die Mafia wird eben auch künstlerisch anspruchs-
voller, sagte Charles Wanzeried mit einem ironischen
Unterton. Und fügte dann nach einer kurzen Pause
hinzu: Vor meiner Reise hierher habe ich gestaunt,
als ich in einem Buch lesen konnte, dass der Bruder
meines Urgroßvaters als Missionar mit den Sioux
eine Blasmusik gegründet hat und sie auch dirigier-
te. Er hat nie Musik studiert. Ich weiß nicht einmal,
ob er mehr Ahnung vom Notenlesen hatte als die Indianer selber. Irgendwie scheinen die Leute damals
musikalischer gewesen zu sein, hatten einen intuiti-
veren, gefühlvolleren Umgang mit Musik. Vielleicht
öffnete ihnen der viele Kirchengesang ganz natürlich
die Ohren dafür.

Ja, es wurde früher mehr gesungen, das stimmt.
Ach, ich liebe Chormusik sehrrr. In der Rockefeller
Memorial Chapel habe ich sehrrr schöne Konzerte
gehört, Bachs Matthäuspassion. Aber leider ist es so
ein weiter Weg bis zum Universitätscampus ganz im
Süden.

Frau Prochatzka …

Procházka!

Sie glauben es mir vielleicht nicht, aber für meinen
Flug hierher habe ich die Matthäuspassion auf mein
Handy heruntergeladen. Wenn man sie dreimal hintereinander gehört hat, dachte ich, dann ist man
schon in Chicago. Aber ich muss Ihnen gestehen, ich
habe sie mir nicht ein einziges Mal angehört, derart
schläfrig war ich die ganze Zeit über im Flieger.

Na, Sie sind mir ja einer. – Haben Sie übrigens gestern Abend auch das laute Bumbum dieser Japaner
im oberen Stock gehört?

Überhaupt nicht. Ich war derart müde, dass ich sofort eingeschlafen bin.

Na, Sie sind mir aber wirklich einer.

Und nach einem kurzen leisen Lachen, das eher wie ein Sich-Räuspern klang, fragte sie: Schauen Sie sich heute die Stadt von oben an, von einem der Hochhäuser?

Charles Wanzeried legte seinen Zigarettenstummel in den Aschenbecher und schüttelte energisch den Kopf: Ich bin nicht ganz schwindelfrei, müssen Sie wissen. Ich habe das einmal in Venedig ganz böse erlebt, als ich in der Kuppel des Markusdoms war, der ja nun wahrlich nicht sehr hoch ist. Aber ich konnte nur noch auf allen Vieren die Treppe heruntersteigen.

Auf allen Vieren, lachte Frau Procházka jetzt lauthals und stand auf.

Dann doch lieber wieder an den See. Da kann ich normal auf zwei Beinen gehen oder auch stehenbleiben. Vielleicht diesmal einfach etwas nördlicher als gestern.

Frau Procházka riet ihm, mit dem Bus zum Peggy Notebaert Nature Museum zu fahren und dann auf dem Lakefront Trail zu spazieren, sie hätte das früher öfters gemacht, als David noch klein war.

Ja, möchten Sie mitkommen?

Aber Herr Vanceride, wo denken Sie hin. Ich habe viel zu viele Dinge vor Weihnachten zu erledigen.

Charles Wanzeried hatte tatsächlich vergessen, dass es ja schon Mitte Dezember war. Gestern hatte

er im Quartier keine Weihnachtsbeleuchtung oder
geschmückten Bäume gesehen und auch kaum De-
korationen in den Schaufenstern der Geschäfte,
selbst im Loop nicht. Er fühlte sich nicht in Weih-
nachtsstimmung, trotz Sams Geschenk.

So machte er sich denn im neuen Wintermantel
und Stiefeln allein auf den Weg. Und nach einer fast
stündigen Fahrt in einem Bus voll lärmender Schüler
stand er am Ufer des Lake Michigan. Auch hier war
der Weg asphaltiert, was ihn sehr enttäuschte, ganz
im Gegensatz zu den munter wie zufrieden vorbeiziehenden Joggern und Radfahrern, letztere häufig noch
mit ihrem Hund an der Leine. So hatte das Ufer eher
den Charme einer verlotterten Gokart-Bahn, fand
Charles Wanzeried, aber zum Promenieren lud das
derart öde Seeufer nicht wirklich ein. Wenn er noch
an die nahe am Ufer liegende Schnellstraße weiter
unten dachte, so war es verschandelt. Aber er wollte
hier nicht verärgert stehenbleiben, sondern folgte den
Joggern, Radfahrern und Hunden auf ihrer Bahn
Richtung Norden, die sie wohl täglich mindestens
zweimal machten.

Graue Wellen bespülten den Ufersaum. Neben ihm
jagten sich eine Zeitlang zwei Jetboote mit viel Lärm
hin und her. Dicke Haufenwolken begannen mehr
und mehr die Sonne zu verdecken. Das flach daliegende Wasser verfärbte sich in ein dunkles Grau, das
gegen den Horizont hin in ein schmales schwarzes
Wolkenband überging. Dieser See war wirklich unna-
türlich groß, wie ein seltsames Süßwassermeer. Er
schaute wehmütig zum Horizont, wo sich Wasser
und Himmel ganz eigentümlich dunkel vereinigten.
Und je länger er hinsah, desto mehr begann er alles
zu vergessen, was ihn zuvor derart gestört hatte.

Manchmal, wenn die Sonne sich noch einmal durch
die miteinander verschmelzenden Wolkenpakete gekämpft hatte und einen hellen Strahl auf die See-
oberfläche schickte, hatte Charles Wanzeried das
unbeschreibliche Gefühl, er sehe an dieser Stelle einen Fischschwarm silbern glänzen, der plötzlich wieder im schlickartigen Schwarz versank. Dann konnte
er noch eine Weile Möwen über dem dunkler werdenden Fleck wie leichtes Schneegestöber flattern
sehen, wo so etwas wie letzte Luftblasen das Wasser
leicht zum Kräuseln brachten.

Hatten seine Vorfahren damals um 1886 wohl
auch so auf den See geblickt? Hatte sie vielleicht da
zum ersten Mal ihr Heimweh befallen? Er ließ jetzt,
während er weiter nordwärts ging, seinen Geist übers
Wasser in die Vergangenheit segeln. Zu den beiden
Brüdern mit ihren kaputten Händen vom Legen
schwerer Eisenbahngeleise. Möglich, dass ihre
Schwester zu Besuch gekommen war, wenn ihr
stummes Ehepaar gerade wieder einmal in Europa
war. Sie hatte ja als Dame de Compagnie eh keine
unersetzliche Aufgabe, indem sie täglich der Haus-
herrin die französischen Zeitungen und wohl ab und
zu auch einen Roman vorlesen musste, sowie im
Plauderton faire la Conversation. Aber wenn sie mit
der Eisenbahn nach Chicago gefahren war, dann si-
cherlich mit gemischten Gefühlen, falls sie in der Zeitung von all den Bahnunfällen, blutigen Streiknie-
derschlagungen und den Haymarket-Unruhen
gelesen hatte. Vielleicht war ihr so eine Eisenbahn-
fahrt sogar schlimmer als die Überquerung eines
Ozeans vorgekommen. Und der Jesuit aus Buffalo
traf zusammen mit drei Franziskanerinnen hier seine
beiden Ordensbrüder – beide Lehrer am von Arnold

Damen im Jahr 1869 gegründeten St. Ignatius College, einem Vorläufer der Loyola University –, um mit allen zusammen weiter Richtung South Dakota zu fahren, wo sie auf Wunsch der Sioux-Häuptlinge eine Missionsstation in ihrer Reservation gründen sollten. Denkbar, dass sich die Indianer von den Schwarzröcken, diesen Black Robes, einen besseren Schutz vor den zunehmend stärker in ihre Gebiete eindringenden weißen Siedlern erhofften. Und so waren vielleicht all seine Vorfahren einmal in Chicago zu Fuß oder mit der damaligen Straßenbahn an den See gelangt. Eventuell hatte ihnen der sechsundzwanzigjährige norwegische Schriftsteller Knut Hamsun, der damals als Schaffner tätig war, sogar die Fahrkarten gelocht. Eine seltene Form des kreisrunden literarischen Autogramms, stellte sich Charles Wanzeried amüsiert vor. Und dann hatte jeder von ihnen mit einem Mal so viel Wasser vor sich, in der Nase den Krematoriumsgestank der Schlachthöfe, die damals in ihrer Hochblüte standen, und im Rücken das nach dem großen Brand von 1871 neu erbaute Chicago, in dem Unrat wie Elend stetig anwuchsen. Sie waren wohl auf ihre ganz eigene Weise erschöpft, angespannt und mit den Gedanken woanders. Vielleicht setzten sie sich gar in Tränen nieder, wie der Chor in der Matthäuspassion so bewegend singt.

Und während Charles Wanzerieds Vorfahren am Lake Michigan standen oder saßen, hatten sie möglicherweise ihr Temperament, ihre tiefsten Wünsche und Hoffnungen im Spiegel des Wassers noch einmal geprüft. Ob ihre Heimatliebe auf eine solch unheimlich stille Oberfläche eines riesigen Sees geschrieben war oder doch eher auf das rauschend wie lebhaft daherfließende Wasser aus den Bergen? Für die Urgroßmutter Margrit, Gritli genannt, war es offensichtlich klar entschieden, sie kehrte als erste von allen zurück in die Schweiz, um ihre Sprachkenntnisse immerhin für Touristen im Gastgewerbe zu nutzen. Ob sie als Frau noch andere, verschwiegenere Gründe hatte, lässt sich heute nicht mehr feststellen. Alle Erinnerung beruhte schließlich allein auf Dingen, die in Wanzerieds Familie weitererzählt worden waren. Ihre beiden Brüder aber blieben zunächst in Chicago und gingen später mit dem Bahnbau weiter nach Westen: Hansjakob als Arbeiter auf dem Schienenbau bis nach San Francisco und Benno, der sich als wahres Sprachgenie entpuppte und zum Dolmetscher auf Baustellen wurde – Commander nannten sie ihn dort bisweilen bewundernd –, wartete ab, bis er keinen Militärdienst mehr zu leisten hatte, und kehrte dann zurück, um für die französische Presseagentur Havas Texte in allerlei Sprachen zu übersetzen. Allerdings hatte die Agentur einen höchst zweifelhaften Ruf in der Schweiz. Charles Wanzeried dachte an den Ausdruck: Red doch kän Habasch. Und der Jesuitenmissionar Elias? Von ihm wusste Wanzeried aus den Familienerzählungen gar nichts. Schämte man sich seiner aus irgendwelchen Gründen? Allein einem Buch über die Geschichte der Jesuitenmission in Amerika konnte Wanzeried einiges über den Urgroßonkel entnehmen. Diesen hatten Wolken, Luft und Winde wohl Wege finden lassen, mitunter schwierige Pfade, wo er nur zu Fuß oder zu Pferd weiter kam, um dann auch für immer mit den Indianern zu leben, die das Wounded Knee Massaker vom Dezember 1890 überlebt hatten. Er starb im Jahr 1910. Seine Missionsstation St. Xaver mitten in South Dakota, wo er auch begraben wurde, brannte wenige Jahre später vollkommen nieder. Der stürmi-

sche Wind ließ wohl noch tagelang danach, stellte
sich Charles Wanzeried vor, den Aschestaub von der
Erde aufsteigen und wie einen schwarzen Teppich
über das eh schon ziemlich staubige Präriegeviert
dahinziehen.

Und was sah Charles Wanzeried für sich selber,
wenn er hier so in dieses große dunkle Seewasser
starrte? Wusste er denn, wo sein eigener Heimatha-
fen lag? Was wäre einem Dichter wie Dante dazu nur
alles eingefallen! Und was ihm selber? Nichts, sagte
sich Charles Wanzeried in diesem Moment, rein gar
nichts. Er sah über das graue unergründliche Wasser und merkte, wie unbefriedigend für ihn das war.
Und bezeichnenderweise fiel ihm in diesem Moment
wieder ein, dass er ja eigentlich die Adresse des Hotels doch jemandem gegeben hatte, nämlich Sally,
dieser Historikerin im Flieger. Wieso fiel ihm das
ausgerechnet jetzt wieder ein? Ja, ihr war sein Hotel
bekannt. Kurz vor der Landung meinte sie noch,
dass es schön wäre, mit ihm in Chicago über seinen
Vater zu reden. Er war ganz erstaunt, dass er das
derart schnell wieder hatte vergessen können.

Hey, Mister, do you wanna fish, eh?

Charles Wanzeried schreckte aus seiner Nachdenk-
lichkeit, drückte mit dem Zeigefinger seine Brille
hoch und sah dann in ein freundlich fragendes Gesicht, das sich gerötet, wohl nicht nur von der Kälte,
unter der dunklen Wollmütze eines am sandigen Ufer
sitzenden Anglers in beiger Lederjacke abzeichnete.

Einen Fisch? Oh, lieber nicht. Ich bin nur kurz als
Tourist aus der Schweiz hier, wissen Sie.

Der Fischer stand auf, er war nicht sehr groß und zeigte die leeren Handflächen seiner Handschuhe: Ich hab' ja auch gar keinen gefangen.

Und dann lachte er maßlos laut auf, zuerst ganz kurz mit Hahaha, um dann in ein übermütiges Wha-wha-wha zu verfallen, das in einem nasalen, fast nicht mehr aufhören wollenden Wu-u-huh mündete.

Na, Sie halten sich aber auch nicht sehr streng an die Dezemberfangquote, flachste nun seinerseits Charles Wanzeried.

Klar, ich bin auch mehr zur Dekoration der Uferpromenade hier. Wenn schon kein Fischkutter, ein fishing smack auf dem See, dann wenigstens ein smack, ein hübsch rauchbarer Beigeschmack davon am Ufer.

Sehr schön, sagte Charles Wanzeried ohne den ganzen Sprachwitz im Detail zu verstehen, und das gibt der Frau zu Hause erst noch weniger Wäsche.

Mister, also meine Fischerklamotten, die wasche ich selber. Ich bin übrigens der sauber gewaschene Hank.

Und damit trat er an Charles Wanzeried heran, zog seinen rechten Handschuh aus und schüttelte ihm kräftig die Hand.

Nice to meet you. I am Charles.

Hank deutete auf den grauen Himmel und meinte, dass es für diese Tageszeit doch eigentlich schon sehr dunkel sei. Wer kann's nur sagen, vielleicht schneit es sogar früher als gedacht.

Was fischt man denn unter normalen Verhältnissen hier so?

Oh, alles Mögliche: Forelle, Hecht, Lachs, Saibling, Barsch und natürlich Autoreifen.

Hank sparte offensichtlich wie viele Amerikaner nicht mit seinem Humor, dachte Charles und fragte sicherheitshalber noch einmal nach: Autoreifen?

Siehst Du denn nicht, und Hank deutete weit hinaus aufs Wasser, das sieht doch wie eine alte Badewanne aus, wenn Du mich fragst. Und dann schwenkte er seine Angelrute mit beiden Armen hoch und runter: Ich ziehe jetzt so den großen runden Stöpsel für heute raus. Ich geh' halt was anderes als Fisch essen. Kommst Du auch mit?

Charles Wanzeried nahm die Einladung gerne an, denn er war einer unterhaltsamen Zwischenmahlzeit in einem Restaurant nicht abgeneigt, es hielt ihn im jetzigen Moment wohl auch von allzu melancholischen Anwandlungen ab.

 Ich hab' meinen Wagen nicht weit da drüben geparkt.

Und während sie so nebeneinander gingen, wurde Hank doch noch ernst und er erklärte, dass um diese Jahreszeit bei düsterem Licht wirklich wenig los sei. Kaum beiße je ein Fisch an. Sie seien eben sehr schwer im dunklen Wasser überhaupt auszumachen, dafür weniger aggressiv. Nun, er sitze mit seiner billigen Fischerlizenz für Senioren, kaum zehn Dollar, einfach gerne hier draußen am See und lasse seine Angel arbeiten. Wenn es sehr stürmisch werde, dann gehe er manchmal auch einfach nur bis in den Humboldtpark.

Und die Seen sind wirklich sauber genug?, fragte Charles, als sie sich in Hanks Pontiac setzten.

Ja klar, die Wasserqualität ist hervorragend. Warte Mal einen Moment, ich schicke meiner Frau rasch eine SMS-Nachricht, damit sie auch wirklich genügend für uns kocht.

Ach, ich dachte, wir gehen in ein Restaurant?

Nein, nein, meine Frau kommt aus Louisiana, die kochen da besser als in jedem Speiselokal. Und erst noch günstiger.

Aber wird das nicht zu viel, ich meine …

Keine Widerrede, ich meine das klarer als die Augen eines vergifteten Barsches.

Hank tippte etwas umständlich in sein Handy: Meine Frau kann übrigens besser als ich lesen und schreiben, auch wenn sie aus Louisiana kommt.

Dann fuhren sie los und Hank erklärte, wie Kläranlagen, strengere Gesetze und der Niedergang der Schwerindustrie im Süden der Stadt letztlich ein Aussterben der Fische abgewendet hätten. Im Gegenteil, es breitete sich neuerdings immer mehr durch die Schiffe über die Großen Seen und vom Mississippi her eingeschlepptes Artfremdes Seegetier aus. Ob dafür die Nahrung ausreiche, wisse man eigentlich nicht so genau. Die Seen seien eben immer noch nicht sehr gut erforscht.

Da gibt es viele Rätsel, die nicht einmal derart kluge Leute wie ihr Schweizer gelöst habt. Auch nicht der, der uns bei der Vermessung des Michigansees im 19. Jahrhundert tatkräftig mitgeholfen hat.

Wer war denn das?

John Muller aus dem County Frauenfeld. Sagt man das so bei euch?

Sie durchfuhren ein gepflegtes Quartier mit großen Bäumen und Villen, wo Hank schließlich vor einem hell gestrichenen, hölzernen Häuschen mit einer Veranda hielt: Unser Weißes Haus, in das ich Dich jetzt bitten darf.

Auf der Veranda stand Hanks Frau und rauchte, mit dunkel gefärbtem Haar und in einem dicken, blauweiß karierten Hemd und Jeans. Sie erinnerte Charles an irgendeine Berühmtheit, kam ihm jedenfalls vor, als er ihr lachendes Gesicht mit der im Mund aufgerichteten Zigarette sah: You remind me of someone.

Sie lachte noch mehr. Und in diesem Moment schoss es Charles plötzlich durch den Kopf, dass sie ja das gleiche Gesicht hatte, wie diese halbnackte englische Flitzerin, die es vor Jahrzehnten in alle Zeitungen gebracht hatte, wie sie, mit einer Zigarette im Mund – oder war es gar ein Joint gewesen? – von zwei Bobbies vom Rugbyspielfeld geführt werden musste. Und die beide hatten mit ihren dunklen Tropenhelmen und den hellen Noppen darauf versucht, ihr die bloßen Brüste zu verdecken. Charles lief ganz rot an: Sie erinnern mich an … äh wie heißt noch … schon wieder diese Schauspielerin … Meine Töchter haben immer … im Kino … geschwärmt … Musical doch … Chicago … Ah ja, an Catherine Zeta-Jones erinnern sie mich.

Oh schönes Kompliment. Ich bleibe aber vorerst lieber Mal Connie.

I am Charles, nice to meet you.

Zu ihrem Mann gewandt zwinkerte sie: Da hast du mir aber einen Feinen gefischt, der läuft ja wie 'ne Tomate an, wenn er seine weibliche Beute fixiert.

Ich schrieb Dir ja, Piranha. Nur dass der an den Flossen ein bisschen, wie sagt man schon wieder, auseinandergegangen ist.

Connie lachte weich gurrend: Very funny. Wollen wir unsern Gast nicht gleich wieder im See aussetzen, als neuen Fisch Wanda.

Auch Charles lachte aus vollem Halse mit.

He's a real funny type, nicht wahr, rief Hank seiner Frau hinterher, die sich ins Hausinnere begab. From Swiss Cheese-Land.

Ist das die Alternative zu Trump-Land?

Achtung Charles, meine Frau kommt aus Louisiana, und Hank imitierte deren nasal gedehnten Ton. Die sind da too serious to joke about Trump. Nur hier in Chicago wirst du genügend Witzbolde dafür finden. Aber ich glaube nicht, sagte Hank weiter, als sie ebenfalls ins Innere des zweigeschossigen Häuschens gingen, dass ihr es in Europa nur annähernd so aufregend damit habt, wie wir first in America. Aber ich wäre da auch sehr vorsichtig mit Prophezeiungen. Im Moment ist das in den USA wie bei einer langen Ehe, es wird zwischen den politischen Lagern häufiger gekracht als geliebt, was noch lange nicht heißt, dass das auch die scheidende Amtsenthebung gleich ins Weiße Haus bedeutet. Das wissen wir doch genauso gut wie ihr Europäer. The fish stinks from the head, oder?

An der Treppe im Flur vorbei gelangten sie in einen großen mit verschieden farbigen Polstermöbeln überladenen Living Room. Hank holte zwei Dosen Dixie Beer und so saßen sie da, tranken und redeten wieder über die Großen Seen und ihr riesiges Süßwasserreservoir, bis Connie sie in die Küche rief, wo es scharf gewürzten Gumbo-Eintopf mit Jambalaya-Reis gab und anschließend einen dunklen Kaffee mit einem kopfüber gebackenen Ananas-Cake. Charles genoss dieses frühnachmittägliche Essen – Cajun-Küche, wie es Connie nannte –, den eigenwilligen Humor der beiden und die Rauchpausen bei Bier auf der Veranda, bis er merkte, dass sie sich anfingen zuzuzwinkern, auch ab und zu gähnten, ohne die Hand vor den Mund zu nehmen, und wie zunehmend abwesend wirkten. Wollten sie etwa jetzt ihren in Amerika üblichen Mittagsschlaf machen? Charles erklärte, dass es nun für ihn an der Zeit wäre, wieder in die Stadt zurückzufahren. Ob es hier eine Bahnstation in der Nähe gebe? Und so fuhr ihn Hank noch zur Davis Street Station: Und das Umsteigen nicht vergessen, Charles. Denk einfach an den Film Wiedersehen in Howards End. Dann kann nichts schiefgehen. Hahaha, wha-wha-wha, wu-u-huh. Have a great time!

Charles ging noch ganz benommen vom vielen Essen und Lachen die Treppe zum Bahnsteig hoch. Sie hatten hier ihre schöne alte Station frisch renoviert. Der Zug Richtung City fuhr durch ausgedehnte Vororte mit größeren und kleineren Einfamilienhäusern, umgeben von bereits kahlen Bäumen und matten Wiesen, und hielt dann an der Endstation in Howard, wo Charles Wanzeried umstieg. Weiter ging es mit dem El Train durch Außenbezirke mit Parks, Back-

steinbauten, Gewerbehallen und Mietskasernen.
Chicago besaß enorm viele Kirchen, fiel ihm jetzt auf,
so wie er auch im Zug wieder etliche Passagiere mit
Sonnenbrillen entdeckte. Er wunderte sich, schließlich war ja den ganzen Tag fast keine Sonne zu sehen
gewesen. Der dunkler werdende graue Himmel und
der Lake Michigan wirkten heute leicht vergrämt.
Immer mehr Hochbauten tauchten auf, deren Fenster wie erste Abendsterne in der Dämmerung leuchteten. In der Chicago-Station stieg er aus, ging in
eine dieser nichtssagenden Allerweltfilialen einer
großen Ladenkette und kaufte sich ein billiges
Headset für sein Handy. Denn er hatte etwas vor,
was er sich nur in diesem freien Amerika wirklich zu
tun getraute. Er fuhr mit einem Bus voller Pendler
bis an den See und suchte ein teures italienisches
Restaurant auf. Allerdings war das Wasser im Dunkel der früh einbrechenden Nacht schon nicht mehr
zu sehen. Nur die Verkehrslichter spiegelten sich
noch in den hohen Fensterscheiben, als ob es eine
stark frequentierte Landebahn eines weiteren City-
flughafens nahe am See gäbe. Das war ihm aber
durchaus recht, denn die Gaststätte lag schließlich
in einem schwindelerregend hoch gelegenen Stockwerk. Und da saß er nun, aß ein Vier-Gang-Menu zu
einer Flasche Nero d'Avola, stellte sich allein unten
am dunklen See vor und hörte dazu wie zum ersten
Mal – zumindest auf diesem Kontinent – die Matthäuspassion, und zwar bis zum letzten Ton und letzten
Schluck Grappa. Bis der Chorgesang endlich mit der
Schlusszeile endete: Höchst vergnügt schlummern da
die Augen ein.

VI

Als Charles Wanzeried an eines der Fenster im
Wohnzimmer trat, konnte er feinste helle Flocken
sehen, die wie leicht nach oben gebogene Federn
aussahen und in Zeitlupe herabschaukelten. Die
Straße und die Gehsteige waren davon bereits mit
einem leicht fleckigen Weiß belegt. Es war der erste
Schnee, wie es gestern Hank richtig vorausgesagt
hatte, den er in diesem nun angehenden Winter sah,
erster amerikanischer Schnee. Das sei kein echter,
meinte Frau Procházka, er sei bloß durch die vielen
startenden und landenden Flugzeuge vom O'Hare
verursacht. Das hätten sie am Fernsehen einen Wissenschaftler erklären lassen. Charles Wanzeried
konnte das nicht recht deuten, aber er vermutete,
dass es solche und ähnliche Phänomene wirklich
gäbe. Frau Procházka wirkte heute ernster und
Charles Wanzeried dachte, dass sie seinem Wander-
bericht von gestern nicht aufmerksam zuhöre, obwohl es sie doch sehr erstaunt hatte, dass er so weit
hinauf, bis Evanston, gelangt war. Ob er bemerkt
habe, wie viele Südamerikanerinnen und Schwarze
dort mit dem Zug hin und zurück pendelten, um
nach den Kindern, Hunden, den Häusern und Gärten der Reichen zu schauen. Nein, auf das hatte er
nicht geachtet. Er war am Fenster gesessen, um irgendwo noch einmal das Seeufer zu erspähen, an
dem er so lange entlanggewandert war.

Wie kalt es denn heute sei, erkundigte er sich und
setzte sich wieder an den Tisch. Zwanzig Grad Fahrenheit sei es draußen. Ja, diese Grad Fahrenheit, er
hatte die Umrechnungstabelle nie genau im Kopf und

wusste nur, dass es ab zweiunddreißig hinunter in
die Minuswelt der Celsius Grade ging. Frau Procházka ging es aber um etwas anderes als Kälte- oder
Wärmemesswerte, dass sie nämlich Weihnachten
zusammen mit ihrem Sohn David in Florida verbringen werde. Wunderbar, meinte Charles Wanzeried.
Ja, sie freue sich sehr, trotz des langen Flugs. Das
sei nicht einmal ein Drittel der Flugzeit nach Zürich,
entgegnete Charles Wanzeried, wie zum Schein em-
pört, nachdem er sich bei ihr nach der effektiven Rei-
sedauer erkundigt hatte. Sie solle ein paar Zeitschrif-
ten mitnehmen, dann sei alles im Nu vorbei. Es
reiche im Flugzeug nicht einmal für das Hören der
Matthäuspassion. Sie musste schmunzeln. Der
Kühlschrank sei zwar gefüllt, aber er habe eben doch
das Brot und frische Milch selber zu besorgen. Es
gebe dafür gute Geschäfte im Quartier, und sie zählte
ihm für jede Spezialität, für jedes Schnäppchen ihre
Lieblingsläden mit allen Vor- und Nachteilen auf.
Charles Wanzeried widerstrebte ein morgendlicher
Einkaufbummel nicht, er ging bei sich in Zürich für
seine Lebensmittel gerne auch weite Wege. Natürliche Bewegung und interessante Beobachtung an der
frischen Luft vor den Schaufenstern und im verführ-
erisch riechenden Ladeninnern gaben der nomadi-
sierenden Nahrungsbeschaffung sozusagen noch einen ausspähenden, jägerhaften Zweck. Und wenn er
da schon an die Beute dachte, so fragte er noch nach
den Bezahlungsmodalitäten, welche Frau Procházka
ihm auf einem ausgedruckten Blatt überreichte, das
sie rasch in ihrer Wohnung geholt hatte. Das Ge-
schäftliche regle eben David und so seien auch die
Überweisungsdaten auf ihn ausgestellt. Soviel dazu.
Und ob denn Herr Vanceride heute wieder an den
See ginge. Charles Wanzeried stand auf, hielt den

Kopf verschmitzt schräg zu ihr hin, zog die Augenbrauen hoch und nickte. Aber diesmal angesichts des vielen Kunstschnees doch lieber weit weg von O'Hare in den Süden. Da komme man mit einmal Umsteigen bequem mit der Green Line hin, sagte Frau Procházka. Und indem sie ihm noch viel Glück für seine verbleibende Zeit in Chicago wünschte, legte sie einen Arm um seine Schultern, wie wenn sie den körperlichen Umfang mit der Hand leicht zärtlich abklopfend hätte messen wollen.

Sie sind wahrlich eine sehrrr stattliche Erscheinung, Herr Vanceride.

Und ich bin jetzt doch noch für einige Zeit ihr Statthalter in der gemütlichen Wohnung hier, sagte Charles Wanzeried und streichelte sie sanft an ihrem Arm. Es war eine ganz spontane, vertrauliche gegenseitige Berührung, wie unter guten alten Freunden, Gruß und Abschied zugleich, diesem amerikanischen High Five ähnlich, wenn sich Leute aus überquellender, gar bewundernder Freude gegenseitig in die erhobenen Hände klatschen. Und die Geste wirkte noch lange in Charles Wanzeried nach.

Wie er aus dem grausteinigen Haus trat und die Treppe hinabstieg, die beidseitig mit schmiedeeisernen Geländern bestückt war, kam ihm die Kälte im Vergleich zu gestern noch schlimmer vor. Der Schneefall hatte wieder aufgehört und die wenigen verbliebenen Flocken auf Treppe und Gehsteig wirkten jetzt aus der Nähe bereits wie festgefroren. Er zog den Schal über das Kinn hoch und seine Mütze tiefer, damit sie besser über den Ohren sitze – es fehlte das lange schützende Haar von früher –, und machte sich auf den Weg zur Bahnstation. Auf der dortigen, erhöht liegenden Plattform pfiff einem ein derart eisiger Wind um die Ohren, dass er es den andern Wartenden gleichtat und seine Fellkapuze auch noch über die Mütze hochzog, die Stadt Chicago kam einem dann gleich ein wenig grönländischer vor.

Im mattsilbrigen Wagen der El war es dafür angenehm warm, überall saßen gut eingepackte Passagiere im Neonlicht. Er setzte sich neben einen Mann in schwarzer Jacke mit hohem Kragen, die mittellangen braunen Haare mit Gel nach hinten gekämmt. Seine Sonnenbrille hatte reflektierende Gläser. Vor ihnen war ein Paar mit kleinen Köpfen und riesigen Körpern darunter; er in grauem Pea Coat und mit Zopf, sie bleich geschminkt und mit blau grün verfärbtem Haar in dunkelrotem Ledermantel. Sie zeigten sich gegenseitig Tierfotos auf ihren Handys und lachten jeweils schallend laut darüber. War das eine Art neues, selbsterfundenes Quartettspiel? Charles Wanzeried schaute an seinem Sitznachbarn vorbei nach draußen, es war und blieb ein verhangener, düsterer Tag. Wieso dann diese Sonnenbrille? Aber der Mann neben ihm, die Hände im Schoß übereinander gelegt, schaute ja auch gar nicht hinaus, sondern starrte geradeaus am lachenden Paar vorbei auf eine Frau mittleren Alters, die mit dem Rücken zur Fahrrichtung in einem der blauen Schalensitze in offenem braunen Wintermantel saß. Mit einer Fellmütze, wie Charles Wanzeried am bezopften kleinen Kopf vor ihm vorbei jetzt auch ohne Schwierigkeit sehen konnte. Leicht nach vorn gebeugt saß sie da, als höre sie jemandem gegenüber aufmerksam zu. Dabei war ihr linkes Bein schräg am Sitz vorbei in den Gang nach hinten abgewinkelt, so dass sich die Jeans über den Oberschenkel straff spannten, quasi als reite sie auf ihrem Sitz. Das also schaute sich sein Sitznachbar die ganze Zeit an. Charles Wanzeried wusste, wie unangenehm U-Bahnen sein konnten, wenn man seinem Gegenüber nicht in die Augen schauen wollte. Aber jetzt hatte er auf einmal das Gefühl, die Sonnenbrille diene vor allem dem Voyeurismus. Fuhren derart Spanner täglich mit der El in die Stadt hinein und hinaus? Doch sein Erstaunen darüber brachte ihn auf eine neue Idee in eigener Sache. An der Clark/Lake Station stand er auf. Links vor ihm wand sich einer dieser zwergwüchsigen Mexikaner geschickt aus seinem El-Sitz hoch, ohne sich dafür irgendwo festzuhalten. Dann stand er wartend im Gang und ging, bevor die Türen richtig öffneten, leicht in die Knie, um sich erneut hochzustemmen, es sah wie ein Sich-Räkeln aus, und dabei einen fahren zu lassen. Anschließend schlenderte er hinaus, wie wenn nichts gewesen wäre. Seine Freundin – war es gar seine Mutter? –, vollkommen unberührt von all dem, folgte ihm unmittelbar hinterher, so wie auch Charles Wanzeried durch diese leichte Benebelung der Riechorgane auf den Bahnsteig trat. Man musste in der El wirklich zur unterhaltsamen Abwechslung auch die Fahrgäste genauer ins Auge fassen, nicht nur die durchfahrenen Stadtquartiere oder schwarzen Tunnelwände. Charles Wanzeried suchte nicht lange und fand wieder eines dieser austauschbaren Allerweltsgeschäfte einer Ladenkette, in der man neben Billigstem auch gleichzeitig Erstaunliches finden konnte, zum Beispiel Sonnenbrillen für Kurzsichtige im Winter. Er kaufte sich eine solche mit spiegelnden Gläsern, wie sie sein Sitznachbar in der El getragen hatte.

Dann ging es zu Fuß rund eine Viertelstunde zum Loop hinunter, bis er erneut vor dem Hotel Severin stand. Jetzt wollte er wirklich wissen, ob ihm Sally aus dem Flieger nicht doch eine Nachricht hinterlassen haben könnte. Und ohne einen Moment zu zögern, ging er in seiner neuen Verkleidung hinein – Sonnenbrille, Mütze und Kapuze –, damit ihn der hagere Mann mit Brille und grau pomadisiertem Haar dort hinter der Rezeption nicht erkenne. Und tatsächlich saß der alte Rezeptionist wieder da. Charles Wanzeried begann mit noch viel leiserer Stimme als sonst und mit seinem französisch intonierten Swiss-Englisch zu improvisieren, also im besten globalisierten Franglais fédéral. Er recherchiere für die Hochzeit seiner Tochter, deren jetziger Bräutigam, also sein Schwiegersohn, aus Wisconsin oder, um ganz genau zu sein, aus New Glarus komme – wie ihm das jetzt alles nur so zuflog, er staunte selber –, und in Chicago eine Zeitlang an der Loyola University beschäftigt gewesen sei, ohne dann aber seinen Abschluss wirklich zustande gebracht zu haben – so viel erfundene Bösartigkeit musste von der Seite des zukünftigen Schwiegervaters einfach sein. Seine Tochter wünschte, dass die Gäste ...

Hören Sie, ich verstehe sehr genau, was sie fragen wollen. Wir haben in der Tat Spezialangebote für Vermählungsfeiern. Ich kann Ihnen hier einen kleinen Prospekt zu unserm Hotel mitgeben. Was die Angebote und ihre Preise selber betrifft, so müssen Sie auf unsere Website. Leider ist die hier nicht mit gedruckt drauf. Ich schreibe Ihnen rasch die Adresse auf: hotelseverin dot com. Hier, das dürfte reichen. Kommen Sie aus Belgien?

Switzerland.

Ah ja. Sehr viele Schweizer kommen zu uns. Wir sind sehr beliebt.

Charles Wanzeried, wenn er schon derart in Fahrt gekommen war, konnte es sich nicht verkneifen, sich gänzlich unerkannt wähnend, noch ein wenig übers Ziel vertraulich hinauszuschießen und dem grauhaarigen Rezeptionisten mit Mittelscheitel zu seinem hervorragenden Äußeren bei so einer strengen Arbeit zu gratulieren.

Danke Sir.

Sie waren heute sicher früh auf, aber man merkt überhaupt nichts, so frisch und freundlich sind Sie.

Danke Sir.

Aber es gibt doch hoffentlich bald einmal Feierabend?

Der ist immer redlich verdient.

Fünfstundentag oder so?

Temporäre Einsätze, wie man's nimmt, speziell wenn's eng wird. Kann ich sonst noch etwas für Sie tun?

Das ist aber ein ganz durchtrieben Diskreter, dachte Charles Wanzeried und verneinte.

Und wir freuen uns natürlich von Ihnen wieder zu hören. Have a great day!

Draußen vor dem Hotel rechnete sich Charles Wanzeried kurz die mögliche Arbeitszeit des Rezeptionisten im Kopf durch. Er müsste eigentlich spätestens um fünf Uhr durch jemanden anderen ersetzt sein. Und bis dahin fahre er eben mit der Hochbahn

in den Süden an den See. In Cottage Grove schlug
ihm allerdings unten an der Treppe wieder der eisige
Wind entgegen, der ihm, spätestens als er im Midway
Plaisance Park angekommen war, geradezu die Tränen in die Augen – selbst mit der Brille – und das
Kondenswasser aus der Nase trieb. Es war ein kräftiger, junger wie erbitterter Wind, der da von Kanada
her über den See gerast kam und ihm derart hart ins
Gesicht peitschte. So ballte er seine behandschuhten
Hände in den Manteltaschen und ging zügig weiter
vorwärts, bis er es einfach nicht mehr auszuhalten
vermochte. So etwas von verflucht windig, damn
windy war er sich nicht gewohnt. Es war zum Ver-
zweifeln kalt und er nahm Zuflucht im Café eines
Kunstzentrums, ohne den See wirklich gesehen zu
haben. Mitten unter Studenten war er dort, die ihre
Hausaufgaben ordentlich erledigten, müde schwiegen
oder lautstark diskutierten, um zwischen Vorlesung
und letztem Seminar die Zeit ebenfalls wie er totzu-
schlagen. Charles Wanzeried bewältigte sein Warten
auf den Abend mit aufwärmendem Tee, süßem Gebäck, Nachdenken, in Tomatensauce schwimmender
Pasta, ein paar Gläsern Weißwein und mit dem Sur-
fen auf seinem Handy.

Die Homepage dieses Hotels Severin war mit hüb-
schen Farbfotos bestückt, alles historische Details
am Gebäude oder aus den Zimmern und dem Speisesaal. Offensichtlich gehörte es einer Hotelkette mit
Sitz in Miami. Von den Arbeitszeiten und Schicht-
wechseln des Personals war natürlich nichts zu lesen. Die Preise machten einen durchaus akzeptablen
Eindruck. Was hatte Sam im Lieferwagen eigentlich
nur gegen dieses Hotel gehabt? Natürlich waren hier
andere Dollarpreise als bei seiner in Zürich getätigten

Buchung angegeben, aber er empfand das nicht als unzumutbar für Touristen. Da zahlte ja jeder Amerikaner in der Schweiz mehr. Dann fiel ihm auf, dass jede Website, die er in Chicago bisher angeklickt hatte, von den Bahnbetrieben bis zu den Museen, ihm ein, zwei Tage später irgendwelche Werbemails oder Newsletters ungefragt zukommen ließ. Die kannten also keinen Datenschutz. Auch schien ihm, es träfen kaum mehr Emails aus der Schweiz ein, seit er hier war, dafür umso mehr Spams, in denen ihm Frauen wie Männer mit russischen Vornamen unerwartet ihre Freundschaft anboten. Hatte das schon mit den bevorstehenden Wahlen in Chicago und Illinois zu tun? Die Vereinigten Staaten waren offensichtlich ein ideales Land für Verschwörungstheorien. Allerdings machten die Studenten um ihn herum einen arglosen, eher beruhigenden Eindruck, derart oft hörte er sie das Wort honestly ganz ehrlich betonen. Als es schon merklich eindunkelte, entschloss er sich, wieder in den Loop zu fahren. Draußen war und blieb es nach wie vor eiskalt, aber mit dem Seewind im Rücken ließ sich wenigstens einiges schneller zurück zur Bahnstation eilen.

Als er einmal mehr vor dem Hotel Severin stand, wartete er noch mit dem Hineingehen zu, denn die Vorhänge waren bei den breiten Fenstern neben dem Eingang zugezogen. Er zündete sich eine Zigarette an. So fiel das Warten nicht weiter auf, denn überall standen hier Einzelne oder Gruppen, die möglichst im Windschatten von Türen und Schaufenstern rauchten. Es kam ihm vor, in den Siebzigerjahren hätte man das nur in heruntergekommenen Stadtteilen wie im New Yorker Harlem oder in Venice in Los Angeles gesehen; herumlungernde Raucher auf den

Straßen, die man sogleich mit kriminellem Banden- und Drogenunwesen assoziiert hatte, um das Quartier als gefährlich und unruhig zu meiden. Jetzt führte das strenge amerikanische Nichtraucherregime offensichtlich in den weiß gentrifizierten Bezirken zu einem ähnlichen Erscheinungsbild im Alltag. Da sah er plötzlich, dass ein Paar Hand in Hand den Hoteleingang ansteuerte, warf seine Zigarette weg und folgte ihm unmittelbar. Kaum durch die Tür, sah er schon den alten Rezeptionisten, duckte sich leicht hinter den vor ihm Gehenden, drehte sich um und eilte gleich wieder hinaus. Das war ja unglaublich. Wie lange der arbeiten konnte!

Schräg gegenüber, auf der andern Straßenseite, lag eine Weinbar, in die er ging. An einem Tisch am Fenster bestellte er einen trockenen Weißen und schaute hinüber auf das erleuchtete Hotelschild und seinen Eingangsbereich. Ab und zu kamen Gäste heraus, wohl für ein Abendessen oder einen kulturellen Anlass, aber den Rezeptionisten sah er nie darunter. Je später der Abend, desto häufiger fragte der Kellner ihn nach seinen Wünschen, so dass er schnell einmal beim dritten Glas saß. Essen konnte man nichts Richtiges. Offensichtlich blieb auch niemand allzu lange in dieser stark frequentierten Bar, das Personal war nicht an Gäste mit gutem Sitzleder gewöhnt. Charles Wanzeried wollte sich aber hier nicht einfach und allein unter den Tisch trinken. Der Rezeptionist schien wohl geradezu in seinem Hotel zu wohnen. Es war also vorerst alles eine Fehlanzeige gewesen. Er bezahlte und verließ das Lokal. Man musste das anders anstellen, um zu Sallys hinterlassener Nachricht mit Adresse zu gelangen. Charles

Wanzeried wusste nur noch nicht genau auf welche
Weise.

Er ging zurück Richtung Bahnstation und machte
in einem Restaurant einen Zwischenhalt bei Bison
Tartar, was ihm wie würzigeres Kalbfleisch vorkam.
Eigentlich hatte er einen abenteuerlicheren Geschmack erwartet. Dann bestellte er noch ein halbes
gebratenes Huhn mit Gemüse und gedörrten Apriko-
sen, dazu englisches Ale. Rechts von ihm war ein
bleicher Gast mit spärlichem, fettigem Haar die ganze
Zeit über damit beschäftigt, neben seinem Teller alte
Quittungen zu studieren. Dann rief er dem Kellner
und beschwerte sich darüber, dass der Wein in der
Karaffe nicht wirklich einem Liter entsprochen habe.
Der Kellner bestritt das und zeigte ihm auf der Spei-
sekarte die Maße. Bevor der Mann dann schließlich
mit Bargeld zahlte, verglich er noch einmal haargenau die Rechnung mit den Preisen auf der Karte: I'll
give you no tip because of the wine. I mean the food
was allright but the wine was rinky dinky. Charles
Wanzeried konnte nichts aussetzen an diesem robus-
ten Restaurant. Essen und Ale waren vorzüglich und
für Schweizer Verhältnisse sehr günstig. So gab er
dem Kellner viel Trinkgeld: Das war vorhin wohl ein
historischer Geizkragen neben mir.

Oh, I'm used to that kind of shilly-shallying
anyway.

Eine übliche Knausrigkeit unter Einheimischen, so
verstand es Wanzeried. Dann erstaunte es ihn umso
mehr, dass man als Tourist in den Reiseführern derart eindringlich neben dem Bezahlen all der ver-
schiedenartigen Taxes, der Steuern, auch noch zum
obligatorischen Tip fürs Personal ermuntert wurde.

Na wenigstens erzog man die Fremden dadurch wirklich richtig.

Vielleicht war es doch das Büffelfleisch gewesen – oder hatte ihn sonst ein Präriegras unter dem Asphalt gestochen? –, auf jeden Fall entschloss sich Charles Wanzeried, noch einmal in die gleiche Richtung wie zuvor zurückzugehen und beim Hotel Severin einfach stinkfrech durch die Tür einzutreten. Klar hockte der alte Rezeptionist immer noch da – wie hätte es auch anders sein können – und starrte ihn geradezu dümmlich erstaunt an. Doch dann zog dieser rasch aus einer Schublade, er schien Übung darin zu haben, einen furchterregend breiten Revolver und legte auf Charles Wanzeried an: Die Hände hoch, los!

Charles Wanzeried hob sie erschrocken sofort weit über seinen Kopf.

Was schnüffeln Sie eigentlich die ganze Zeit hier so rum? Mal Schweizer, Mal Belgier. Mal geht's um ein Hotelzimmer, dann wieder um eine Hochzeit. Mal sind Sie der Bruder, Mal ein Gast, dann wieder Schwiegervater. Und jetzt? Um was geht's jetzt?

Ich brauche eine Information über eine Frau.

Dass ich nicht lache. Und übermorgen geht's wohl um die Patronen für die Büffeljagd Ihres dämlichen Schwiegersohns, ja? Zum Glück haben wir eine Überwachungskamera.

Nein …

Charles Wanzeried deutete mit dem Kopf Richtung Lift, dessen dreieckigen roten Pfeil er im Spiegel hatte aufleuchten sehen: Ich glaube, da kommt wer.

Dann nehmen Sie sofort die Hände wieder runter.

Der Hotelportier steckte den Revolver rasch in die rechte Hosentasche und Charles Wanzeried ließ beide Handflächen auf die Theke der Rezeption klatschen, den Blick gebannt auf der eigenartigen Ausbuchtung der Hose des Concierge. Aus dem Lift trat ein Gast, hinterlegte rasch seinen Zimmerschlüssel und der Rezeptionist nahm ihn in Empfang, um dem Hinauseilenden einen schönen Abend hinterher zu wünschen.

Kaum war der verschwunden, nahm er den Revolver wieder hervor und unterstrich mit einer Hin und Her-Bewegung: Hände hoch, wie ich schon sagte!

Ich – ich meinte ja nur, dass ich mich nie als Belgier ausgegeben habe, wie Sie sagten.

Ich will keine Haarspalterei. Wir sind ein seriöses Hotel, hören Sie.

Ich weiß nicht, wann ich das letzte Mal mit erhobenen Händen gesprochen habe?

Jetzt wissen Sie es, Sie Billy Graham, Sie.

Ach, lebt der überhaupt noch in Chicago?

Wissen Sie was, ich stelle hier die Fragen, nicht Sie! Wer sind Sie und was wollen Sie eigentlich! Schießen Sie los!

Ich bin und bleibe Charles Wanzeried! Hat eine Frau für mich eine Nachricht hinterlegt?

Gut, Herr Wanzeried, bleiben wir bei Ihrer Wahrheit. Hier lag gestern etwas von einer Frau, weiß den Namen nicht mehr, die zuerst angerufen hat und dann persönlich noch vorbeigekommen ist. Aber wir haben ihr erklärt, dass Sie wegen eines Todesfalls abgereist seien, was aber ganz offensichtlich erstunken und erlogen ist, wie ich jetzt sehe. Und die Notiz von ihr haben wir Ihnen postalisch an Ihre Adresse in Europa geschickt.

Das ist jetzt also alles als Brief im Flieger nach Zürich unterwegs?

Ja, oder so ähnlich ... billiges Shipping.

Du meine Güte, dann ... übrigens nur so, da kommt wieder wer mit dem Lift.

Also Hände sofort wieder runter, Mister Wanzeried!

Der Rezeptionist hatte Schweißperlen auf der Stirn, als er den Revolver erneut in der Hose seines Anzugs verschwinden ließ. Es brauchte nicht mehr viel und seine Brille würde sich beschlagen.

Eine Frau und ein Mann um die vierzig traten aus dem Lift. Ob es hier in der Nähe einen Tabakladen gäbe. Der Rezeptionist überlegte lange: Das Smoky Time hat kürzlich zugemacht. Vielleicht müssen Sie den Jackson Boulevard ganz runter bis zur Union Station, da sollte es etwas in die Richtung haben, aber ich kann es Ihnen wie nicht mit aller Sicherheit sagen.

Aber dafür ich, sagte Charles Wanzeried, ich kann ihnen ganz genau zeigen, wo der ideale Tabakladen für sie beide liegt, ich muss da sowieso dran vorbei. Folgen sie mir doch bitte.

Und damit ging er langsam dem Paar voraus, das aus Kentucky kam, wie ihm die blonde Frau mit gro-

ßen Augen und Hamsterbacken im Gehen erklärte.
Sie würden sich in Chicago nicht sehr gut auskennen. Wanzeried hatte nicht einmal mehr Zeit, dem
Rezeptionisten einen dieser tiefen wie bedeutungsvollen Siehste-aber-so-ist-es-nun-Mal-Blicke zum Abschied zuzuwerfen. Er führte das Paar zielstrebig vor
sein Restaurant mit dem Bisonfleisch und empfahl es
ihnen in den lebhaftesten Farben, wie wenn er Prozente dafür bekäme. Dann sagte er lachend, and now
it's your smoking time, und schenkte ihnen ein
Päckchen seiner Schweizer Zigarettenmarke. Er ließ
sie verblüfft zurück, weil sie einen solchen ausländischen Scherzbold wahrlich nicht in diesem Hotel
vermutet hätten.

Wie Charles Wanzeried aber nach all den ausgestandenen Turbulenzen noch gut mit einem Taxi, das
er bei der Bahnstation zufällig stehen sah, nach
Hause kam, blieb ihm selber schleierhaft. Er saß
stumm auf dem Beifahrersitz neben einem Kongolesen, der als Freelancer in der Grafikbranche zusätzlich drei Tage pro Woche für das Fahrdienstunternehmen arbeitete, um sich in Chicago über Wasser
halten zu können. Und Charles Wanzeried starrte auf
die nächtlichen Straßen, die sie durchfuhren, sah
nicht nach rechts und nicht nach links, beachtete
nicht die Leute vor den Schnellimbiss-Ständen, nicht
die Neonwerbung und nicht die vielen erleuchteten
Büroräumlichkeiten. Er ließ sich durch diesen Großstadtdschungel fahren, während in ihm sein Herz
hämmerte und seine Gedanken schreckhaft durcheinanderwirbelten. Erst als er in der Pension seine
Wohnungstür hinter sich fest verschlossen und verriegelt hatte, kam er sich wie gerettet und sicher vor.
Vollkommen erschöpft zog er Mantel und Stiefel aus,

und setzte sich aufs Sofa im Wohnzimmer, ohne das
Licht anzumachen. Nach einer Weile war ein leises
Klopfen an der Tür zu hören. Erschrocken horchte er
auf. Es klopfte noch einmal hart und kurz. Zögernd
und leise ging er an die Tür, nahm die Brille ab und
schaute vorsichtig mit dem rechten Auge durchs
Guckloch ins beleuchtete Treppenhaus. Dort sah er
einen jungen Mann mit durchaus feinen Gesichtszü-
gen und Spitzbart à la Johnny Depp, einen kleinen
braunen, genoppten Cowboyhut wie für Kinder auf
dem Kopf, unter dem lange strähnig helle Haare hinten auf seine schmalen Schultern herabfielen. Er
trug eine Sonnenbrille mit runden, dunkelblau ge-
tönten Gläsern.

Charles Wanzeried öffnete ihm nicht. Es war ihm
jetzt einfach zu viel, es schon wieder mit irgendeinem
dieser verrückten, durchgeknallten Chicagoer zu tun
zu bekommen. Stattdessen schlich er auf seinen Socken leiser als eine Schneeflocke ins Schlafzimmer,
wo er sich traumhaft schnell seiner Kleider entledig-
te. Und kaum saß er im gelben Pyjama auf seinem
Bett, so fällte ihn auch schon windschnell der Schlaf.

VII

Wenn es Mitte Dezember schon derart viele internationale Welttage gab, etwa für Berge, Migranten oder menschliche Solidarität und den Weltorgasmus – was immer das auch sein mochte –, so hätte der heutige Tag am ehesten zu einem der späten Einsicht erklärt werden müssen. Wenigstens fand das Charles Wanzeried. Denn am Morgen schoss ihm beim Erwachen unerwartet durch den Kopf – war das vielleicht noch ein Nachhall des schubladisierten Schießeisens im Hotel gestern –, dass Sally ja an der Universität Venedig tätig war und es wohl von Anfang an klüger gewesen wäre, ihre dortige Emailadresse ausfindig zu machen. Eigenartig, bei Sally schien er immer alles zu spät zu realisieren. Aber es blieb eine nicht zu leugnende Tatsache.

Mit diesem Einsehen begab sich Charles Wanzeried an seinen Frühstückstisch im Wohnzimmer, durch dessen Fenster die Sonne einen blendete. Und wie er sich den Kaffee eingoss und die Milch umrührte, trat unmittelbar nach einem leisen Türklopfen Frau Procházka ein, von Kopf bis Fuß elegant für ihre Reise in den Süden zurechtgemacht.

Sie … noch hier und nicht schon längst über alle Berge der Appalachen?

Aber Herr Vanceride, einen guten Morgen darf ich Ihnen doch noch wünschen wollen. Mag ich auch das Fliegen nicht sehrrr, so gehe ich deswegen sicher nicht schon einen halben Tag vorher auf den überfüllten Flughafen.

Und wenn es nun sehr viel Kunstschnee hat? – Aber ich sehe, Sie lassen in jeder Hinsicht mehr Vernunft walten als ich. Anstelle von O'Hare habe jetzt allerdings ich den vollen Frühstücksgenuss.

Sie sind wahrlich unverbesserlich!, lachte Frau Procházka, dass ihre beiden Goldzähne leuchteten. Haben Sie denn gestern wieder viel erlebt in unserer Stadt?

Charles Wanzeried erzählte von all seinen Erlebnissen, nur das windigste mit dem Hotel Severin verschwieg er geflissentlich, er würde ja der eigenen Trottelei wegen noch aus dieser Pension verwiesen. Das Bisonfleisch habe ihm derart geschmeckt, dass er relativ spät am Abend zurückgekehrt sei. Und da habe doch so ein unheimlicher Trapper mit Cowboyhut im Treppenhaus gestanden und an seine Tür geklopft. Aber einem solchen Kroketten David habe er die Tür nicht öffnen wollen. Wer dieser Fallensteller denn gewesen sein könnte, wunderte er sich.

Kroketten David, Frau Procházka prustete vor Lachen, auf was Sie nicht alles kommen. Aber Sie haben ja schon Recht, er sieht ein wenig nach David Crockett aus. Nur ist es Grant, der oben im Dachzimmer meines Sohnes wohnt. Vielleicht wollte er sich bei Ihnen bloß kurz vorstellen. Er ist sehrrr höflich, wissen Sie.

Ja, dann habe ich ihm gestern natürlich großes Unrecht getan, aber ich war so etwas von müde.

Der See macht sie ja offenkundig genauso schläfrig wie der Flieger. Am Schluss verschlafen Sie noch alles in Chicago.

Es scheint fast mein Schicksal zu sein. – Vielleicht sollte ich es heute einmal mit einem winzigen Binnensee versuchen. Im Humboldtpark gäbe es einen fischreichen, wurde mir vorgestern erklärt.

Oh, der ist gar nicht so klein und Sie kommen gut zu Fuß hin mit Ihren Schweizer Meilenstiefeln.

Die Sonne möge mir dabei zur Seite stehen.

Doch kaum stand er draußen, merkte Charles Wanzeried, dass die strahlende Sonne keine Wärme bedeutete, sondern dass vielmehr der eiskalte Wind den hellblauen Himmel von jeglichen Wolken leergefegt hatte. So war es frostklar. Wie hatte er nur je vergessen können, dass Chicago im Winter eine kalte Stadt ist?! Nein, das sah er jetzt ein, das durfte man nicht vergessen, selbst mit Thermo-Unterwäsche nicht. Und endlich beim Humboldtpark angekommen, war ihm jegliche Lust für einen weiteren Spaziergang rund um die von kahlen Rasenstücken umgebene Lagune vergangen. Stattdessen setzte er sich in ein Café abseits des Parks, um sich mit einem Cappuccino und einem Croissant aufzuwärmen und mit Hilfe seines Handys einen neuen touristischen Sightseeing-Plan für sich auszuhecken. Vielleicht sollte er mit dem Bus von Park zu Park fahren, die mit Dollar aufgeladene Verkehrskarte dafür hatte er ja schon vom El Train. Schließlich gab es hier unzählige Parks, allerdings auch derart winzige, dass sie in ihrer Winterkahlheit eher wie Car Parking Spaces oder Hundezonen, Dog Parks wirkten. Das war ja gerade das Geniale an dieser mehrheitlich quadratisch angelegten Stadt, dass man quasi fast auf jeder größeren Straße eine Buslinie vorfand, mit der sich entweder parallel zum Lake Michigan oder dann direkt auf ihn zu fahren ließ. Diese Busse waren verstaubte, lautmotorige Fahrzeuge, die über eine erstaunliche Robustheit zu verfügen schienen, auch wenn sie bei jedem Halt einen tiefen Seufzer von sich gaben. Der Fahrpreis war günstig, so dass auch der Autobus, den Charles Wanzeried auf der North Avenue Richtung See nahm, mit Fahrgästen nur so überfüllt war.

Und während er noch über die vielen Rollstuhlfahrer darin staunte, bemerkte er wie zum ersten Mal, dass er der einzige Weiße war, ohne dass ihn das weiter irritiert hätte. Es fiel ihm einfach im Gegensatz zum El Train auf. Aber er sah auch wie viele müde Frauen mit Kleinkindern sich nur noch mit einer Dose Redbull wach hielten, wie Rentner ihre schweren Einkaufstrolleys kaum hineinhieven konnten, Männer wie Frauen in dünnen Trainerjacken, bisweilen in Turnschuhen ohne Socken, oder Südamerikaner, die vor Erschöpfung tief wie Murmeltiere in ihren zu großen Winterjacken schliefen. Als sie auf der Fahrt an einem Frühstückslokal vorbeifuhren, stieg er an der nächsten Haltestelle aus und ging dorthin zurück. Die Kälte machte ihn hungrig. Es war ein einfacher Diner, in dem eine kleine puerto-ricanische Kellnerin flink auftischte. So hatte er sein American Breakfast, bevor er noch seine beschlagenen Brillengläser mit einem Taschentuch richtig trockengerieben hatte. Sie sei ja schneller, als Kleopatra ihre kleine, aber schöne Nase habe putzen können. Sie lachte: Und sie können jetzt frühstücken wie ein Richard Burton. So aß er im Sonnenschein, der durch die hohen Fenster fiel, und sah, dass Sally ganz offensichtlich ihre Emails auf dem venezianischen Uni-Server doch regelmäßig abrief:

Hi Charles, bin sehr erstaunt, dass Du schon wieder in Chicago bist. Im Hotel sagte man mir, Du hättest am Tag der Ankunft gleich wieder zurückfliegen müssen. Hoffe, es ist alles gut! Schön, dass Du jetzt hierher zurückgekommen bist. Hast Du Lust heute Abend an eine Party zu Freunden von uns mit zu kommen? Wir könnten Dich in Logan Square um 6pm abholen. Freue mich sehr! Sally

Diese Vielfliegerei zwischen den Kontinenten wirkte also gar nicht weiter absurd bei den Chicagoern, wie er zuerst befürchtet hatte. Und so schlug er eine solch unerwartete Einladung auch nicht gleich aus. Er schrieb zurück, er habe bloß das Hotel mit einer Pension vertauscht, weil es ihm zu laut und zu zugig vorgekommen sei. Das Personal im Übrigen äußerst unfreundlich, geradezu bedrohlich. Um nicht den vollen Preis bezahlen zu müssen, habe er einen Todesfall in seiner Verwandtschaft vorgetäuscht, vielleicht nicht ganz so geschickt, aber es sei ihm im Moment einfach nichts Besseres eingefallen. Er musste lachen, dass er jetzt schon genauso tönte wie Sam. Er übernahm offensichtlich schneller Dinge, als gedacht.

Dann fuhr er mit einmal Umsteigen nach Logan Square zurück und ging noch in einen Liquor Store, um ein paar Flaschen Wein zu besorgen. Ein Riese von einem Verkäufer in hellblauen Jeans und grauem Pullover bediente ihn. Als er nach einem trockenen Rotwein fragte, lud ihn dieser an die kleine Bar ein und ließ ihn eine ganze Reihe von Weinen degustieren. Der italienische Hartkäse musste selbstverständlich auch mit dazu probiert werden. Und schließlich entschloss er sich, drei Flaschen argentinischen Malbec zu kaufen. Für den genau gleichen

Preis erwarb er sich in einem benachbarten Tabakladen, einer wahren Haschhöhle, ganze drei Päckchen einer amerikanischen Zigarettenmarke. Er trug alles in einem Papiersack sachte durch den kalten Wind zur Pension, genauso vorsichtig, wie er seine alten Drucke in den Lesesaal getragen hatte. Dann legte er sich noch kurz hin, stellte sicherheitshalber den Wecker und machte mitten am frühen Nachmittag ein kleines Nickerchen. Auch seine Schlafgewohnheiten amerikanisierten sich immer mehr.

Mit dem Eindunkeln machte er sich für die Party zurecht. Der Vorteil von weiten eleganten Kitteln war, sie passten eigentlich für jede Gelegenheit. Aber sicherheitshalber band er noch eine Krawatte um, man wusste ja nie. Um sechs trat er vor die Tür, rauchte unten an der Vortreppe auf und ab stampfend noch, bis endlich ein schwarz glänzendes Auto bei ihm hielt. Es kam Charles Wanzeried wie ein Chrysler vor, aber ganz sicher war er da nicht. Sally stieg aus und begrüßte ihn herzlich mit einer Umarmung. Auch sie hatte mit ihrem dicken blauen Daunenmantel und Pelzmütze an Umfang zugelegt. Sie freue sich sehr, dass er so spontan zugesagt habe. Er sei ja doch nicht ganz zum Nichtraucher in Chicago geworden. Eine urkomische Geschichte, das mit dem Hotel. Er müsse alles weitere später einmal ausführlich erzählen. Dann stiegen sie ein, Charles setzte sich auf den Rücksitz und am Steuerrad begrüßte ihn Sallys Schwester Charlotte hastig. Er sah nur rasch ihre Brillengläser herüberfunkeln und den rot geschminkten Mund unter einem gefütterten Hut. Zu Sally gewandt sagte sie: Wolltet ihr da draußen noch die Nacht zubringen? Sie seien doch eh etwas knapp dran. Und schon brauste sie ungehalten los.

Die beiden Schwestern schwiegen einander ver-
stimmt an. Als Sally dann Charles etwas fragen wollte, so leise, dass er es nicht verstand – sein Gehör
schien noch kältegeschädigt –, drehte Charlotte demonstrativ das Autoradio lauter, wo ein Moderator
mit Gästen über irgendetwas witzelte, was, blieb
Charles schleierhaft. Hatte er da wirklich die Wörter
Home Prairie Companion gehört? Was bedeutete das?
Er wusste es nicht. Und so schaute er in die Nacht
hinaus, wie sie in dichtem Kolonnenverkehr auf einem dieser Expressways dahinfuhren, der die Gegend entzweischnitt. Ja, Charles hatte den Eindruck,
die Schnellstraße trenne Wohnquartiere von Ein-
kaufzentren, die Gemeinden von ihren Kirchen und
Friedhöfen, und Schulen von ihren Sporthallen.
Schließlich war fast nichts mehr zu sehen zwischen
Lärmschutzwänden und anderen Verbauungen, über
die nur ab und zu die obersten Stockwerke von
Mietskasernen oder Fabrikschornsteine und Kirch-
turmspitzen ragten. Aber es war zu dunkel und es
ging zu rasch vorwärts, um Genaueres zu erkennen.
Bisweilen fuhren sie unter gewaltigen Brücken
durch, über die wiederum andere Schnellstraßen
gelegt worden waren, wo man zwischen den Pfeilern
an Obdachlosen vorüberraste, die sich um ein kleines Feuer mit Pappkartons und Decken, die sie aus
ihren überfüllten Drahtkorbwagen hervorholten, für
die Nacht einzurichten begannen. Ein einziger un-
übersichtlicher Dschungel von Verkehrsadern wu-
cherte hier mitten in der Großstadt Chicago.

Und irgendwann einmal verließen sie den Expressway wieder und kamen durch kleinere Straßen
mit weniger Verkehr, an denen Gärten und Häuser
lagen, er vermutete, es müsse im Süden sein, Blue

Island vielleicht. Schließlich ging es durch eine Tor-
einfahrt in einen riesigen, englischen Garten, wo
Charlotte auf einem überfüllten Parkplatz hielt. Und
wie Charles ausstieg, sah er vor sich eine große, von
altem, fast schwarzem Efeu überzogene Villa im sogenannten Prairie-Stil, in dieser charakteristischen
Mixtur aus Neoklassik und erdig konzentrierter
Bauweise, wie ihm Sally auf dem Weg dorthin erklärte. Sie gelangten über einen Kiesweg und eine kleine
Außentreppe, wo einzelne Gäste rauchend miteinander redeten, in ein Vestibül. Dort nahm ihnen eine
Südamerikanerin in schwarzer Uniform die Mäntel
ab. Während Sally rasch im Ladies Room verschwand
fragte ihn Charlotte, wie oft er denn so pro Woche in
die USA fliege. Sie zeigte wie angeekelt viel Zahn-
fleisch bei seiner unmittelbar erfolgenden Antwort im
vieldeutigen Ton eines Sams. Ach, sagte Charles
Wanzeried, das sei jetzt bei ihm diese Woche mit der
Vielfliegerei von und nach Zürich eher eine Ausnahme gewesen. Er reise eigentlich in Büchern.

Sie arbeite in einer Anwaltskanzlei und ihr Mann
sei als Buchhalter auf einer Geschäftsreise in Nah-
ost, was für Amerikaner eben doch immer etwas sehr
Gefährliches sei. Nicht nur für sie, fügte Charles
Wanzeried bei. Neben ihnen stand ein Tisch, auf dem
verschiedenartigste venezianische Halbmasken lagen.
Als Sally wieder auftauchte, zogen die beiden
Schwestern sich jeweils eine davon an und Charles
Wanzeried wühlte unter den Masken herum. Er fand
eine à la Zorro, aber auch die war nicht wirklich sehr
praktisch mit der Brille darunter. Und als er sah,
dass ein paar Gäste unvermummt zum Rauchen
nach draußen eilten, tauschte er einfach nur leise
vor sich hinlächelnd sein bisheriges Gestell auf der

Nase mit der Sonnenbrille aus, sozusagen für alle Fälle.

Dann ging es eine mit dickem Teppich belegte, breite Treppe in den ersten Stock hoch. Dort erwartete sie an der offenen Tür eine Riesendogge, welcher man ebenfalls eine Maske zusammen mit einer Santa Claus Mütze um den Hals gebunden hatte. Es war ein altes Tier, das voller Zärtlichkeitsbedürfnis mit nicht kupierter Rute wedelte. Wie ein ergrauter Portier war die Dogge an alles längst gewöhnt. Dann betraten sie einen riesigen Saal, wo an einer Bar viele Gäste mit ihren Gläsern redend herumstanden. Von diesem Bereich waren mit schweren dunklen Vorhängen zwei weitere Räume abgetrennt; einer, wo man vor weiten Panoramafenstern, durch die man auf den Garten sah, an gedeckten Rundtischen saß. Dunkel livrierte Kellner, alles African Americans und Südamerikaner, servierten von einem gewaltigen Buffet aus. Und auf der andern Seite der Bar befand sich ein mit großformatigen alten Bildern geschmückter Salon mit einem Kaminfeuer, um welches massive grüne Ledersessel und im Kolonialstil gehaltene, braune Sofas gruppiert waren, auf die wiederum altmodische Stehlampen aus gelben, gebogenen Schirmen ihr warmes Licht warfen.

Sie setzten sich zu dritt zunächst an einen Tisch, wo ihnen ein dreigängiges Menu aufgetischt wurde, was Charles Wanzeried außerordentlich behagte. So konnte er seinen doch nach dem Mittagsschlaf beträchtlich angewachsenen Hunger stillen und gleichzeitig diese halb verkleidete, halb festlich angezogene Gesellschaft beobachten, von der er ja niemanden kannte. Diese Halbmasken schienen doch harmloser zu sein, als zuerst gedacht, indem sie ihn an pornographische Eskapaden in der Literatur erinnert hatten. Es gab auch ganz und gar Verkleidete, in historischen oder vom Film inspirierten Kostümen. Er sah eine Anna Boleyn und einen Teddy Roosevelt, Micky Mäuse, Zombies und sogar ein exterrestrisches Drachenwesen. Es kam etwa einer in Falstaff-artiger Aufmachung daher, wohl einer von George Washingtons vielen Adjutanten, an der Hand eine leicht verhutzelte bleiche Pompadour, die beide ihren Tisch ansteuerten: Ach Charlotte und Sally, wie süß, dass ihr hier seid, das ist ja fabelhaft. Man sieht euch ja so selten im Club. Entzückend seht ihr aus! Und erst noch in unübersehbarer männlicher Begleitung!

Da wurde dem verkleideten Paar Charles Wanzeried aus der Schweiz vorgestellt: Nein, ausgerechnet aus der Schweiz mit ihrem vielen Schnee. Das ganze Jahr über Schnee, man stelle sich vor, herrlich! Genießen Sie es hier bei uns.

Sally erklärte ihm, dass dies das Gastgeberpaar sei, die beiden hätten einfach einen Narren an Verkleidungen gefressen, seit sie auch Geld in Filmgesellschaften investierten. Aber ihre Kostüme wirken durchaus historisch echt, meinte Charles. Ja, sie entstamme eben einer alten Familie, die sich bis auf die Pilgrim Fathers zurückführe und gerne Kunst und Wissenschaft unterstütze. Und er sei ein richtiger Condottiere-Typ, meinte sie lächelnd. Er habe mit dem Geld seiner Kunden derart erfolgreich seine Finanzsöldner auf dem Schlachtfeld an der Wall Street arbeiten lassen, dass er nun über die größeren Fonds als diese zusammen verfüge und damit, oder spätestens nach seiner Heirat, ebenfalls zu den alteingesessenen, einflussreichen Familien Chicagos gerechnet werde. Charles nickte, denn er kannte diese Art Leu-

te vom Hörensagen auch aus der Schweiz. Und so
sah er, während Charlotte mit Sally über irgendetwas
giftelte, was ihn nichts anging, auf die Nachbartische
und diese schwerreichen Mäzene und ihr Narrenwe-
sen, wie sie da als überkandidelte Schauspieler
schlemmten. Sind das nicht gar trübe Seelen wie im
dritten Höllenkreis Dantes, meinte er zu Sally. Ganz
genau, und der infernale Schneeregen draußen passe
eigentlich wunderbar dazu, und sie wies ihn auf die
Panoramafenster hin, wo ganz unerwartet helle Flocken durch die Dunkelheit herabfielen.

Nach dem bewältigten Dessert, einer Crème brûlée,
brauchte Charles einen Cognac. Sally führte ihn zur
Bar und ließ ihre Schwester einfach allein am Tisch
zurück. Als Charles von seinem Hotelwechsel zu erzählen begann, unterbrach ihn Sally, sie wolle ihm
zuerst noch jemanden unbedingt vorstellen. Sie sagte
etwas von Dean oder Professor Tintenfass, aber vielleicht hatte er sich auch verhört im allgemeinen Ge-
sprächslärm an der Bar. Schließlich entdeckte sie
den Gesuchten im Salon, einen hageren, wohl gegen
siebzig tendierenden Weißhaarigen – wobei Charles
mit diesem Einschätzen des Alters auch nicht mehr
immer ganz richtig lag, seit er selber die sechzig
überschritten hatte. Dieser Dean oder Tintenfass saß
abseits auf einem Sofa und betrachtete unverwandt
ein Gemälde an der Wand. Sein rechtes Bein hatte er
derart weit über sein linkes Knie geschlagen, dass
man einen Teil seiner behaarten Wade zu sehen bekam. Ohne nur etwas an seiner Stellung zu ändern,
grüßte er Sally mit leicht gehobenen Augenbrauen.
Sie stellte ihm ihren Schweizer Begleiter vor: Doktor
Charles Wanzeried, Universitätsbibliothekar. Charles

wiederum glaubte nicht recht gehört zu haben: Doktor? Universitätsbibliothekar?

Das freut mich immer sehr, einen gebildeten Europäer bei uns begrüßen zu dürfen.

Sally verschwand schnell zu einer hinter einem Sofa stehenden Gruppe, und so setzte sich Charles Wanzeried mit seinem Cognacglas und Sonnenbrille konsterniert neben den älteren Herrn, um nun auch das präraffaelitisch anmutende Bild vor sich zu haben – oder sagte man auf diesem neuen Kontinent postraffaelitisch? –, auf dem über allen Köpfen feine Ringe von Heiligenscheinen schwebten: eine üppige Madonna mit zwei kleinen, wohlgenährten und nackten Knaben, die auf ihrem Schoß innig miteinander spielten.

Wie gefällt Ihnen Chicago?

Das war wieder einmal diese typische Frage, wie sie ihm Einheimische auch in Städten wie Ostrava, Glasgow oder Perpignan auf seinen merkwürdigen, abseits der Tourismusströme verbrachten Ferienreisen gestellt hatten. Sie standen ja derart im Schatten anderer Städte, dass ihre Einwohner sich vielleicht erhofften, ein Außenseiter, ein Fremder würde ihnen bisher nicht wahrgenommene, einmalige Aspekte ihrer Umgebung verraten, um ihr Selbstbewusstsein zu stärken. Er kannte das auch von seinem eigenen Land. Schließlich ließ sich aus der zurückhaltenden Höflichkeit der Touristen meistens eine positive Antwort erwarten. Das konnte wiederum von Einheimischen zur charmanten Selbstdemontage genutzt werden. Des Schweizers Schweiz war eigentlich gar nicht des Schweizers Schweiz, man staune ... Was aber gefiel ihm nur an Chicago?

Vieles verblüfft mich, sagte Charles Wanzeried.
Und weil man einem derart mageren Herrn von der
hohen Akademie doch auch mit etwas Gewichtigerem
antworten durfte, fügte er rasch hinzu: Speziell erstaunt mich die Offenheit, die große Freude und der
Wagemut der Chicagoer dem Neuen, den neuen Pro-
jekten gegenüber.

Da bin ich froh, dass Sie das so sehen, unser re-
publikanisch gesinnter Local Rag – Charles Wanzeried übersetzte sich das mit monopolistischem Käse-
blättchen – ist da nämlich pessimistischer. Aber Sie
haben Recht, Chicago ist nicht nur eine windige
Stadt, the Windy City. Windy heißt auch mutig oder
wendig. Und so ist sie von Anfang an mit großen
Utopien verbunden gewesen. Natürlich nicht wie William Penns Philadelphia als biblische Stadt, als neues Jerusalem oder so. Vielleicht ist das hier eher ein
sturer Reflex von Siedlern, die einfach nie klein bei-
geben wollen, egal, ob man ihnen das erste gebaute
Fort Dearborn am Chicago River im Krieg mit Groß-
britannien 1812 niedergebrannt hat oder ob fast die
ganze Stadt wie 1871 ein Raub der Flammen wird,
sie bauen einfach alles wieder auf. Sie müssen sich
einmal diese Photographien vom Wiederaufbau Chicagos genauer ansehen, wenn Sie Zeit haben. Die
Ruinen sehen alptraumhaft aus. Da kann man nur
mit Zukunftsvisionen im Kopf wieder neu anfangen.
Es wimmelt deshalb von Utopien für die Chicagoer:
Alle denken sozialistisch, leben als glückliche Nacke-
deis mit der Natur konform und lassen Computer
und Roboter die mühsame Arbeit machen. Das sagt
Ihnen wahrscheinlich jetzt nichts. Aber da gab es den
großen britischen Sozialutopisten William T. Stead,
der 1894 in einem Buch Chicago als die absolut idea-

le Weltstadt der Zukunft entwarf: Ihre Infrastruktur mit einer U-Bahn und modernsten Kommunikationsmitteln ist dann genauso perfekt wie das Gesundheitssystem, der Müll wird für die Energiegewinnung rezykliert, der Verkehr fährt individualisiert auf guten, mit Bäumen und Brunnenanlagen verschönerten Straßen, es gibt große Freizeitparks mit genügend Toiletten, der Acht-Stunden-Tag ist eingeführt, das Essen vegetarisch gesund, die Museen sind gratis und die übelsten Kneipen und Tabakläden für immer verschwunden.

Also, wenn es dieser Stead ist, der auf der Titanic umkam, weil er rauchend sein Buch fertig lesen wollte, dann sagt er mir etwas. So einen Tod merkt man sich natürlich als rauchender Zeitungsleser.

Ach, das gute alte Europa raucht noch.

Aber nur noch draußen.

Ja, es folgt uns einfach in allem, auch in der größten Dummheit.

Größte Dummheit?

Unser Gesundheitswahn. Das bringt uns an den Rand des Ruins.

Ja, aber …

Nicht einmal Sie wollen das glauben. Wir lesen dann lieber wieder irgendwo in einer Zeitschrift, dass unsere Zähne nur für dreißig Jahre gedacht sind, die Augen nur für sechzig, dass wir in den Industrienationen dramatisch überaltern, die Gesundheitskosten nicht im Griff haben und so fort.

Charles Wanzeried rückte seine Krawatte zurecht.

Ich weiß, was sie jetzt denken. Die Europäer sehen uns immer so: die Amerikaner als zynische Rohlinge, seelenlos flach und mit einer gemeingefährlichen Regierung. Wenn ich einen selbstkritischen Bericht bei uns lese, so bekomme ich einen Tag später quasi von allen meinen europäischen Freunden den Link dazu zugeschickt. In Europa hat man offensichtlich immer das Gefühl, das sei der amerikanischen Unwissenheit und Ignoranz vollkommen entgangen. Wissen Sie was, ich mag nicht immer den Dummen spielen, aber auch meine amerikanischen Mitbürger nicht, egal, welcher Partei sie angehören. Es verhält sich doch damit wie unter Brüdern, wenn der Jüngere der Erfolgreichere als der Ältere wird – und das gibt es im Familienleben wie in der Geschichte der Nationen –, also die schönere Frau geheiratet hat, das luxuriösere Auto fährt, über das größere Einkommen verfügt, berühmter geworden ist, dann müssen wir nicht ständig wieder Kain und Abel spielen. Irgendwann kann doch der europäische Kain sich auch ganz normal an die Tafel von Abel einladen lassen, sich da unaufgeregt hinsetzen, ohne gleich über die geschmacklose Inneneinrichtung und das Essen zu schnöden, die barbarische Sprache zu kritisieren, über die geistlose Unterhaltung zu gähnen und dem Abel seinen ganzen bisherigen, eigentlich ja kürzeren Lebensweg im Detail als geldgierige Schlitzohrigkeit vorzuhalten, die nur zur Regierungswahl eines gemeingefährlichen Trump habe führen können.

Da sitzen wir ja gerade vor dem richtigen Bild, sagte Charles Wanzeried. Es könnte nach Dantes Paradies gemalt sein.

Ja, das ist wahr. Dieser Johannes der Täufer da auf dem marianischen Schoß rauft sich doch auch nicht gleich mit dem jüngeren Jesusknaben, obwohl er genügend Gründe als zweitrangiges Kind dafür haben könnte.

Wissen Sie, bei diesem Hin und Her für und wider Amerika kommt mir immer der utopische Gedanke, was geschehen wäre, wenn die europäischen Eroberer nicht zuerst nach Amerika gelangt wären, sondern all die American Native Indians nach Europa.

Ach, wenn es nur so einfach wäre, Doktor Wanzeried. Mir kommt da meistens die mittelalterliche Geschichte vom Ritter Heinrich von Falkenstein in den Sinn, der einen von ihm spiritistisch beschworenen Dämon ängstlich fragt, wo er denn gewesen sei, bevor er ihn ins Rheinland gerufen habe. Und dieser Dämon sagt, er komme von Jenseits des Meeres. Solche höllischen Gespenster aus Amerika gebiert der europäische Geist noch im Schlaf.

In diesem Moment, und noch bevor Charles Wanzeried beifügen konnte, dass man sich unter den Geschwistern Amerika und Europa – er trennte sich jetzt als Schweizer schon nicht mehr vom Europäer – ja wohl auch die Dinge in aller Ruhe von der Seele reden dürfe, trat Sally ängstlich dazwischen: Es tut mir leid, dass ich Ihnen Herrn Wanzeried wieder entführen muss, aber meine Schwester möchte angesichts des zunehmenden Schneefalls bereits jetzt zurückfahren. Sie ist ein bisschen ängstlich mit dem Wagen ihres Mannes.

Verfügen Sie über den Herrn Doktor Wanzeried. Er entstammt ja der alten Schule der europäischen Moralisten, wie ich gemerkt habe, und mit denen haben wir uns in Amerika stets sehr gut verstanden.

Was immer ein solcher Moralist sein sollte, Charles Wanzeried fühlte sich durchaus geschmeichelt.

Du musst ja großen Eindruck auf ihn gemacht haben, sagte Sally auf dem Weg zur Garderobe, normalerweise redet er kaum fünf Minuten mit einem, ohne sich gelangweilt abzuwenden.

Aber ich habe ja gar nichts von mir gesagt, quasi nur zugehört.

Vielleicht war es das. Wenn Du hier eine neue Stelle als Bibliothekar suchst, wende Dich an ihn, er ist eine wichtige Person für Universitätsdinge.

Wie bist Du nur darauf gekommen, dass ich Doktor sei?

Oh, es ist mir einfach so rausgerutscht. Ich finde, es passt zu Deinem gewichtigen Auftreten.

In ihre dicken Wintermäntel eingemummt fanden sie im nächtlichen Schneesturm kaum mehr zu ihrem Auto. Das war also ein nordamerikanischer Blizzard. Charles wunderte sich auf der Rückfahrt durch all die Schneemassen, ob der heutige Tag nicht gar der amerikanische Chaos Never Dies Day sei.

VIII

Der große Umfang seines nackten Oberkörpers ließ einen kurzen Kontrollblick gar nicht erst zu, nein, er musste zuerst mit beiden Händen um seine breiten Hüften fahren, wohl zu prüfen, ob der Lendenschurz aus gegerbtem Büffelleder auch wirklich richtig fest saß und alles vorne wie hinten zu verdecken wusste. Dann nahm Charles Wanzeried die an die Wand gelehnte Angelrute in die rechte Hand und trat zugleich mit einer indianischen Feder im Haar aus dem Restaurant an die Sonne. Dort saßen Gäste an roten eisernen Rundtischen auf einer Terrasse, es erinnerte ihn an einen voralpinen Landgasthof in der Schweiz. Und als er an ihnen vorbeiging, mit den Späher-Augen eines Sioux alles leicht überstreifend, sah er am nächstgelegenen Tisch seine beiden Töchter, die sich wegzuducken schienen, als hätte er sie nicht sehen sollen. Und auch Lisbeths Eltern waren dort, den Rücken ihm zugekehrt. Er spürte, dass sie ebenfalls mit ihm nichts zu tun zu haben wünschten, schon gar nicht mit seinem peinlichen Kostüm. Unangenehm berührt ging er ohne zu grüßen vorüber. Doch kaum war er an ihnen vorbei, rief schon Lisbeths Vater, er hatte sich ihm leicht zugedreht und sich von seinem Stuhl erhoben: Seit wann wird hier nicht mehr gegrüßt?

Und Charles Wanzeried spürte die Pranke auf seiner Schulter: Das ist absolut unanständig von Dir!

Ich weiß, sagte Charles Wanzeried, ich weiß schon, aber ...

Kein aber!

Lisbeths Vater ergriff ihn fest bei der Hand und zog ihn mit sich fort: Meiner Tochter geht es also gar nicht gut. Das ist schrecklich, wie weit es mit euch gekommen ist. Sie leidet sehr darunter.

Lisbeth hin, Lisbeth her, Charles Wanzeried versuchte nun seinerseits zu entgegnen: Aber ich, ich bin doch ausgezogen, sie bestand auf der Scheidung. Ich bin doch wegen ihr aus der Bibliothek entlassen worden. Mir sollte es doch eine Zeitlang nicht gut gehen …

Aber während er so an der Hand fortgezogen wurde Richtung See – oder war es gar ein Meer? –, da kam ihm mit einem Mal dieses Hand-in-Hand-Gehen derart angenehm vor, wie wenn zwei Verliebte miteinander spazieren gehen. Und so schwieg er, sah nur noch die riesige Wasserfläche vor sich, mit den weißen Segelbooten darauf, und am sandigen Ufer die nackten Kinder, die in goldenen, aufblasbaren Ringen steckten und sich fröhlich mit Wasser bespritzten. Und wie er über all das glücklich wieder zu Lisbeths Vater hinüberblickte, da sah er, dass dieser die Fingernägel rot lackiert hatte. Und da war es mit einem Mal gar nicht ihr Vater, der ihn da an der Hand am See entlangführte, sondern Connie mit nacktem Oberkörper, deren zwei große, füllige Brüste mit breiten braunen Warzen sich beim Gehen kaum hin und her bewegten, so kräftig standen sie ab. Hast du Feuer?, fragte ihn Connie unvermittelt und lächelte ihn an. Er griff in seine Hosentasche, aber da er gar keine Hosen anhatte, griff er bloß unter den büffligen Lendenschurz, nicht ganz ins Leere, denn sein Glied hatte sich vor Erregung versteift. Und jetzt erfasste ihn wieder das Schamgefühl, wie zuvor auf der Restaurantterrasse, nur diesmal war es derart stark, dass er am liebsten in den See gesprungen wäre, um alles an sich mit kühlem Nass zu bedecken.

Er fühlte sich sogar noch beschämt, als er unmittelbar aus seinem Traum erwachte. Es war die Furcht, er könnte als eine Art romanhafte Figur ins Gerede bei Lesenden kommen, weil er hier geträumt hatte, was er sich als Verwirrspiel überhaupt nicht erklären konnte. Verstand sich der US-Nachrichtendienst auf Traumdeutung? Er glaubte mit einem Mal, dass er in Amerika ganz anders träume als in der Schweiz. Oder war Amerika selber ein Dream, vielleicht sogar ein Traum im Traum? Und an diesem merkwürdigen Gedankengang fand Charles Wanzeried großen Gefallen, so dass seine Verlegenheit schwand. Letztlich hatte er doch irgendwie auch etwas Liebevolles geträumt. Und er kam sich mit einem Mal, allein am Frühstückstisch sitzend, wie ein beleibter Dante vor, der beim Anblick von Beatrices Lächeln vor dem Fixsternhimmel derart außer sich, ja ins Träumen geraten war: Ich bin doch einer, dass ich der Phantasie noch so die Zügel schießen lassen kann.

Draußen aber fühlte Charles Wanzeried wieder die klirrende Kälte, die Grade Fahrenheit purzelten nur so nach unten und jeder Schritt auf dem hart gefrorenen Schnee klang wie ein Knirschen. Es war fast wie im Hochgebirge, wo das Bergsteigen auch eine gehörige Portion Kondition erfordert. So brauchte er doppelt so lange für seine morgendliche Wanderung. Und die vergitterten Kanalisationsabläufe auf seinem Weg, ja überhaupt alle Arten von gusseisernen Deckeln waren heimtückisch zugefroren. Als er einmal auf einem von ihnen den Schnee von den Stiefelsohlen stampfen wollte, musste er wie wild mit seinen Armen um sich rudern, damit er nicht gleich auf sein Gesäß oder Gemächte plumpste, wobei selbst das durch viel Fettgewebe an Bauch und Oberschenkeln reichlich geschützt war. Außer Joggern und ein paar vereinzelten Hundehaltern war heute niemand im vorweihnachtlich verschneiten Quartier unterwegs.

Sein zweites Frühstück schien ihm nach dem anstrengenden Marsch und Busfahrt Richtung Historisches Museum verdient. Und er konnte sich dazu in aller Ruhe wieder Gedanken machen, wie er seine beiden letzten Tage in Chicago verbringen wollte. Den üblichen Sightseeing-Stress eines Touristen hatte er ja noch gar nicht gehabt.

Here's your breakfast, Mister Burton, lächelte die Serviererin mit Küchenschürze, eine junge African American.

Oh, Sie sind aber sehr tüchtig, dass sich mein filmischer Name derart in Windeseile verbreitet haben muss.

Beim zweiten Cappuccino entschied er sich für die Besichtigung des Art Institute, von dem sein Vater einst so begeistert berichtet hatte. Sally entschuldigte sich per SMS-Kurznachricht noch einmal wegen gestern. Er war sich nicht ganz im Klaren, ob sie damit die abweisende Charlotte, den falschen Doktortitel oder die übereilte Heimfahrt meinte. Sie vereinbarten, sich morgen für einen Lunch zu treffen, bevor er dann zum Flughafen fahre. Und was hatte sie eigentlich mit der Bibliotheksstelle gestern sagen wollen? Sollte er in Chicago beruflich Fuß fassen, ein neues Leben beginnen? Er kam nicht wirklich dahinter.

Also beglich er wenigstens hier seine Rechnung: Vielleicht komme ich morgen noch einmal vorbei, es ist wirklich sehr angenehm bei ihnen.

Nichts da, Sie müssen morgen wiederkommen!

Sure, you put a breakfast spell on me, ihrem verzaubernden Frühstück gebe ich mich geschlagen.

Er hörte das glucksende Lachen der anderen Kellnerinnen und Küchenangestellten hinter der Theke. Selbst als er noch den Reißverschluss seines Mantels unmittelbar bei der Tür schwerfällig über seinen Bauch hochzog, glaubte er, es nachhallen zu hören.

Mit dem Autobus fuhr Charles Wanzeried direkt hinunter in den Loop und stieg in der State Street aus, wo die Leute dick eingepackt ihre letzten Weihnachtseinkäufe erledigten. Kaum um die East Adams Street gebogen, stand er schon vor dem Kunstinstitut. Mit dem Visitor Guide in der Hand ging er neugierig in den ersten Stock. Doch er sollte es mit einem größeren Museum zu tun bekommen, als es von außen her wirkte. Und mit jedem neu durchschrittenen Anbau wurde ihm das bewusster – egal ob die älteren Ausstellungsräume etwas stickig wirkten und die neusten allzu unterkühlt. So kam er auch bald einmal in Säle, wo er die Bilder ganz allein für sich hatte. Ihn beeindruckte, was da über zwei Jahrhunderte hinweg in Chicago alles von der Oberschicht gesammelt worden war, in jedem Raum ließ sich eine neue Entdeckung aus der Geschichte der Kunst machen. Alle berühmteren europäischen und amerikanischen Künstler waren vertreten, aber auch vielfältigste Artefakte aus andern Kulturen. Die Amerikaner liebten ganz offensichtlich die erzieherische Vermittlung von Kunst und Kultur, die nichts unerklärt ließ und schon gar nicht vom allgemein anerkannten Kunstgeschichtsverständnis kritisch abweichen wollte. Charles Wanzeried gefiel das. Was wollte er mit dieser versnobten Haltung, es käme bei Berühmtheiten vor allem auf die Vielfalt und Breite ihrer Sammlung an, um den qualitativen Wert wirklich ermessen zu können. Warum nicht einfach nur ein einziges, vielleicht sogar drittklassiges Bild von einem Maler wie Rembrandt ausstellen, wenn man eh nur zeigen musste, dass er ein wichtiger Künstler sei. Den Durchschnittsbesuchern genügte das doch überall auf der Welt, wenn sie bloß vor einem Bild mit dem erläuternden Schriftkärtchen Painting by Rembrandt vor Ehrfurcht geradezu erstarren wollten und die für sie unbekannteren Namen gerne links liegen ließen. Etwa auch das, was Charles Wanzeried hier an amerikanischer Landschaftsmalerei oder American Folk Art sah und in keinem noch so versnobten europäischen Museum je gesehen hatte, und wo er der einzige Besucher neben einer die Ablösung herbeisehnenden, dunkelhäutigen Aufseherin blieb.

Dafür konzentrierte sich der größte Teil der zahlreichen Besucher auf die speziell markierten Highlights. Charles Wanzeried musste schmunzeln, als er daran dachte, dass ein weit über die Landesgrenzen hinaus bekannter Schweizer Autor in seinem ersten erfolgreichen Roman ein Liebespaar ausgerechnet hier vor Georges Seurats A Sunday on La Grande Jatte, aus nächster Nähe eine höchst interessante Interpretation im intimen Gespräch machen ließ. Sie mussten da einen andern Tag im Dezember als er heute erwischt haben, wo sich ganze Scharen von Amerikanern und Ausländern davor lautstark in Szene setzten. Um das Bild wirklich in aller Ruhe

betrachten zu können, wollte Charles Wanzeried sich
wenigstens im Museumsshop eine Kartenansicht
verschaffen. Und als er, ein Abbild davon schon in
der Hand, am Kartenständer weiter drehte, drückte
ihm jemand kurz mit einem harten Gegenstand gegen den Rücken und sagte: Hands up!

Charles Wanzeried ließ die Karte sogleich fallen,
wandte langsam seinen Kopf um und sah Sam, der
eine Stange Zigaretten wie eines dieser Al Capone-
Maschinengewehre im Anschlag hielt: Hi Charly, Dir
ist da was runtergefallen. – Und hier noch die ver-
sprochenen Zigaretten.

Als sich Charles einigermaßen von seinem Schrecken erholt hatte, erkannte er sofort seine Schweizer
Zigarettenmarke wieder: Wie bist Du denn dazu gekommen?

Fucking Betriebsgeheimnis!

Das trifft sich ja ideal, wo ich morgen in die
Schweiz zurückfliege.

Schon gut, schon gut. Gehen wir noch was essen?

Und so fuhren sie wieder zu dem exakt gleichen
kleinen Lokal, in dem sie auch schon einmal getrunken, gegessen, geraucht und gestritten hatten.

Schau Sam, sagte Charles, nachdem er sein gegrilltes T-Bone-Steak bewältigt hatte. Ich reise morgen Abend ab und da möchte ich einfach alles in
Ordnung gebracht haben.

Ist ja alles okay, Mann. Ich muss nur noch für 'nen
Kollegen ein paar Kühlschränke aus Kanada rüber-
bringen, dann kriegst du ganz bestimmt deine Karre.

Nein, das ist nicht so einfach. Dieser Laster ist auf meinen Namen ausgestellt und ich weiß nicht, was das alles für Scherereien nach sich ziehen wird, wenn ich einmal fort bin.

Was für Troubles denn?

Sagen wir Mal, Du machst einen Unfall.

Ich mache keinen Unfall, merk Dir das.

Das kann man doch nie wissen, Sam. Es kann Dir jederzeit irgendwo so ein Tourist beim Linksabbiegen die Stoßstange wegschlagen.

Das tut der aber lieber nicht, sonst bekommt er es mit mir zu tun.

Ja, aber da sind Polizei und Richter.

Aber klar doch, das sag ich Dir, der kriegt was an seine Birne, right between his eyes. Ich versteh da keinen Spaß nicht.

Du willst mich einfach nicht verstehen, Sam. Aber begreifst Du nicht, dass das für mich in der Schweiz einfach kompliziert wird.

Die machen hier in Chicago sicher keine Probleme. Deine Unterschrift kriegen wir im schlimmsten Fall schon selber hin.

Ja, dann übernimm doch den Wagen.

Ich hab schon einen.

Dann geb' ich ihn dir eben zum Verkaufen.

In einem halben Tag?

Das ist natürlich schwierig.

Charly, ich sage Dir eines, morgen wirst Du nicht fliegen können.

Wie kommst Du denn darauf?

Schaust Du eigentlich nie den Wetterbericht im Fernsehen an. Ist selbst das zu schwierig für Dich? For fuck sake!

Aber hallo, ich bin nie dazu gekommen. Tagsüber bin ich immer unterwegs und nachts komme ich todmüde nach Hause. Wie soll ich denn da Fernsehen schauen? – Im Übrigen hab ich ja jetzt ein exklusives Flugticket, da kann ich selbst morgen noch kurzfristig absagen, falls es bis dahin allzu schlimm werden sollte.

Und die Knarre nimmst du mit in den Flieger?

Was für eine Knarre? Ich hab keine Pistole, das habe ich dir doch schon einmal erklärt.

Schon gut, schon gut. Du bist und bleibst so unberechenbar wie ein geniales Schlachtschwein auf dem Eis.

Was ist denn das nun wieder?

Ach nur so 'ne Redensart von uns.

Aber wie verbleiben wir weiter?

Hör zu, sei kein Dork, Du Milquetoast!

Wie?

Weichei, Du Idiot! Hier in Chicago regeln wir das einfach gerne selber.

Ich versteh das nicht, ehrlich!

Jetzt schau Mal rasch da rüber auf 'n Bildschirm. Siehste!

Eine Frau in rosaroter Kleidung stand vor einer grünblauen Wetterkarte, auf der man eine Fülle von weißen Schäfchenwolken sah, aus denen es flockte. Dann erschien ein breiter gelber Pfeil, der die Windrichtung anzeigte, und schließlich irgendeine Life-Einspielung vom O'Hare.

Siehste, die streichen schon jetzt die Flüge, wo noch gar nix los ist.

Ich werde morgen früh entscheiden. Aber gib mir wenigstens Deine Handynummer, ich hab ja sonst keine Möglichkeit, Dich überhaupt zu kontaktieren.

Geb' ich Dir, geb' ich Dir ja. Aber eins sag ich Dir auch gleich: Ich mag´s nicht, wenn man mich beim Sudoku stört. Verstehst Du das?

Als Sam am späteren Abend Charles mit dem Lastwagen vor seiner Pension absetzte, schienen die Grade Fahrenheit im Vergleich zum Morgen wieder leicht anzusteigen, denn es fiel Schnee aus dem Dunkel des Himmels. Aber schlimm sah das im Moment noch nicht aus. In der Pension war es angenehm warm, so dass Charles Wanzeried in aller Ruhe seinen kleinen Koffer packen konnte. Dann zog er die Vorhänge im Wohnzimmer zu, öffnete eine Flasche und setzte sich mit einem Glas Rotwein an den Tisch. Wie immer er es auch anstellte, er kam bei Sam einfach nie zu seinem Ziel, seit ihm dieser damals in der verregneten Nacht geholfen hatte. Das war irgendwie frustrierend. Da klopfte es plötzlich an der Tür. Früher musste das in diesem Quartier ja sehr viel bequemer gewesen sein, man konnte einfach Herein rufen und gemütlich sitzenbleiben. Er stand auf, ging zum Guckloch, sah wieder den Kindercowboy mit Sonnenbrille und Bärtchen à la Johnny Depp dastehen und öffnete.

Hi, I'm Grant!

Charles, nice to meet you!

Nun stand dieser kindliche Cowboy vor ihm, in grauem Jackett, darunter ein grünes T-Shirt mit rotem Halstuch und in schwarzen, über den braunen Kavalleriestiefeln umgeschlagenen Jeans. Ein Hipster, ganz offensichtlich, wie man hier so sagt, ging es Charles durch den Kopf. Mit beiden Händen streckte der hippe Cowboy ihm ein kariertes Päckchen entgegen, mit fragendem Blick: Das hier ist ein kleines Geschenk.

Er verstrahlte dabei eine nervöse Ungeduld, als müsste er jedes Wort, das er spreche, gleichsam mit dem Aufstampfen der Stiefel untermalen. Zumindest schien er mit dem rechten Fuß irgendeinen wilden Takt zu klopfen.

Dankeschön. Ja dann komm doch rein.

Grant drückte sich an Charles, der noch erstaunt auf das karierte Geschenk blickte, schnell vorbei, schaute sich hastig um, trat auf die Wand zu, klopfte mit dem Finger leicht dagegen, wie wenn er den Gips unter dem Anstrich hätte überprüfen wollen, und drehte sich wieder zu Charles um, den Vorhang mit einer Hand dabei leicht bei seiner raschen Drehung berührend.

Darf ich Dir ein Glas Wein anbieten, Grant?

Der nickte kurz, trat zum runden Tisch, fuhr mit seiner Rechten über das Tuch und setzte sich, während Charles ein Glas holen ging. Als Charles das Päckchen dann öffnete, Grant klopfte dazu nervös mit den Fingern auf den Tisch, kam Cannabis mit richtigem King Size Zigarettenpapier zum Vorschein.

Du meine Güte!, sagte Charles.

David hat von Sam gehört, dass Du die kalifornische Ware vom ersten Tag an hier gerne hattest. Das ist was anderes, als das schimmlig schwache Zeug, das man bei euch in Europa kriegt.

Ja, das kann man wohl sagen. Do you want to smoke a joint?

Nein danke, ich bin Nichtraucher.

Nie geraucht?

Nie, aber ich rieche es gerne, wenn andere paffen.

Dann gehen wir doch mit dem Wein in den Rauchersalon rüber. Grant sprang mit beiden Beinen gleichzeitig auf und folgte ihm, alles neugierig betrachtend oder betastend. Im Rauchersalon setzten sie sich. Noch während Charles sich eine Zigarette anzündete – jetzt hatte er ja wieder genügend von seiner Schweizer Marke –, sagte Grant, eine der warmen Decken um sich wickelnd, er sei Schriftsteller und was Charles denn so mache. Als er das Wort Bibliothekar hörte, ergriff Grant offensichtlich so etwas wie großer Unmut: Ach so einer bist Du, der einem ständig die falschen Bücher in den Lesesaal bringt und anschließend behauptet, man habe ihre Seiten verschmiert oder sie ganz mitlaufen lassen.

Charles lachte laut: Diese alten Hausdrachen, die am Schluss noch von herabfallenden Büchern erschlagen werden und tot die Leiter runterfallen, die gibt es doch nur noch in verstaubten Romanen, damit sich im Namen der Chose überhaupt noch irgendein erzählenswerter Krimi in den großen, menschenleeren Büchersammlungen ereignet. Unsere seltenen Kunden bis zur englischen Queen hinauf, die wären doch die viel interessanteren Gestalten für die Literatur.

Nun, Bibliothekare sind und bleiben halt vertrocknete Langweiler!

Und Grants Finger schwirrten durch die Luft, als wollten sie eine Motte oder Mücke wegschnippen.

Mittlerweile sind unsere Räume nicht mehr derart staubtrocken oder eiskalt wie frühere, sondern wohltemperierte, farbige Leselounges, wo wir den Gästen freundlich lächelnd Büchercocktails servieren.

Ach, alles abservierte Trinker, die beruflich nicht mehr auf dem Trockenen sitzen wollen!

Du solltest wohl eher von kiffenden Knalltüten sprechen, prost!

Und Charles deutete dabei auf sein Geschenk.

Und wie geht es den einsamen Bibliotheksmönchen und -nonnen in der Liebe?

Unsere Libido ist doch mittlerweile so überschätzt, dass Liebesromanzen bei der Buchausleihe in jeden Bestseller gehörten.

Ich verstehe: Vamp trifft auf vollkommen lebensfremden Bibliothekar.

By the way, unser großer Bibliotheksheiliger, der Argentinier Jorge Luis Borges, war ein derart blinder Schürzenjäger, dass er heute wohl in der MeToo-Debatte schwerwiegende Probleme bekäme. Wir sind im Übrigen mit so viel smarter Public Relation beschäftigt, dass wir darüber sogar das so saure Kerngeschäft des Katalogisierens vernachlässigen.

Aber, aber, sagte Grant grinsend. Deswegen lasst ihr euch von irgendwelchen Flaschen die Bestände digitalisieren und werft anschließend wie Barbaren die Originale weg.

Es gehört zu unserer Arbeit, dass wir auch Fehler machen.

Charles schenkte munter die Gläser randvoll nach: Ich habe noch mehr Flaschen davon, keine Sorge. – Manchmal müssten wir den wenigen Bücherdieben und -würmern geradezu dankbar sein. Man kommt sich ja angesichts einer immer größer werdenden Zahl von nie ausgeliehenen Büchern wie auf einem gigantischen Bücherfriedhof vor, egal ob analog oder digital, denn nicht einmal die Computerhacker interessieren sich für uns.

Ah so, verlassene, einsame Totengräber! Aber auf den Friedhöfen ist es doch auch angenehm still, um in aller Ruhe zu lesen, wenn es nicht gerade Massengräber für Bücher zu schaufeln gilt.

Wozu? Wir sind kein Berufsstand, der mit den Inhalten von Büchern irgendetwas richtig Brauchbares anfangen könnte. Wir forschen nicht, wir schreiben nicht und wir kritisieren auch nicht.

Ihr beglotzt nur noch blöde den anwachsenden Bücherberg und wartet auf die Pensionierung.

Frühpensionierung über natürliche Abgänge heißt das heute.

Charles fiel gar nicht mehr weiter auf, wie nervös Grant mit seinen Beinen zuckte, derart nahe schien ihm auf einmal die eigene Berufswelt wieder zu kommen. Ja, er vergaß darüber, für den üblichen Lokalpatriotismus die zwei besten amerikanischen Bibliotheken in Chicago zu erwähnen. Stattdessen fuhr er unbeirrt fort: Ein guter Bibliothekar taugt eben nur gerade in seinem Büchermagazin etwas.

Ich sehe, es ist und bleibt einfach ein stinkfauler wie ignoranter Beruf.

Mein lieber Grant, du bist doch Schriftsteller oder?

Ja klar, sagte Grant und stampfte mit beiden Stiefelabsätzen vor sich auf den Boden.

Nimm deinen Kollegen Dante – ich darf dich doch mit ihm vergleichen? –, den sie 1318 an den Hof von Ravenna luden, damit er alte lateinische Handschriften für den Ankauf oder das Kopieren auswähle. Wahrlich nicht das strengste Geschäft in unserem Metier. Aber stattdessen reist er wie närrisch durch Oberitalien, säuft und hurt mit seinen Künstlerkollegen herum und bedichtet im anschließenden Kater das Paradies. Allein jede hoffnungsvolle Handschrift ließ er fahren, als er bald einmal die Nacht seines Daseins betreten musste. Ich weiß nicht recht, welcher unserer beiden Berufe mehr Faulenzer aufweist. Aber jetzt hole ich noch eine Flasche Wein, um zu hören, was du denn als fleißiger Schriftsteller so anstellst.

Ach nicht viel. Ich bin nicht erfolgreich wie David. Mache noch so an meinem PhD-Titel an der Uni rum.

Nur nichts kleinreden, Grant. Ich hole noch Wein. Und dann schaust du mir zu, wie ich einen richtigen Joint drehe, damit du als Schriftsteller auch etwas Praktisches von einem früh- wie zwangspensionierten Bibliothekar lernen kannst. Und träumen tut man eh von all dem gut, das solltest du dir als Nichtraucher hinter die Schriftstellerohren schreiben.

Aber ...

Kein aber!

Und damit stand Charles auf, um in die Küche zu gehen. Doch da zeigte Grant unvermittelt mit beiden Zeigefingern auf die Zimmerdecke: Hörst du das auch? Jeden Abend der gleiche Lärm!

Ja, das hört sich an, wie wenn man die schweren Möbel verschieben würde und die Stühle gleich hinterherwürfe.

Das sind die Japaner!

Und was macht bei denen da oben so einen Lärm?

Keine Ahnung, sagte Grant und senkte seine beiden Zeigefinger, um sie wie zwei dünne Pistolenläufe auf Charles zu richten: Peng, peng! Vielleicht rächen sie sich an uns für die beiden Atombomben. Mit einem neuen Pearl Harbor.

Meine Güte, ich glaube, du brauchst wohl nicht einmal Stoff, um zu träumen.

IX

Im Wohnzimmer schlief Grant noch immer steinhart auf dem weichen Sofa. Und selbst jetzt zuckten seine Beine leicht und knirschten die Zähne stark, so dass man hätte meinen können, dieser in seinem Hipster-Aufzug daliegende Mann schlafe gar nicht wirklich. Charles Wanzeried schlich sich auf Zehenspitzen zurück in sein Schlafzimmer. Offensichtlich hatte es Grant vor lauter Müdigkeit heute Morgen nicht einmal mehr in sein Dachzimmer geschafft. Über was hatten sie denn nur so lange geredet? Über Dante, Seen, Lesesäle oder Träume? Charles Wanzeried erinnerte sich nicht mehr, aber er fühlte sich erstaunlich frisch, fast wie neugeboren. Er zog die Gardine zur Seite und war erstaunt, dass es immer noch so dunkel war. War es überhaupt schon Morgen? Vor dem Fenster draußen schien der Schneefall einen Vorhang aus dumpfer grauer Seide gezogen zu haben. Sein Muster bildeten Tausende von schwirrend weißen Flocken, die wie geflügelte Wesen in eiligem Tempo vorüberzogen. Die Langsamsten und die Schwächsten blieben an der Fensterscheibe kleben oder häuften sich unmittelbar auf dem Sims darunter zu dicken Klumpen an. Ein kleineres Kind hätte schon nicht mehr durch den unteren Teil des Schiebefensters sehen können. Bisweilen tanzten die weißen Flocken Ringelreihen in immer dichter werdenden Kreisen. Und mit einem Mal konnte alles wieder hinauf zu den Dachfirsten stieben und um die nächste Straßenecke verschwinden. Dann holte der Wind kurz Atem und wirbelte von der andern Straßenseite her alles zu einem neuartigen Gestöber

durcheinander. Die Flocken umschwirrten wie helle
Motten die kahlen schwarzen Bäume entlang der
Häuserzeile, um plötzlich genau in die Richtung zu-
rückzufliegen, aus der sie eben erst vertrieben worden waren. Aber da kam schon die nächste Böe und
es ließ sich nicht einmal mehr genau sagen, ob der
Schnee im Moment überhaupt fiel oder bloß schräg
durch die Luft getrieben wurde, dem Wasser eines
Flusses ähnlich, das stetig dahinzieht. Charles Wanzeried hatte das Gefühl, er sei in seiner Wohnung im
ersten Stock sehr hoch oben, gar im Himmel, inmitten grauer Schwaden, fast wie in einem Flugzeug, wo
man durch das Guckfenster zusehen konnte, dass
der Flügel unter einem die Wolken berührte und im
anschließenden Schneefall leicht wippte. Wanzeried
hatte sich entschieden, dass er heute ganz sicher
nicht fliegen würde. Sam behielt einfach immer
Recht. Es warteten ja auch im Moment keine eigentlichen Verpflichtungen mehr auf ihn in der Schweiz,
dringliche sowieso nicht. Und jetzt sah er auf dem
Handy, dass auch Sally ihren gemeinsamen Lunch-
termin wegen des vielen Schnees abgesagt hatte,
denn sie komme aus ihrem Vorort gar nicht mehr
rechtzeitig Richtung Innenstadt durch. Es habe verschiedene Auffahrunfälle und Staus auf den Ex-
pressstraßen. Er schrieb zurück, dass sie es ja morgen wieder versuchen könnten, denn er werde heute
nicht mehr reisen.

Jetzt nicht fliegen zu müssen, kam ihm wie ein
großes Geschenk vor. Es ließ sich ohne dieses ner-
vende Reisegehetze umso besser und in aller Ruhe
ans Frühstück denken. Charles Wanzeried nahm
seinen Mantel vom Kleiderhaken, zog, ohne abzu-
schließen, die Tür leise hinter sich zu, schlüpfte im

Treppenhaus in den warmen Parka und machte sich auf den Weg zu seinem Stammlokal. Durch die Straßen fegte der kalte Wind mit unterschiedlich dichten Schneeladungen. Ja, diese flirrenden Miniaturkristalle schienen einem den Weg abschneiden zu wollen, um dann mitten ins Gesicht zu prallen, bis selbst die Brille mit kleinen gläsernen Partikeln bedeckt war. Charles Wanzeried musste auf seinem Marsch im winterlichen Treiben die Brille mehrmals säubern, auch wenn ihm dabei der Schnee die Tränen in die kurzsichtigen Augen trieb. Auf diese Weise kam er nicht sehr schnell vorwärts. Die Elemente Wind und Schnee tollten da miteinander herum, dass es einen sogar reuen konnte, jetzt draußen zu sein.

Es fuhren nicht weniger Autos auf den Straßen als sonst, nur waren sie in Zeitlupentempo unterwegs. Selbst die Zahl der Fußgänger war noch beachtlich. Viele verzichteten im dichtesten Schneetreiben nicht auf ihre dampfenden Coffee-to-go-Becher. Die Menschen wirkten fröhlich, ja bisweilen fast so ausgelassen wie die Hunde in ihren Warmup-Capes, wenn sie ihre Schnauzen neugierig in die frischen Schneehaufen steckten oder nach ein paar Flocken schnappten. Und dann glaubte er mit einem Mal ein Flugzeug im Tiefflug durch das Schneegrau über die Hausdächer fliegen zu hören. Aber als er um die Straßenecke bog, war es doch nur eine dieser alten rostigen Schneefräsen, die einen Höllenlärm machte. Dabei schob sie bloß die oberste Schicht Schnee auf den Betonplatten der Gehsteige leicht zur Seite, den Rest stampfte sie am Boden fest. Immerhin schien es temporär vielen African Americans Arbeit zu verschaffen, wenn sie mit gelben Leuchtwesten, schwerem Schuhwerk und Ohrenfellmützen die kaum zu bewegenden Fräsen vorwärtsschoben und anschließend das rosa und blau leuchtende Streusalz mehr als großzügig auswarfen.

Auch bei der eisernen Sitzbank mit dem rostigen Bushalteschild blies der eisige Wind die Schneeflocken den Wartenden schräg entgegen, so dass sie unter Kapuzen und Mäntel zu dringen wussten. Charles Wanzeried war froh, eine Brille zu tragen. Viele neben ihm Wartende trugen aus dem gleichen Grund wohl Sonnengläser. Die Scheiben des überfüllten Buses waren feucht beschlagen und auf dem Boden schwappte schwarzes Schmelzwasser hin und her. Als Charles Wanzeried seine Haltestelle vom Fahrer durch den Lautsprecher genuschelt hörte, vermochte er mit seinem kurzen Arm fast nicht über den Sitznachbarn hinwegzulangen, um am gelben Seil beim Fenster zu ziehen, damit das überladene Fahrzeug auch anhalte. Dann musste er sich mühsam an den vielen stehenden Passagieren zum vorderen Ausgang durchkämpfen, denn seine Statur ließ ein schnelles Vorbeischlüpfen an all den dick eingepackten Fahrgästen nicht zu.

Im Stammlokal saß er jetzt fast allein. Es war so still, dass selbst die Kellnerinnen heute ernster wirkten und ab und zu einen nachdenklichen Blick nach draußen warfen, nicht ob doch noch mehr Gäste kämen, sondern ob sie vielmehr bei Feierabend wieder gut nach Hause gelangten. Charles Wanzeried sah auf seinem Handy, wie vieles in dieser Stadt nicht mehr ging: Die Flüge wurden gestrichen, die Staus waren riesig und die Züge verspätet. Eine ältere asiatische Kellnerin meinte lautstark zu ihren Kolleginnen, dass es gar kein richtiger Blizzard sei, sondern nur Schnee, der weiter Richtung Michigan und

Indiana ziehen werde. Charles Wanzeried klickte und scrollte sich durch ein paar Zeitungen aus der Schweiz, die ihn informierten, ob braune Strümpfe zu roten Hosen gingen, wieviel Ernst einem Schweizer gut anstünde und welche Autorinnen man einfach lieben müsse. Und wenn sie ihm da schon Richtlinien fürs praktische wie kulturelle Leben vorgaben, so berichteten sie gleich noch, dass die Tage von Präsident Trump in den USA angezählt seien, ein derartiges Chaos könne gar keinen ersten Winter überstehen. Aber suchte er die Kronzeugen für die interessante politische Prophezeiung, so waren es doch nur zugetragener Klatsch oder gewitzte Gedankenspiele im rhetorischen Bemühen darum, mit gesundem Menschenverstand am Schluss Recht zu behalten. Man kam also in dieser gewichtigen Debatte nicht vom Fleck.

So, wie er auch draußen im Schnee kaum vorwärts kam. Er fragte sich, ob all der Schnee überhaupt vom Himmel herabfiel. Oder waren es nicht etwa irgendwelche Verrückte, die von den Dächern wie wild Schnee herunterschippten und in den kahlen Vorgärten das Ganze mit einer alten und lauten Windanlage den Passanten wieder ins Gesicht und den Autos unter die Scheibenwischer bliesen. Er hatte so etwas noch nie erlebt. Vielleicht gab es das am ehesten noch im Hochgebirge, in den Alpen. Nur machte einem hier in Chicago wenigstens die Höhenluft nicht derart zu schaffen. Mother Hulda, die kanadische Frau Holle, trug kissenweise Schnee über die Seen und ließ ihn auf Chicago stieben, Mal hier, und Mal dort, ganz unregelmäßig. Der Baum und das an ihn gekettete Fahrrad neben der Bushaltestelle wurden zugeschüttet, ein Bild, wie arrangiert für eine Kunstpostkarte. Aber gleich neben dem Baum, wo ein kleines mit Gittern umschlossenes Stück Gebüsch lag, fehlte jeglicher Schnee. Der Wind trieb ihn von dort einfach empor und über den unermüdlichen Verkehr zu den Dächern, wo er wieder an einem vollkommen anderen Ort heruntergeschaufelt werden würde, wenn nicht von der kanadischen Frau Holle, so doch von einem ebenso gewichtig inspirierten, schwarzhäutigen US-Buddha mit Ohrenwärmern.

Um in diesem Treiben nicht noch als Schneemann zu enden, betrat Charles Wanzeried eine der wenigen im Zeitalter des Versandhandels noch existierenden Buchhandlungen. Vorne war ein Café, wo er sich mit einem Cappuccino und einer Süßigkeit wärmte, und in den hinteren Räumen, auf mehrere Stockwerke verteilt, eine im spärlichen Licht der Deckenlampen düster wirkende Sammlung antiquarischer Bücher. Charles Wanzeried schritt die riesigen Gestelle zur vereinigten Geschichte der Staaten ab und ging die Titel auf der Bücherrückseite der Reihe nach durch. Er griff ab und zu einen Band heraus und warf einen kurzen Blick hinein. Es war ein kleiner Bücherschatz, wenn man ihn mit der größten Bibliothek Chicagos, der Harold Washington Library im Loop, verglich, und erst recht mit der Congress Library in Washington, der größten Bibliothek Amerikas. Hätte Charles nun diesen verhältnismäßig überschaubaren Bücherberg im Antiquariat studieren wollen, es wären Jahrzehnte vergangen. Er mochte nicht lesen, sondern nur, wie es sich für einen Bibliothekar gehörte, einen kurzen Überblick bekommen.

Da waren großformatige Bände mit amerikanischer Altertumskunde, wie sich die Gebirge, Seen und Flüsse hier gebildet und geformt hatten und wo man

archäologische Spuren der frühesten Besiedlung
über die Beringstraße gefunden hatte. Dann folgte
auf dem Gestell die Literatur zu den Indianern und
ihrem Genozid, unzählige Bücher, deren Verfasser
das abgrundtiefe schlechte Gewissen geplagt hatte.
Darüber erhoben sich Buchrücken zur unglaublich
starken Religiosität der Amerikaner. Sie reichten so
weit hinauf, dass Charles Wanzeried ihre Titel dort
oben im Dämmerlicht nicht einmal mehr recht sehen
konnte. Dann kamen weitere Gestelle mit der Geschichte der europäischen Besiedlung, die sich sofort
in unzählige Regionalgeschichten aufteilte. Es folgten
erfreulich bebilderte Bände, wie Erfindungsgeist, Er-
rungenschaften der Wissenschaft und Wirtschaft, ja
sogar die staatliche Post eigentlich die USA groß gemacht hatten. Daran schlossen sich viele Bücher mit
spektakulär anmutenden Titeln, die nur das große
Rätsel zu lösen versuchten, weshalb man eine amerikanische Nation geworden war. Sie füllten mehrere
Regale von oben bis unten. Schließlich folgte noch
ein Gestell mit Publikationen, die das Verhältnis der
amerikanischen Einwanderer – nicht zuletzt auch der
unfreiwillig nach Amerika deportierten Sklaven – zu
ihren Herkunftsländern und ihrer Integration unter-
suchten. Auf dem allerhintersten Bücherbord ging es
um eigene Berühmtheiten und Institutionen, häufig
Schulen, aber auch um die Ansichten von Ausländern zu den Vereinigten Staaten. Und dann entdeckte Charles Wanzeried noch ein paar eigenartige Bücher, die sich ausschließlich mit dem Untergang
Amerikas beschäftigten. Ihre Titel verglichen eine
solche Auslöschung alles Amerikanischen mit dem
Verschwinden der imposanten antiken Reiche Baby-
lons, Ägyptens, Griechenlands und Roms. Mit einem
Unterschied allerdings – der Charles Wanzeried nicht

ganz einleuchten wollte –, dass von dem gigantischen US-Empire für die Nachwelt nicht die kleinste Spur zurückbleibe, nicht einmal im Präriesand. Alles bloß vergangener Schnee von gestern.

Von diesem bedrohlichen Nichts sehr irritiert, machte sich Charles Wanzeried in ein in der Nähe gelegenes Theater auf, also ein hiesiges Kino, um sich einen neuen Film anzusehen, der eine flache Science-Fiction-Handlung entwarf, um dafür mit umso gewaltigerem Getöse die aktionsreiche Zerstörung von Chicagos Loop zu bebildern.

Bei Filmende saß er für einen Moment ganz erschlagen da. Was er gesehen hatte, erinnerte ihn an Ferien am Strand, wo er gerne zusah, wie die Flut all die fleißige Kinderarbeit, die in den Burgen und Siedlungen steckte, mit wenigen, aber dramatisch gezielt daherkommenden Wellenschlägen zu dem reduzierte, was sie letztlich alle waren und blieben, allein Sand. Er hätte jetzt gerne geraucht, aber der Schneesturm ließ einen das Feuer dazu einfach nicht anfachen. Und so beschloss Charles Wanzeried, zu seiner Pension zurückzukehren und kaufte sich auf dem Heimweg noch ein paar Flaschen Wein. Die Wohnzimmertür war nicht verschlossen und als er sie öffnete, sah er Grant bäuchlings im Schlafsack auf dem Sofa liegen, die Stiefel standen daneben, und in einem Taschenbuch lesen.

Hi Grant!

Hi!

Grant drehte sich nicht einmal um, sondern wippte zur Begrüßung nur nervös mit den Beinen im Schlaf-

sack: Ich bin auf dein gestriges Angebot zurückgekommen, hier an der Wärme zu lesen.

Charles Wanzeried vermochte sich an kein solches
Angebot zu erinnern. Er verstaute die Flaschen in der
Küche und setzte sich, ohne den Mantel abzulegen,
in den Rauchersalon. Es ging nicht lange und Grant
tauchte ebenfalls auf, um sich als passiver Raucher
stumm neben ihm niederzulassen und sich in die
wärmende Decke mumienhaft einzuwickeln.

Stell dir vor, ich war in einem Film, in dem Chicago
gänzlich zerstört worden ist, brach Charles rauchend
das Schweigen.

Ach, Chicago, das ist doch eine einzige Apokalypse.

Mir hat kürzlich jemand erklärt, es sei eher die
Stadt der großen optimistischen Zukunftsutopien.

Grant lachte laut: Wer hat Dir denn den Quatsch
erzählt? Nein, Chicago bleibt stets mit Apokalypti-
schem verbunden, und damit meine ich natürlich
nicht diese Einäscherung des Fort Dearborn samt
der Massakrierung seiner Insassen durch Indianer
oder das Große Feuer von 1871. Ich denke nicht
einmal an diese bis heute anhaltende Bauwut, die in
Chicago kaum Altes oder Zerstörtes restauriert, sondern viel lieber gleich etwas Neues dafür hinstellt,
und wenn es nur eine Schnellstraße quer durch ein
Wohnquartier ist.

Oh, Grant kommt heute doch noch in Fahrt.

Und damit zündete sich Charles Wanzeried eine
weitere Zigarette an.

Soweit ich sehe, sagte Grant, hat diese Stadt hier seit den 1850er-Jahren mit der Luftverschmutzung gekämpft. Im tiefen Winter, wenn der dichte Nebel vom Lake Michigan sich durch die Hochhausschluchten wälzte, vermischt mit dem braunen Qualm und schwarzen Rauch aus Hunderttausenden von Kaminen, wurde es stockdunkel. Die Chicagoer haben zeitweilig gar nicht mehr gewusst, wie ihr Himmel aussieht. Im Winter waren die Straßenlichter immer an. Die Wolkenkratzer erzeugten einen Zug, der diese schwarze, von Dampfern, Lokomotiven und Heizungen kohlengesättigte Luft nach unten drückte und all die weißen Röcke und Stehkragen verdreckte, selbst im Sommer. Der helle Stein der Gebäude wurde schwarz, als hätten sie gebrannt. Ja, ohne Wind wären die Einwohner wohl regelrecht erstickt.

Das klingt ja wie die danteske Höllenvision für Gewalttätige und Betrüger, die selbst noch im stinkendsten Inferno mit dem ausgestreckten Mittelfinger hinauf zu Gott zeigen.

Ja, den Gestank hat schon unser in Chicago so verehrter Schriftsteller Nelson Algren mit Dantes Inferno verglichen. Dazu kommen noch die üblen Ausdünstungen von Fleisch, Talg, Blut, gemahlenen Knochen und verbrannten Haaren der Schlachthöfe.

Charles musste unwillkürlich an einen Schweizer Schriftsteller aus dem Kanton Bern und seinen Roman über eine Kuh denken, in dem ein Schlachter zeitweilig als John the Splitter bis zur Erschöpfung in den gigantischen Corned-Beef-Mühlen Chicagos der 1930er-Jahre arbeitete, als wäre das für ihn nichts Besonderes: Bern ist doch überall.

Und da gab es die üblen Ausdünstungen von Gerbereien und Räuchereien, fuhr Grant ungerührt fort, der penetrante Malzgeruch der Bierbrauereien bei Calumet Harbor und der beißende Gestank der heißen Schwefelgase und Abwässer der Stahlindustrie. Der Autoverkehr mit seinen Abgasen ist geradezu ein Dreck dagegen. Chicago war und ist die schwärzeste aller Städte.

Das musste ja ein schauderhafter Höllengestank gewesen sein.

Die modernste, unheimlichste, weil unsichtbare Höllenvision kommt ja noch, als in den 1930er-Jahren der Physiker Enrico Fermi für die Universität Chicago einen Atommeiler bauen lässt. Er hatte keine Ahnung, ob nicht etwa eine unkontrollierte Kettenreaktion die ganze Stadt auslöschen würde. Der Zyniker träumte sogar von kommenden Atombomben. Meine Großeltern im Hinterland von Illinois bauten sich einen Bunker im Garten, weil Chicago in den 1950er-Jahren als eines der ersten Ziele eines sowjetischen Atomangriffs galt. Noch zwanzig Jahre später prophezeite Kurt Vonnegut ein von wütenden Chinesen mit Wasserstoffbomben zerstörtes Chicago. Wie übrigens auch heute wieder die Nordkoreaner ihre atomaren Langstreckenraketen auf unsere Stadt gerichtet haben. Nur kümmert das offensichtlich niemanden mehr, so wie man sich auch nichts von der crazy Trump-Administration vorschreiben lassen will. Wir sind da heute abgebrühter geworden. Aber die Einwohner lebten hier ständig wie kurz vor dem Weltuntergang. Da ist es nicht weiter erstaunlich, dass die Filmindustrie Chicago zur meistzerstörten amerikanischen Stadt in ihren Szenarios macht. Trostlose Landschaften in Zeitungsgrau voller ausge-

brannter Ruinen, mit solchen Untergangsvisionen
wird man hier groß. Ist das nicht alles andere als
eine menschenfreundliche Utopie?

Da bin ich ja sehr beruhigt, sagte Charles, dann
habe ich mir also keinen Mist angeschaut, sondern
etwas aus der tiefsten Seele Chicagos mitbekommen.
Aber jetzt habe ich Hunger und Durst über all dem
Weltenbrand bekommen. Hast du denn schon etwas
gegessen?

Nein, antwortete Grant.

Und so stapften sie durch den tiefen Schnee zu einem Mexikaner ganz in der Nähe. Charles probierte
zum ersten Mal in seinem Leben die Enchiladas Sui-
zas mit einem Victoria Bier. Und schließlich fragte er
Grant, der stumm, aber hastig seine heißen Burritos
vertilgt hatte, an was er denn gerade im Moment so
schreibe?

Also ich arbeite an einer Kurzgeschichte, sagte
Grant und wischte sich mit der Papierserviette über
den Mund. Ich nenne sie Geist, Ghost.

Und worum geht es da?

Ein Creative-Writing-Teacher trifft in seinem
Schreibkurs die Frau seines Lebens und beschließt,
mit ihr die Ferien am Colorado River zu verbringen.

Hm, ich habe schon von interessanteren Liebes-
konstellationen gehört.

Das kann gut sein. Es soll ja wie eine banale Aller-
weltsgeschichte daherkommen, aber mit viel Sex,
also literarisch gutem Sex.

Wieso eigentlich immer dieser Sex? Also ich meine natürlich: Warum so viel Sex? Ein schöner Teil der amerikanischen Literatur scheint ja nur noch damit beschäftigt zu sein, den Kinsey-Report nachzuerzählen, vielleicht noch durch ein paar Vanity-Fair-Statistiken ergänzt. Wenn ich allerdings die amerikanischen Ehepaare hier beobachte, so wirken sie nicht sexuell aktiver als Paare in Europa.

Ach, das ist einfach beschriebener Geschlechtsverkehr, damit die eigene literarische Welt nicht allzu kafkaesk daherkommt, sondern eher episch, wie bei John Updike oder Jonathan Franzen etwa. Ich glaube nicht, dass hier ein Schriftsteller wirklich einen pädagogisch belehrenden Impuls vorgibt nach dem Motto: Du musst dein Sexualleben ändern. Ich bin auch nicht sicher, ob hier Sex really sells, also ob das überhaupt noch ein Big Business ist wie in den 1960er-Jahren, als Hugh Hefner in Chicago mit dem literarischen Playboy-Kurzfutter anfing. Das zaubert doch heute niemanden mehr vom Fernseher weg vor den Bücherschrank. Es ist eher ein uraltes, geradezu sentimentales Road-Feeling: Man kann durch einen halben Kontinent ziehen und findet überall Sexualpartner der gleichen Sprache. Wenn ich in Europa ein paar Kilometer fahre, bin ich ja schon in einem andern Land und weiß gar nicht, wie man auf Berndeutsch flirtet oder was Möse auf Tschechisch heißt.

Die europäische Literatur scheint sich da weniger aus Sex was zu machen, sie macht eher aus den sprachlichen Missverständnissen ein auffallend erhellendes Politikum.

Weißt Du, ob hier ein Romanheld sich von Florida bis Kalifornien durchvögelt, alle verstehen, was er

dazu sagt und erzählt. Das ist eigentlich das Land
des erweiterten Sexus. Das kann man in der Tat in
der Literatur besingen wie einst ein Walt Whitman.

Und der keusche, puritanische Bibelgürtel lässt
diese Lektüre einfach so mir nichts, dir nichts
durchgehen?

Ich glaube, spätestens seit der Trump-Wahl erweist
sich dieser geographische Keuschheitsgürtel auch
nicht mehr als ein rigoroses geistiges Verhütungsmit-
tel. Klar, sie wollen keine Abtreibung, und das kriegen sie dann auch von den Republikanern in die
Hand versprochen. Aber in der amerikanischen Ge-
genwartsliteratur spielt Verhütung oder Kinderkrie-
gen, also letztlich auch Abtreibung, nur noch ganz
selten inhaltlich eine große Rolle. Sexualität in der
Literatur ist einfach wie eine poetische Landschafts-
beschreibung oder eine dramatische Dialogführung,
etwas, das man handwerklich in seine Texte ein-
bauen kann.

Also hat Roman-Sex in den USA absolut nichts mit
der Wirklichkeit zu tun?

Ja, absolut nichts. Wir können das ruhig lesen
und uns dann wieder in einen Bus Richtung Oak
Lawn setzen: Dort bestaunen wir den arbeitslosen
Mann mit seiner blutjungen Frau mit fünf Kindern,
das Jüngste vorne umgeschnallt und der Älteste
passt bereits auf die restlichen Geschwister auf. Did
they really had a lot of fun? Und dieser Älteste, für
den man schon keine anständigen Winterkleider und
Strümpfe mehr zu kaufen vermag, was soll der uns
später an der Uni Yale im Creative-Writing-Kurs sagen. Also, das ist doch nur dummes Zeug. Aber ich

habe gar nicht erklärt, wie es mit meinem sexy Ghost weitergeht.

Nein, das stimmt, das hast Du nicht.

Also die Studentin sagt wirklich zu. Sie will mit ihrem Lehrer an den Coloradofluss.

Unglaublich, das muss ja ein naives Geschöpf sein. Und was meint die Ehefrau dazu?

Ja, eben, er hat seiner Ehefrau alles gebeichtet und sie hat nichts dagegen einzuwenden, dass er da etwas auslebt, was in ihrer abgelebten Ehe nicht mehr möglich ist.

Danke, kenne ich nur zu gut!

Das ist überhaupt keine zwingende Voraussetzung fürs Verständnis. Dabei ist es eine wahre Konstellation, die hat mir mein ehemaliger Creative-Writing-Lehrer von einem seiner Kollegen erzählt.

Wirklich?

Ja, es gibt diesen Mann und diese junge Frau.

Selbst die Ehefrau?

Keine Ahnung. Ich weiß nur, dass der Lehrer beschließt, seine Liebe am Colorado in einem Roman zu beschreiben.

Aber dann müsste es doch eigentlich Colorado Love Story heißen, nicht Ghost.

Na, das würde nur ein Bestsellerautor wie David so machen.

Der Sohn von Frau Prochatzka?

Was sie wohl in Florida gerade machte, dachte Charles. Dort musste es ja frühlingshaft warm sein.

Ja, seinen Erfolgsroman nannte er: Kühlschränke aus Kanada.

Kühlschränke aus Kanada?

Ach, das ist so eine Redensart. – Aber mein Lehrer schreibt über seine Liebe am Colorado eine ziemlich mittelprächtige Sache.

Na, wer hätte das gedacht.

Der eigentliche Clou ist folgender: Alle um ihn sind begeistert, Ehefrau wie Geliebte. Nur die Kritik und das Publikum nicht. Und da kommt mit einem Mal, mehr als zwei Jahre nach dem Erscheinen des Romans, der New Yorker Starkritiker Wilson.

Den gibt es auch in Wirklichkeit?

Nein, er ist erfunden, wenn nicht von mir, dann von Philip Roth. Und dieser Wilson ist begeistert vom Roman. Er schreibt eine eitle Rezension, nämlich so, als wüsste er um die wahren Hintergründe dieser Liebesgeschichte. Er macht Anspielungen auf das Leben dieses Creative-Writing-Lehrers. Er will seinen Lesern nur eines zeigen: Seht, ich bin bestens mit dem Autor bekannt und kenne sein Leben in und auswendig. Und der Lehrer ist davon auf einmal ganz geschockt, fürchtet um das Auffliegen seiner Dreiecksbeziehung, schließlich ist der Campus klein und überschaubar, und zu allem noch in katholischen Händen.

Dreiecksbeziehung?

Ja, so wie einst Kurt Vonnegut auf dem Campus in Iowa, über den ich meine PhD-Arbeit schreibe, wie ich dir ja schon gestern erzählt habe. Für meine Geschichte habe ich einiges von seiner Biographie verwendet. Auf jeden Fall schreibt der Autor der Studentin, die nach ihrem Abschluss nach Michigan gezogen ist, was das wieder für eine schamlos blöde Rezension von einem New Yorker Asshole gewesen sei, der nichts Klügeres wisse, als die Hintergründe ihrer Liebesgeschichte auszuplaudern.

Ich finde es sehr kompliziert für eine Erzählung.

Ich will ja auch kein simples Dokudrama. Ich mag das Komplizierte.

Das kann ich mir denken.

Also, die Studentin wundert sich eigentlich auch, dass ihr Lehrer nach mehr als zwei Jahren auf einmal ein Problem mit dem hat. Und da trennt sie sich von ihm, damit ihr geliebter Lehrer seine Stelle an der Uni behalten kann. Der Schriftsteller wird sauer, beschimpft seine Geliebte am Telefon des Verrats und so weiter, bis sie auflegt. Er ist entsetzt, alles ist zerstört, seine Frau legt ihm sanft die Hand auf die Schulter.

Das klingt geradezu nach diesen biederen Töchtern da ... wie heißen sie nur gleich?

Daughters of the American Revolution!

Etwas zutiefst Puritanisches, das gefällt mir bei aller Kompliziertheit sehr. Das kommt ja heutzutage immer häufiger vor. Ich glaube, gelesen zu haben, dass es in den USA mehr Amokläufe gibt, aber weniger aus Beziehungsgründen als auch schon.

Man merkt, Charles, Du bist schon gut akklimatisiert. Du schaust dir in Chicago die Statistiken an, das ist sehr gut. Damit beruhigt man sich hier die ganze Zeit: Alles Schlimme nimmt auf diese Weise ab und alles Gute zu.

Ja, ich schaue sie mir wirklich mehr an als auch schon.

Also, es vergeht einige Zeit in meiner Geschichte, bis die Geliebte bei einem Kerzen-Nachtessen vieles davon ihrem neuen Freund erzählt, einem Literaturwissenschaftler an einer renommierten University. Und da sagt der doch glatt: Wow, Nancy, das ist ja vielleicht eine Geschichte. Aber hast Du gemerkt, dass Du jetzt mit Deiner Reaktion auch gar nicht mehr diese Geliebte in dem Roman Deines Lehrers bist, sondern schlichtweg aus dem Roman rausgeflogen bist. Erschreckt Dich das nicht? Du bist nur noch ein Phantom von einer Geliebten, ein Gespenst eben, wo Du Dich zuvor noch wie aus Fleisch und Blut, wie echt für die Leser fühlen konntest. Das Wirkliche wird also vollkommen unwirklich und der autobiographische Text damit reine Literatur, bloß Fiction. Gespenstisch, der Dekonstruktivismus, nicht?

Und der Literaturwissenschaftler heißt nicht zufällig auch noch Laken oder Leguan oder sogar Daniel Deridonda?

No name im Moment.

Mir scheint, du schreibst da offensichtlich Geschichten so kompliziert wie ein angehender Philosoph aus Harvard.

Danke. Genau diese Verkopftheit hat mir mein Creative-Writing- Lehrer auch immer vorgeworfen. Aber ich mag nicht seine Art der Literatur, wo man auf einem Klappstuhl auf dem Gehsteig sitzt und die Autos auf der Straße zählt: ein blauer Pick-up von Ford, ein silbriger Pick-up von Chevrolet, ein schwarzer Pick-up von Chrysler ... nur um die These einer biederen Filmhandlung realistisch zu untermauern.

Man könnte genauso gut auch die Schneeflocken zählen.

Na ja, das führt halt zu keinem wirklich soziologisch brauchbaren Schluss.

Aber es reicht doch für eine Apokalypse von danteskem Ausmaß.

Das hat doch längst schon der Fantasy-Erfolgsautor Robert W. Walkers mit seinem Sub-Zero-Schneesturm von 1979 gemacht, der im Jahr 2020 durch Chicago fegen soll: New ice age has begun!

Oh, das ist ja wirklich schon sehr bald, dieser prophezeite Klimawandel!

Vielleicht sogar Trumps letzter Winter. Eiszeit ade, ha ha ha. That will be the day after tomorrow!

Und sollte er gar ein zweites Mal gewählt werden, so sind wir dann bereits im postapokalyptischen Zeitalter.

X

Charles Wanzeried saß noch eine ganze Weile auf seinem Bett und schaute hinaus, wo die winterliche Morgensonne hell schien. Mit ihrem kalten, aber dennoch grell wirkenden Licht zeichnete sie die kahl emporragenden Äste der Bäume, auf deren Gabelungen sich der Schnee festgesetzt hatte, wie mittels Tusche auf die Fassaden der gegenüberliegenden Häuser. Es sah aus, als hätten sich diese schmalen kleinen Ziegelbauten verspätet doch noch einmal für Halloween mit einem gespenstischen Kostüm zurechtgemacht, indem sie ihr Äußeres mit einer Art dickem schwarzem Garn aus Astschatten wie einen Spinnennetzumhang überzogen. Verzauberte kleine Häuser im Morgenlicht, aus denen niemand mehr herauskam. Und die hohen rechteckigen, dunkel gerahmten Vertikalschiebefenster, deren Scheiben durch das reflektierte Licht ganz mattgrau und undurchlässig erschienen, wirkten wie tote Augen von unheimlichen Kürbismasken.

Aber Charles Wanzeried hatte am heutigen Tag noch viel vor, und so stand er auf, nahm seinen Mantel vom Haken und schlich wieder möglichst lautlos wie gestern aus der Wohnung, denn Grant schlief in seinem Schlafsack auf dem Sofa. Es war eindeutig kälter als gestern, der leicht gefrorene Schnee knirschte unter den Stiefeln. Doch er staunte, wie schnell sie hier die Straßen und Gehsteige mit Fräse und Salz vom Schnee geräumt hatten. Selbst die meisten Autofahrer hatten ihre Fahrzeuge freigeschaufelt, so dass nur ganz wenige mit einer dicken weißen Schneeschicht überzogene Autos auf den

Parkfeldern am vereisten Randstein zu sehen waren. Man löste in Amerika die praktischen Dinge immer schneller, als man es als Europäer erwartete.

Er betrat ein Café dieser mittlerweile global präsenten Stehkaffee und Backwaren Kette und bestellte sich an der Theke bloß einen Cappuccino mit Croissant. Schließlich hatte ihn Sally für heute in ihren ruhigen Club zum Lunch eingeladen. Nach einem zweiten Cappuccino steuerte er in den Hair Salon Zur goldenen Schere, an dem er schon öfters vorbeigegangen war. Sie hatten dort Zeit und so ließ er sich das graue Haar wieder passend zu seinem Dreitagebart etwas kürzen. Die junge Hair Stylistin erklärte ihm, sie komme aus einem kleinen Nest in Wisconsin, weshalb es eine unglaublich gute Sache sei, jetzt hier in dieser Großstadt zu leben. Ob er denn als Swiss auch Verwandte in den Staaten habe, wollte sie weiter wissen. Ja, er hätte noch vor vierzig Jahren Nachkommen seines ausgewanderten Urgroßonkels in San Francisco gehabt, sagte Charles Wanzeried unter seinem schwarzen Cape auf dem Friseurstuhl. Zwei Großtanten, die aber beide kinderlos gestorben seien. Eine von ihnen hätte er auch einmal besucht, aber das sei schon sehr lange her. Er erinnere sich nur noch an eine eindrückliche Fotografie, die sie ihm damals gezeigt hatte. Man sah ihren Vater vor einem wohl selber gezimmerten Blockhaus in Bauarbeiterkluft barfuß auf der Veranda sitzen. Das war für ihn damals der Inbegriff vom Wilden Westen gewesen, worüber seine Großtante derart hatte lachen müssen, dass ihre blondgefärbte Hochsteckfrisur nicht mehr zu wackeln aufhören wollte. Mit ganz normalen Bauarbeiterhäuschen sollte der Wilde Westen anfangen! Dann müsse er aber, riet ihm schmunzelnd die Hair Stylistin, deren Vorname Charles Wanzeried nicht richtig verstanden hatte, unbedingt nach New Glarus in Wisconsin. Das sei nicht weit von hier und voll von Swiss People. Sie konnte sich gar nicht vorstellen, dass er auf Schweizer im Moment am wenigsten zu stoßen hoffte. Das mochte wohl seine schweizerische Eigenart sein. Natürlich ging man im eigenen Land miteinander sehr nett um, zumindest bestätigten letzteres viele Touristen. Politische Respektlosigkeit war eigentlich eher ein neueres Phänomen, das von einer rechts zündenden Lunten-Partei gepflegt wurde und über ihre Provokationen auch andere Nachahmer fand, wohlwissend, dass der kürzeste Weg zur Popularität Schläge unter die Gürtellinie einer toleranten Gesellschaft sind. Aber wenn man sich als Schweizer in die große weite Welt begab, dann wollte man so etwas wie ein Weltbürger sein und nicht gleich wieder all die altbekannten schweizerischen Nettigkeiten oder gar neumodischen Flegeleien hören. Charles Wanzeried stellte sich immer vor, das sei ein Überbleibsel aus der Söldnerzeit, wo man darauf gefasst sein musste, in den gegnerischen Schlachtreihen je nachdem den Nachbarn wiederzuerkennen; da war es klüger und professioneller, die kriegerische Distanz zu wahren. Aber er wusste auch, was das für eine lächerliche Erklärung war, denn die meisten seiner Mitbürger liebten mit ihresgleichen die lautstarken Folkloregruppen auf Kreuzfahrtschiffen, fröhliche Bus- und Einkaufstouren, gesellige Wanderungen ebenso wie gemeinsame Sport- oder Wellnessferien und besuchten gerne zusammen Partys wie Stripp-Lokale. Charles Wanzeried versicherte denn seiner Hair Stylistin beim Zahlen, es war ein bemerkenswert mode-

rater Preis, er wolle sich alle Mühe geben, einmal
New Glarus näher in Augenschein zu nehmen.

Die breite Straße lag im direkten Sonnenlicht, so
dass selbst hier die kleinen Häuser aus ihrem vorherigen Einheitsgrau stärker hervorzustechen begannen. Das Licht vermochte jedes kleinste Detail ihrer
Fassade zu betonen, mit dem ihre Erbauer vor hundert oder mehr Jahren schon von deren kahlen, eingemauerten Hinterhöfen, diesen berüchtigten
Backyards, ablenken wollten, welche mittlerweile mit
ihren überaus schlechten Wegen, den vielen beschädigten Müllcontainern, vor sich hin rostenden Zäunen und Gittern, all dem Unkraut, dem herumliegenden Sperrmüll und elektrischen Leitungssalat wie
dauerhafte Baustellen wirkten. Charles Wanzeried
fand, dass mit dieser Fassadenhaftigkeit eigentlich
bereits in den Außenquartieren und Vororten Chicagos der Wilde Westen beginne. Man baute ein
simples viereckiges Gebäude und errichtete vorne
eine einzige riesige Werbetafel, durch die man eintreten konnte, mitten hinein ins Geschäftsleben mit
seiner leuchtenden oder erloschenen Neonbeschriftung: Saloon, Store, Liquors, Launderette, Office,
Smoke Hut, Barber, Nails, Teeth Whitening and
Bleaching.

Charles Wanzeried bestieg einen Bus Richtung
Loop, dessen schlechte Treibhausluft ihm schon bei
der Tür entgegenschlug, als hätten die Passagiere
sich zu viel mexikanische Bohnengerichte einverleibt.
Das war etwas, was Grant gestern für die Apokalypse
Chicagos vollkommen außer Acht gelassen hatte, die
menschlichen Gerüche. Schon früher hatte er das bei
seinen Fahrten mit dem El Train gedacht, etwa als
ein junger barfüßiger Bettler, er sah nach einem

Südamerikaner aus, mit offenen Beinen in halblangen Trainerhosen die hohle Hand jedem Passagier stumm hinhielt und die Charles gegenüber sitzende, grauhaarige African American nur noch den Kopf geschüttelt hatte, um ständig zu wiederholen: It's a shame. Er selber hatte ihr bloß stumm zugenickt, so entsetzlich war der Gestank gewesen.

Das Clublokal befand sich in einem von außen doch eher unauffälligen Gebäude im Stadtzentrum, das aus der Zeit stammte, als Charles Wanzerieds Vorfahren hier gewesen waren. Nachdem die dunkelhäutige Portiersfrau auf der Liste seinen Namen entdeckt hatte, stand sie in ihrer blauen Uniform sogar auf, um ihn zum Lift zu begleiten, was bei der Körperfülle sicher keine Kleinigkeit war und eigentlich auch nicht nötig gewesen wäre. Aber vielleicht wollte sie sich auf diese Weise auch nur ein wenig Bewegung zwischendrin verschaffen. Dann fuhr er in den zweiten Stock hoch, wo sich in einem mit roten Teppichen belegten Gang eine Garderobe befand. Von dort gelangte man in einen riesigen Saal mit antik wirkenden Säulen und einer Glaskuppel im Art-déco-Stil. Darunter war ein großes Buffet aufgebaut, um welches sich unzählige blaue und rote Polstermöbel mit niedrigen weißen Tischchen gruppierten, die wiederum mit tropischen Blätterbäumen in großen Bottichen voneinander abgetrennt waren. Er staunte über diesen unerwarteten Kuppelsaal. Ja, daneben verblasste natürlich sein bisheriges Frühstückslokal in seiner unscheinbaren Gewöhnlichkeit.

Er sah Sally, die in einiger Entfernung ihm von einem Lehnstuhl aus zuwinkte. Sie saß da in elegantem dunkelblauen Zweiteiler und frisch onduliertem Haar. Aha, dachte Charles, wir waren vermutlich heute zur gleichen Zeit auf dem Frisierstuhl. Sein Kurzhaarschnitt verjüngte ihn allerdings beträchtlich, was für Sallys kunstvoll gelegte graue Locken nicht galt. Sie verliehen ihrem Äußeren eher noch etwas mehr unterkühlte Förmlichkeit. Es gab diesem Lunch eine spezielle Note, wenn beide sich gleichzeitig mit freudiger Sorgfalt darauf vorbereitet hatten. Wie er denn den ersten großen Schnee überstanden habe, wollte Sally wissen nach dieser mittlerweile für so typisch angesehenen schweizerischen Begrüßung mit drei Wangenküssen, was den Schweizern offensichtlich geradezu südländisches Flair verlieh. Und Charles sagte, der Schneesturm habe ihm ganz ungewöhnliche Gespräche mit einem jungen Schriftsteller in der Pension beschert, der von der Apokalypse Chicagos gepredigt habe. Einer von diesen Savonarolas, warf Sally ein, davon gibt es hier nur allzu viele. Soweit würde ich nicht gehen, erwiderte Charles, er ist kein Hassprediger, aber auch kein vorlauter Sektierer wie Billy Graham. Er ist vielmehr ein kluges Haus, wie wir in der Schweiz sagen würden, vielleicht ein wenig verzogen, aber das wird sich noch legen. Er hat mir seinen komplizierten Erzählstil erklärt, wo der französische Psychoanalytiker Lacan und der Philosoph Derrida eine große Rolle spielen. Ein ergrauter Kellner unterbrach ihn diskret, indem er devot seine Empfehlungen abgab und zugleich ihre Bestellungen aufnahm. Mit seinen tiefen dunklen Augen und dem eleganten Schnauz hatte er etwas von einem argentinischen Grandseigneur.

Und dieser viele Schnee, knüpfte Charles wieder an den vorher unterbrochenen Gesprächsfaden an, erinnert mich sehr an meine Kindheit. Ich glaube, wir hatten auch einmal einen Winter mit meterhohen

Schneewänden, wo ich mir sogar ein Iglu im Garten
baute. Aber vielleicht kam mir das als Dreikäsehoch
auch einfach alles doppelt so groß vor wie es wirklich
war. Und die Kälte?, fragte Sally besorgt. Charles
nahm es als eine Frage nach der Kindheit und erzählte schmunzelnd, dass sein Vater August stets im
Arbeitszimmer nächtelang durchgearbeitet habe. Als
Kind sah er das Licht von dort unter dem Türspalt
noch lange leuchten. Das sei seine Einschlafhilfe gewesen, um nicht ganz im trostlosen Dunkeln zu liegen. Denn die Mutter wäre am Abend oft außer Haus
gewesen, so dass er häufig nur mit dem meist zer-
streuten und gedankenabwesenden Vater zusammen
Abendbrot gegessen habe, um dann alleine ins Bett
zu gehen, weil dieser ja schon bald wieder von seinen
Studien vollkommen absorbiert an seinem Schreibtisch arbeitete. Meistens schlief er sogar dort im Arbeitszimmer am frühen Morgen auf seiner divinesk
alten Couch ein, so dass, wenn mich die Mutter in
der Küche losschickte, um ihn zu wecken – sie selber
tat es bezeichnenderweise nie –, mir dort ein eisiger
Wind entgegenschlug. Durchs sperrangelweit geöffnete Fenster war manchmal sogar Schnee eingedrun-
gen und ich erinnere mich noch, dass ich dann diese
Bilder von Heiligen oder gar Kaisern und Straßen-
räubern vor Augen hatte, manchmal auch von
Sternthaler Sammlerinnen, die draußen im tiefen
Weiß knieten, unter dem Gelächter von Burgvögten
und Päpsten, wie man sie auf allerhand Bildern der
Kindheitsbücher zur moralischen Abschreckung gesehen hatte und doch immer wieder von Neuem an-
schauen musste. Ob Sie auch derart kalte Kindheits-
erinnerungen habe, wandte sich Charles zu Sally.
Aber sie zeigte auf den Kellner, der mit seinem vollen
Tablett bei ihnen angelangt war und das Frühstück

zu servieren begann, die linke Hand devot hinter dem Rücken verborgen.

Ich kann mich auch noch erinnern, sagte Charles nachdem er einen Schluck Cappuccino genommen hatte, es muss so Anfang der 1950er-Jahre gewesen sein, als meine Eltern mit mir als Kleinkind im winterlichen Italien auf den Spuren von Dantes Exil herumreisten: von Venedig über Verona nach Ravenna. In Mantua machten wir Zwischenstation, wo mein Vater ein paar Dokumente sichten wollte. Das Staatsarchiv hatte diese im Zweiten Weltkrieg im Palazzo Ducale gelagert, und wie wir da hinkamen, sagte das Portierspaar, ich solle nicht mit in die kalten Schlossräume, sondern bei ihnen am offenen Kaminfeuer in der Wohnung bleiben und spielen. Aber vor allem solle ich zum Aufwärmen herumrennen: Corri Carlo, corri! Und es war Charles mit einem Mal, als wäre er bei seiner Ankunft in Chicago derart schnell wie damals gerannt. Die Italiener, sagte er zu Sally gewandt, sind einfach die kinderliebendsten Europäer, die sich überhaupt denken lassen. Aber ich habe jetzt gesehen, wie viele African Americans eigentlich auch genau diesen liebevollen Ton und Umgang mit eigenen und fremden Kindern haben. Im Autobus könne das manchmal ausgelassen zu und her gehen wie an einem Käferfest, einer Kids Party. Also, wenn Du Dich traust, mit dem Bus zu fahren, meinte Sally lächelnd, dann bist Du ja wirklich in Chicago schon sehr gut angekommen. Hast Du übrigens gehört, fuhr sie ernster fort, dass sie für die nächsten Tage arktisches Wetter erwarten? Ist denn das noch nicht arktisch genug?, wollte Charles sogleich wissen. Es sei eigenartig und eigentlich auch beunruhigend, versuchte Sally zu erklären, dass normalerweise die

kalte Luftmasse, die sich über dem Nordpol forme,
immer durch eine Art Wetterfront so begrenzt werde,
dass sie in etwa über den gleichen Zonen im Norden
als polarer Wirbel oder sogenannter Vortex zirkuliere.
Nun aber lasse mit einem Mal diese Zone eisige Luft
Richtung Süden abfließen, also direkt auf die Stadt
Chicago zu.

Charles mochte es fast nicht glauben und schwor
sich, er dürfe von jetzt an die Fernsehnachrichten
nicht mehr verpassen. Dann nahm er seine Brille in
die Hand, um sie rasch anzuhauchen und mit einer
Serviette darüber zu fahren. Jetzt ähnelst Du wirklich sehr Deinem Vater, sagte Sally mit ihrer angenehm sonoren Stimme, ich kann mir August gar
nicht in dieser Kälte vorstellen. Er war für mich eigentlich das Gegenteil davon.

Charles sah sie fragend an: War das ein Sommer
damals in Florenz mit dem Kolloquium? Sally blickte
ihn eindringlich an und nickte. So ist er wohl auch
Dir nach Chicago nachgereist? Sally berührte leicht
seinen Arm, ohne etwas zu sagen.

Ich glaubte, sagte Charles nach einer längeren
Pause, vieles von meinem Vater zu wissen. Aber je
länger ich über ihn nachdenke, desto mehr verstehe
ich, dass ich eigentlich nie etwas richtig wusste. Es
war mir sogar eine Zeitlang kein Leben so fremd wie
das Leben meines Vaters. Und jetzt frage ich mich,
weshalb es mir an Interesse fehlte, ihn überhaupt
verstehen zu wollen. So weiß ich eigentlich nicht, ob
er wirklich gelebt hat in all seiner abgeschotteten
Gelehrtheit, die meine Mutter bisweilen zur Weißglut
treiben konnte und mich in die kalte Einsamkeit.

Und wenn Du mir jetzt sagst, er hat gelebt, Du hast mit ihm gelebt, so bin ich nur froh, sehr sehr froh.

Ist sie auch gestorben?, fragte Sally nach einer Weile. Ja, sagte Charles, noch vor ihm. Ein eigenartiger Tod. Mein Vater führte ja stets allerhand Fehden in seiner akademischen Disziplin und hatte entsprechend viele Feinde. Aber dass ausgerechnet einer von ihnen, altersvertrottelt und mit einer Lungenentzündung im Krankenhaus liegend, im Fieberwahn zum Telefonhörer greifen musste, um mitten in der Nacht meine Mutter zu wecken und ihr mitzuteilen – mein Vater war irgendwo unterwegs –, dass er vernommen habe, ihr Ehemann sei soeben gestorben. Dieser Schock war es. Ja, sagte Sally stockend, das klingt unglaublich.

Charles wischte sich ein paar Brotkrumen vom Jackett und fragte, was Sally eigentlich damals am Maskenfest mit seiner Anstellung als Bibliothekar in Chicago gemeint habe. Und Sally sagte, an ihm vorbei in die Weite des Raums blickend, sie habe im Gespräch mit ihm im Flugzeug herauszuhören geglaubt, dass er offen für Neues sei. Eine Anstellung hier zu finden, ist wirklich eine Option. Aber, bemerkte Charles, er habe gelesen, dass die amerikanischen Universitäten nicht mehr wie früher allzu viele Ausländer in ihrem wissenschaftlichen Betrieb wünschten. Das stimme, meinte Sally unkonzentriert, das sei so. Aber es gelte nach wie vor, keine Regel ohne Ausnahme. Ich danke Dir auf jeden Fall, sagte Charles. Ich war im ersten Moment einfach ein wenig irritiert, aber eigentlich ist mein Leben im Moment doch für viel mehr offen, als ich selber überhaupt weiß. Das ist gut, wenn Du es von dieser Seite her siehst, pflichtete ihm Sally bei. Es ist eine Option, nicht mehr und nicht weniger. Und was machst Du über Weihnachten?

Charles schmunzelte, als er anfing zu erzählen, dass dieser junge Schriftsteller Grant in seiner Pension ihn zu einer Weihnachtsparty überredet habe. Ja, sie würden eine Party am späteren Abend für all die Mitstudenten und Freundinnen von Grant veranstalten, welche sich vom familiären Weihnachtsfest, von ihren Old Folks, von der nervenden Verwandtschaft den Abend nicht ganz verderben lassen wollten. Ob sie auch Lust habe, zu kommen, schließlich sei er dann wohl das älteste Semester dort. Sally schüttelte den Kopf und meinte, so eine Studentenfete gönne sie ihm von Herzen. Aber sie sei nicht nur über die Feiertage mit ihrer Schwester und Verwandtschaft vollkommen beschäftigt, sondern es kämen berufliche Verpflichtungen hinzu. Sie hasse diese Reisen in die USA auch deswegen so. Sie müsse noch in New York und Boston bei Mäzenen vorsprechen. Wenn man es nicht macht, ärgert man sich, und wenn man es macht, meistens auch. Ich bin wirklich froh, wenn ich nach Neujahr wieder in meinem geliebten Venedig bin. But let us stay in touch!

Wenig später wartete Charles Wanzeried an der Bushaltestelle und sah einen schwarzen Vogelschwarm über dem Grant Park aufsteigen. Lautlos flogen sie da westwärts Richtung See. Und er blickte ihnen noch lange nach, während sie im matten Frühnachmittagslicht dahinflogen und plötzlich wie eine Schar Gespenster oder danteske Schattenbilder im Himmel verschwanden. Vieles ging ihm durch den Kopf, aber jedes Mal, wenn er einen Gedankengang, eine Erinnerung, eine Option, wie Sally gesagt hatte,

länger verfolgte, kam sie ihm vor seinem inneren
Blick wieder abhanden. Er konnte im Moment wie
nicht recht denken. Er war hier in Chicago und doch
nicht recht da. Er spürte diese starke eigene Vergangenheit und trotzdem war sie letztlich so weit weg.
Und er erinnerte sich vage, dass einmal jemand gesagt hatte, er klappe ein Buch sofort zu, wenn es sich
auf eine dieser geschwätzig familiären Vergangen-
heitsreisen begebe. Es fiel ihm nicht mehr ein, wer
das zu ihm gesagt oder wer das geschrieben hatte. Er
wollte nicht, dass sein Lebensbuch deswegen hier
gleich von Lesenden zugeklappt werde. Ja, auf einer
Reise war er, die Richtung kannte er, aber noch nicht
das genaue Ziel. Und wenn von Chicago ein kleines
Zeichen, eine dieser Hier-ist-es-toll-Postkarten eintraf, so warf man sie als lesender Empfänger in der
Regel auch nicht gleich wieder weg, sondern befestig-
te sie sogar eine geraume Weile am Kühlschrank oder
an seinem Bürocomputer als eine vertrauliche Aus-
zeichnung, eine wahrhafte Anerkennung.

Vielleicht hatte er Sally letztlich doch nicht ganz
die Wahrheit erzählt, dachte Charles Wanzeried im
geheizten Bus, denn ein wichtiges Motiv für die Party
war nicht erwähnt worden: den immer noch gefüllten
Kühlschrank von Frau Prochatzka. Das bereitete ihm
große Sorgen, da er seit längerem nicht mehr in der
Pension frühstückte, und da kam Grants Idee mit
der Feier wie gerufen. Damit leerte sich doch auch
wieder der Kühlschrank beträchtlich. Trotzdem ging
er in Logan Square noch in einen Supermarkt, um
sich mit Partyzubehör einzudecken und mit dem,
was Frau Prochatzka ganz sicher niemals für ihn
vorgesehen hätte: Junk Food. Und wie er sich an der
Wärme bereits einmal im Antiquariat in den unzähli-

gen amerikanischen Buchtiteln hatte verlieren können, so waren auch diese geradezu unübersehbar
nebeneinandergereihten, gläsernen Tiefkühlschränke
eine allzu große Versuchung, um nicht jeden ihrer
Inhalte sich genauestens anzuschauen und zu staunen, was sich da alles tiefkühlen oder in den benachbarten Gestellen zu Instantgerichten verarbeiten
ließ. Ganz abgesehen vom gigantischen Frischwaren-
und Konservenangebot! Ab und zu weckte ihn aus all
diesem Bestaunen eine Lautsprecherdurchsage, die
im quäkigen NASA-Tonfall von Cap Canaveral irgendwelche unverständlichen Botschaften für die
Besatzung an Fleisch-, Käse-, Fisch-, Backwaren-
und Drogerie- bzw. Apothekerständen sowie das Kas-
senpersonal hinausfunkte. In der Mitte dieses gigantischen Supermarktes sah er eine über sich an einem
riesigen Kleiderbügel aufgehängte Amerikafahne, die
mild patriotisch auf die Kunden und Angestellten im
Wind eines alten vor sich hin drehenden Deckenven-
tilators herabwinkte. An der Kasse bediente ihn eine
untersetzte African American mit blond gefärbten
Haaren, die vor Müdigkeit fast einzuschlafen schien,
während eine hagere, bleiche Frau mit rot punktier-
tem Kopftuch und dicker Hornbrille alle Waren vom
gefährlich ratternden Förderband wegnahm, für die
Charles Wanzeried selbstverständlich bezahlt hatte,
um damit etwas ungeschickt zwei große Plastik-
taschen zu füllen. Der Kunde war hier König, ohne
selber Hand anlegen zu müssen, auch wenn die Ein-
packerei zeitlich auf Kosten der hinter Wanzeried
wartenden Bürgersleute ging.

Und so kam Charles Wanzeried, in beiden Händen
volle Tragtaschen, in seine Pension zurück. Die Tür
war unverschlossen, aber von Grant war nichts zu

sehen und zu hören. Nachdem er alles verstaut hatte, beobachtete er noch die Sonne, wie sie langsam am Horizont hinter den geduckten Häusern von Logan Square versank. Damit er vor Müdigkeit nicht gleich wieder einschliefe, schaltete er den Fernseher im Wohnzimmer ein. Auf dem Bildschirm erschien ein Paar. Ihre Frisuren und Kleidung, ja selbst ihre künstlich oder natürlich gebräunte Haut wirkten gestylt. Die beiden konnten vorbildliche Eltern sein, die ideale Ehefrau und ihr Partner, oder einfach adrette Nachbarn aus der Fernsehbranche, die einen da anstarrten, während im Hintergrund ein Panoramafenster eine im Abendverkehr stark befahrene Straße im Loop zeigte. Das hätte die spektakuläre Aussicht aus einer der Luxuswohnungen oder Anwaltskanzleien in den dortigen Hochbauten sein können, aber das Innendesign in knalligen Farben und geradezu grotesk digitalen Ausformungen einer 3-D-Computeranimation zeigte einen Studioraum für Nachrichten. Darin moderierte das Paar an einem breiten Stehtisch. Und ähnlich dem Auf- und Sich-Durchklicken von Internet- oder Computerprogrammfenstern ließen sie über oder neben sich neue Screens erscheinen, auf denen Live-Reporter aus allen möglichen Gegenden der Welt begrüßt wurden, die selber ständig Bilder und Filme zur Information einblendeten. Vielleicht präsentierte das moderierende Paar im Studio je nachdem noch weitere Graphiken oder zumindest ein Bildschirmfenster, wo Experten oder vom Ereignis Betroffene Fragen beantworteten, alles mit eingängigen Schlagzeilen untertitelt. Das war höchste Intensität in der Vermittlung von Realität. Da geschah wirklich etwas auf allen Ebenen gleichzeitig auf dieser großen Welt, es wechselten ständig Menschen, Orte und Sprache. Das war höchste Kunst.

Man lernte etwas, das man zwar im nächsten Nachrichtenschock schon fast wieder vergaß, aber es blieb dennoch der Eindruck zurück, wie interessant und abwechslungsreich, natürlich auch schrecklich und absurd das Leben da draußen, außerhalb der eigenen vier Wände doch sei. Man wirkte wohl vor dem Fernseher in monotoner Umgebung mehr als normal, selbst wenn man später einige der gesehenen Dinge gerne wiederholen oder sogar imitieren mochte. Aber mehrheitlich wuchs da auch der Wunsch, mit dieser medial vermittelten Welt möglichst wenig zu tun zu haben, um je nach Temperament das Leben der Erfolgreichen und Schönen oder das der selbstlosen Retter und Helfer für sich als Ideal zu kultivieren, über alle Fernsehrealität hinaus.

Und auf diese Art und Weise wurde für Charles Wanzeried eine simple Kaltwetterprognose, je länger er sie am Fernsehen mitverfolgte, desto mehr ein unaufhaltsam auf ihn zukommendes, alles verkomplizierendes Desaster. Solch eine Intensität rüttelte ihn regelrecht auf und durch. Genauso wie ihn die anschließend an die Nachrichten folgende Reality Soap im Glauben ließ, er werde mit persönlichen Interna der Chicagoer Feuerwehrleute eingedeckt. Und so saß Charles Wanzeried noch eine ganze Weile im Dunkeln auf seinem Bett, während ein Stock über ihm die Japaner wohl gerade einen eigenartigen Schuhplattler in niederländischen Holzpantinen auf dem Parkett übten. Er überlegte, was er sich für die kommenden kalten Tage unbedingt noch besorgen müsste, vom gefütterten Schuhwerk, über dickere Pullover und Socken bis hin zum Ohrenwärmer. Und über diesem Nachdenken wurden seine Augenlider schwer, er nickte ein und blendend weiß öffnete sich

der Vorhang vor ihm: Er stach als ein old Mariner
magnetisch angezogen in Richtung arktische See mit
der für sein Party-Boat, eine gigantische Discovery,
traumhaften Proviantliste in den Händen, die er für
sich noch einmal geradezu heißhungrig memorierte:

3048 Kilogramm Brot.

2721 Kilogramm verschiedene Arten Büffelfleisch.

272 Kilogramm Ochsen- und Kälberzungen.

362 Kilogramm gebratene und gekochte Hühner, gebratene Pute, als Curry oder Pastete zubereitet.

453 Kilogramm American Sweet Ham.

635 Kilogramm Frühstücksspeck.

635 Kilogramm amerikanische Butter.

453 Kilogramm Swiss Cheese.

453 Liter Milch.

118 Kilogramm Stückzucker.

136 Kilogramm Cadbury-Schokolade.

861 Kilogramm assortierte Marmeladen und einge-
machte Früchte.

1016 Kilogramm Biscuits.

31 Kilogramm Kaffee.

27 Kisten Orange Juice.

1150 Flaschen mit Obst.

Und –

XI

Und?, fragte neben ihm eine übertrieben fiepsige Kleinmädchenstimme, ich will doch am schönen Weihnachtsabend nicht noch neben einem Toten zu liegen kommen.

Das war keine Stimme, für die es sich lohnte, die Augen aufzumachen, dachte Charles Wanzeried auf seinem Bett liegend. Sie quietschte ja wie ein Reißverschluss an einem ausrangierten Schlafsack der Schweizer Armee.

Don't be such a hysteric!, sagte eine überaus laute und voll tönende Männerstimme, er hat einfach ein bisschen viel intus, der Smoke Trainee von Grant. Aber er atmet völlig normal für einen Schläfer, schau nur auf seinen großen Brustkasten.

Ja Bob, das sehe ich auch, dafür braucht es ganz sicher nicht neun Semester Medizin.

Zehn Semester, bitteschön.

Charles Wanzeried spürte, wie das Bett leicht bebte, indem sich die Frau mit der Kleinmädchenstimme wohl vom Rücken auf ihre rechte Seite drehte. Aber auch dann wollte er seine Augen noch nicht gleich öffnen. Entspannt lag er da und hörte doch gespannt auf diese ihm vollkommen unbekannten amerikanischen Stimmen und ihr Gerede, das ihm überhaupt nichts sagte. Das war also dieser berühmt berüchtigte Campus-Talk. Und neben den vollen Bassstimmen der Männer hörten sich auch die anfänglich leicht quäkenden Frauenstimmen allmählich immer tiefer

und heiserer an, je länger sie da über die neu er-
starkte Rechte in den USA, einen Dichter namens
Starbuck oder die angebliche Chicago Reise von diesem Herrn Bannon oder Hitler spekulierten, diskutierten und stritten.

Charles Wanzeried erinnerte sich, wie er leicht nervös die ersten Gäste des heutigen Abends erwartet
hatte. Er kannte diese Angespanntheit schon von den
Festen seiner Töchter her, wo er als Vater nie recht
geahnt hatte, wie das Ganze letztlich wohl verlaufen
werde, wenn all die ihm bekannten und unbekannten Gäste derart herausgeputzt waren, viel Alkohol
tranken, ständig einander vollquasselten, miteinander flirteten oder sich auch nur zu dröhnender Be-
gleitmusik leicht wippend anschwiegen – schließlich
hatte man sich je nachdem auf diesen Stehpartys
weniger zu sagen, als man bei der Einladung noch
gedacht hatte. Er konnte nicht mehr recht sagen, ob
er damals bei seinen Töchtern Angst vor der unkon-
trollierten, maßlosen Orgie gehabt hatte oder mehr
noch vor dem Auseinanderfallen der Gäste in Gruppen und Einzelgänger, die letztlich für eine gehässige
Stimmung sorgten, dass jede noch so schöne Leutse-
ligkeit gleich im Keim erstickt wurde. Doch am
Schluss, das wusste er auch, obsiegten nicht die väterlichen Bedenken. Eine Party war und blieb ein
leicht erotisch getöntes Unterhaltungsspiel, dem sich
Jung und Alt für einen Moment voll und ganz hinga-
ben, um dann, wie wenn nichts gewesen wäre, nach
Hause zurückzukehren oder noch ein weiteres Lokal
für eine Fortsetzung des Festes aufzusuchen. Und
für ihn und Lisbeth blieb die Aufräumarbeit. Ich bin
so müde, sagte dann jeweils Lisbeth, und er antwortete nur noch mit einem vollkommen desinteressier-

ten Ach so. Er sage ihr immer nur das Gleiche, meinte sie. Und du mir auch, gab er dann in seiner am Talk der jungen Gäste geschulten Schnoddrigkeit zurück. Aber alles in allem, dachte er, war das Ende doch stets derart harmlos gewesen, dass man auf solche Partys mit aller Erleichterung als eine durchaus schöne Abwechslung zum stetig öder werdenden Familienalltag zurückblicken konnte.

Jetzt erinnerte er sich auch wieder an den ersten Gast des heutigen Abends. Es war Michelle gewesen, die durch die weit offene Wohnungstür eingetreten war, mit pink und blau verfärbten Haaren und orangefarbig geschminkten Lippen. Ihre großen Augen blickten einen traurig durch eine Cat Eye-Brille an. Sie war Charles mager, dürr erschienen in ihrem dunklen Pullover und Röhrenjeans, die in viel zu großen Stiefeln endeten. Grant war in der Küche, und so nahm er ihr den schwarzen Ledermantel ab. Jetzt hatte sie schon wieder einen Alten um sich, wo sie doch zuvor gerade ihren sich ständig an Weihnachten streitenden Eltern entflohen sein mochte, stellte sich Charles vor. Und dann erzählte sie, es sei im Moment in ihrer dividierten Nation, ihrem politisch in unversöhnliche Lager geteilten Land, schwierig mit Verwandtschaft an Festen, man müsse jedes heikle politische Thema wie eine Landmine meiden. Ob er einen guten Flug nach Chicago gehabt habe, wollte sie weiter wissen. Er musste lachen, denn das hatte ihn so jetzt doch noch niemand gefragt, Fliegen sei für die meisten derart selbstverständlich. Natürlich sei es längst nicht mehr so mühsam wie wohl früher, als etwa sein Vater Ende der 1940er-Jahre zum ersten Mal New York besucht habe, wo er im irischen Shannon zwischenlandete, um, da das Wetter nicht gut war, zwölf Stunden in einem Flugzeug mit unheimlich stotternden Motoren auf die Azoren weiterzufliegen, wo noch ein Reifen auf der Landebahn platzte und er wieder einen zusätzlichen Tag auf die Reparatur warten musste, bis er noch einmal einen Mordsflug durch mehrere Gewitter zu überstehen hatte. Neben fast drei Tagen Flugzeit seien ja rund zehn Stunden eine unglaubliche Errungenschaft. Und mit Überschall wäre es wohl noch einmal die Hälfte weniger. Aber letztes Jahr, wandte Michelle ein, habe eine Schweizer Maschine auf dem Flug von Zürich Kloten nach Chicago wegen gesundheitlicher Probleme eines Passagiers bereits in Kanada zwischenlanden müssen. Die gleiche Maschine sei schon zuvor einmal wegen einer Triebwerkstörung in Grönland bei minus zweiundzwanzig Grad Fahrenheit notgelandet. Noch heute könne es zu langen Flugzeiten kommen. Da erinnere sie sich aber an eine wahre Unglücksserie, stöhnte Charles auf, zum Glück habe er davon nichts vor seinem Abflug gewusst. Am schönsten, meinte er weiter, wäre natürlich so eine futuristische Magnetbahn unter dem Meer durch. Ob er diese uralte Sage kenne, hatte Michelle ihn gefragt, dass die Indianer nämlich gar nicht über die Beringstraße eingewandert seien, sondern von Palästina über unterirdische Wasserstraßen. Charles hörte das zum ersten Mal. Doch mit einem U-Boot nach Amerika zu reisen, schien ihm nicht wünschenswert. Wahrscheinlich sei das zu Fuß oder im Schlitten oder auf dem Mammutrücken über die zugefrorene Beringstraße schon die bequemste Möglichkeit gewesen, wenn auch eine verdammt kalte. Und Trump, sagte Michelle dazu, müsste sich nur billiges Streusalz besorgen, statt eine teure Mauer zu bauen.

Dann waren weitere Gäste eingetroffen, ein kleiner Untersetzter mit rotem Bart, der seine Haare unter einer grünen Wollmütze verbarg und Charles mit sehr heller, leiser Stimme fragte, ob er der Vater von Grant sei. Offensichtlich erleichtert hörten er und seine Freundin, dass dem nicht so sei. Eine Frau mit langen dunklen Haaren, die ihr fast bis zur Hüfte hinunter reichten, und mit Augen, die einen nie recht ansehen wollten, interessierte es, zu erfahren, ob sie wirklich das ganze Jahr über Schnee in der Schweiz hätten. Charles, dem das Duzen hier im Englischen wesentlich einfacher fiel als in der Schweiz, sagte, also Du, soviel Schnee wie in Chicago habe er in den letzten Jahrzehnten nicht mehr in der Schweiz gesehen. Und da kam Grant dazu: Hardy komme heute doch nicht. Er habe noch einen Home Run vor sich, und alle, die das hörten, zogen dabei die Augenbrauen hoch. My Gawd, auch das noch! Is Joanne already engaged? He's not an ideal husband. Charles Wanzeried wusste von den Partys seiner Töchter her, dass man sich hier ganz ungeniert ausklinken durfte, um gemütlich eine rauchen zu gehen. Für solch unkompliziertes Verhalten, das alles losließ, wurde man von den Jungen geradezu geliebt.

Als er wieder aus dem Rauchersalon zurückkehrte, war die Zahl der Gäste schon in allen Zimmern merklich angestiegen. Überall plätscherte munter der Smalltalk. Und so begann Charles seinerseits eifrig Getränke nachzuschenken. Ob er der Onkel von Grant sei? Ob ihm Chicago gefalle? Was er beruflich mache? Ob er wisse, dass in New Glarus viele Schweizer seien? Does money really grow on trees in Switzerland? Es war wie bei allen Partys, alle waren mit allen beschäftigt, entweder indem sie sich kurz-

atmig ausfragten oder etwas miteinander lange bere-
deten, oder indem sie einfach nur stumm zuhörten,
während sie zwischen den Köpfen der Redenden hindurch die anderen beobachteten, an den Haaren,
Ohren, Stirnfalten, Nasen und Kinnhöckern vorbei
wieder auf ganz andere Haare, Mützen, Ohrläppchen,
Stirnfalten, Nasenspitzen, Brillen und Kinnbärte sahen. Und das Gewühl sollte noch zunehmen. Charles
hörte im Gedränge, wie jemand einem anderen Gast
versicherte, dass alles fabelhaft sei, es habe genügend Good Beer und sogar einen Smoking Room. Da
war Charles sicher, dass nichts mehr schiefgehen
konnte und so ließ auch er sich von dem allgemeinen
Festtaumel erfassen. Es vertrieb ihm nicht zuletzt die
Gedanken an die doch eher unangenehmen Dinge
dieses Nachmittags wieder aus dem unmittelbaren
Bewusstsein.

Denn als Grant die Getränkekisten hochgeschleppt
hatte, war Charles ans Fenster getreten und hatte
unten auf der Straße den weißen Lieferwagen mit
Sam stehen sehen. Er zog sich den Mantel über und
ging hinunter an die beißende Kälte, wo Sam in seiner grauen Jacke rauchte. Frohe Weihnachten hatten sie sich gewünscht. Er habe gar nicht gewusst,
dass Sam auch im Getränkehandel tätig sei. Sam
hatte heiser gelacht. Und wie weit er mit den kanadischen Kühlschränken sei? Oh, die kämen schon
noch, nur ein bisschen verzögert, wegen des schlechten Wetters da oben. Ob David eigentlich etwas damit
zu tun hätte? Diese Frage hatte Sam offensichtlich in
den falschen Hals bekommen. Weshalb er denn mit
einem Mal überall herumschnüffeln müsse. Charles
solle sich gefälligst nicht in die Geschäfte anderer
Leute einmischen. Er habe ja nicht wissen können,

entgegnete dieser, dass Sam an Weihnachten bereits in seiner Sudoku-Laune sei, wo er nicht gestört werden wolle. Sam hatte nur Hahaha entgegnet und war dann in den Kleinlaster gestiegen.

Aber die größere Peinlichkeit von heute Nachmittag sollte erst noch kommen, als er wieder in der Wohnung war und die SMS-Meldung seiner jüngsten Tochter auf dem Handydisplay sah: Grad Fahred mer hei. Er hatte zunächst Grad Fahrenheit gelesen und dann erst bemerkt, wie er vergessen hatte, seine guten Weihnachtswünsche rechtzeitig in die Schweiz zu senden. Über all den Vorbereitungen für ein kleines kaltes Buffet im Wohnzimmer und einer Bar in der Küche war ihm die Zeitumstellung zwischen den Kontinenten entfallen. Wenn er jetzt frohe Weihnachten wünschte, dann kamen die Wünsche mit sechsstündiger Verspätung nach Mitternacht in Europa an. Das war ein unverzeihlicher Fehler, wenn er an seine beiden Töchter dachte, aber auch Lisbeth gegenüber. War das nicht schon eine Art Abfärben der groben Ignoranz, die man allgemein den Amerikanern nachsagte?

Um letzterem etwas entgegenzuhalten, machte sich Charles daran, eine Platte voll Käse, Mixed Pickles, Crackers, Rohgemüse und Marmeladen von Frau Procházka zusammenzustellen. Wie sie wohl gerade in Florida feierte? Und was Sally? Connie und Hank? Arbeitete wohl der Rezeptionist im Hotel Severin selbst noch am Weihnachtsabend? Mit dem Serviertablett begab er sich mitten in den Partylärm hinein. Jemand hatte ein kabelloses Music System mitgebracht und im Wohnzimmer einen entsprechend lauten Bum-pah-da bum-pa-da dumm-Rhythmus aufgedreht. Vom Gastgeber Grant war vorderhand nichts zu sehen. Während Charles wie ein überbeleibter Kellner herumging, rückten die Gäste auch wieder stärker in seinen Blick. Da war eine Vierergruppe bärtiger Brillenträger in angestrengter literarischer Diskussion. Sie redeten gerade über Annie Dillard, was ihm nichts sagte. Ob er Carol Becker gelesen habe? Nein, erwiderte Charles. Auch Pam Houston kannte er nicht und schüttelte wieder den Kopf. Aber doch Cheryl Strayed? Charles machte, dass er da wegkam, um nicht ständig den Kopf schütteln zu müssen. Ein Mann mit hellbraunen Rasta-Zöpfen, dicht wie Mangrovenwurzeln in Florida, einem durchdringenden Blick und einer spitzen Nase wie der Mount Bona-Vulkan in Alaska fragte ihn, was er denn von Fontane, Thomas Mann und Max Frisch halte. Charles zeigte sich erfreut über diese Frage, obwohl er ahnte, dass ein Literaturkanon für Fremdsprachige wohl immer genau diese deutschsprachigen Klassiker als erstes nennen würde. Nicht dass deren Deutsch einfach zu verstehen gewesen wäre, gar nicht. Aber sie waren in ihrem Realismus wohl doch eingängiger als ein Avantgardist oder Sprachexperimentator. Und es gab immer genügend gute Übersetzungen von ihnen. That's fine! Neben ihnen mischte sich eine massige, hellhaarige Frau ein, mit stark geröteten Wangen unterhalb der blauen Augen, welche wiederum eine Tiefe hatten, dass man meinte, wie durch ein Binokular weit hinaus auf die großen Plains von Michigan zu sehen. Sie liebe die Realisten in der Literatur einfach unglaublich, man könne alles von ihnen Beschriebene in der Wirklichkeit wieder antreffen. Sie habe einmal sämtliche Schauplätze von Hemingways A Moveable Feast in Paris besucht und, wenn auch zum Teil stark verändert, wieder auffinden können, selbst wenn es für

ihren Geschmack damals zu viele französische Solda-
ten und Polizisten auf den Straßen und Plätzen gehabt habe. Charles dachte für sich, wie nahe doch
der Realismus und die Fantasterei bei den Amerikanern zusammenliegt. Obwohl er sich nicht sicher
war, ob dieses Vorurteil nicht auch für die meisten
Schweizer gelten würde.

Dann fragte ihn eine Asiatin, ihre Eltern waren als
Bootsflüchtlinge nach Chicago gekommen, nach seinen amerikanischen Lieblingsschriftstellern und
Charles zählte ohne lange zu überlegen Auster, Oates
und Richard Ford auf. That sounds very familiar to
me, sagte sie. Charles erklärte ihr weiter, dass er eigentlich schon in früher Jugend vollkommen ab-
sichtslos ständig wieder amerikanische Bücher gelesen hätte, vom Lederstrumpf über die David Crockett
Schulbibliotheksbücher bis hin zu Onkel Toms Hütte
und den Mississippi-Abenteuern von Mark Twain.
Das war alles spannender als der Schweizerische Ro-
binson gewesen. Er habe sogar heimlich all die ins
Amerikanische transformierten Erzgebirge und Elbtä-
ler von Karl May bei seiner Cousine in den Ferien
verschlungen, weil seine Eltern dessen geistige Rocky
Mountains für unnützes Zeug hielten. So wie er sich
auch die Comics von Leutnant Blueberry und Lucky
Luke von Schulkameraden ausgeliehen habe. Eigentlich spüre er heute, dass es diese Lektüre gewesen
sei, die ihn später überhaupt für die zeitgenössische
Schweizer Literatur vorbereitet habe. Sie hatten aber
strenge Eltern, meinte eine kleine zierliche Frau mit
einer Art beiger Reitermütze auf ihren langen, ganz
glatten Haaren. Vielleicht war es auch ein pädagogi-
sches Ungenügen, sagte Charles. Wer viel allein ist,
der liest so allerhand für sich. Sein Vater sei ein

Danteforscher gewesen. Aber er wäre wohl nie auf die Idee gekommen, dass Dante einen viel schlechteren erzieherischen Einfluss auf einen Heranwachsenden haben könnte als etwa Karl May. Schließlich war Dante eben nicht nur ein Stubengelehrter oder moralisierender Phantast, sondern auch ein Liebesversehrter, wenn er vor der dressierenden Erziehung warne, die niemals den natürlichen Drang zum andern Geschlecht auszulöschen vermöge. That's sounds very interesting.

Schlussendlich stieß Charles mit leerer Snackplatte auf Michelle, die allein und mit halbvollem Whiskyglas dastand und verträumt der Musik und den Gesprächsfetzen lauschte. Was rumore denn eigentlich die ganze Zeit über ihnen so gewaltig, wollte sie von ihm wissen. Ja, das seien Japaner, die in ihrer Wohnung jeden Abend eine Rallye mit Stühlen veranstalteten, erklärte Charles ironisch. Sie jagten damit über eine mit Kreide auf dem Parkett gezogene Rennbahn, den sogenannten Nippon-Ring. Und ihr Kind springe dann manchmal aus Siegesfreude mit gestrecktem Bein über ein Nachttischchen, das die Ziellinie markiere. Michelle kam aus dem Staunen und Lachen nicht heraus, dieses Haus sei ja einfach großartig, great. Sogleich scharten sich Partygäste um Michelle, um zu erfahren, über was sie eben so gelacht hätte mit dem Schweizer. Schließlich ging bei einer Stehparty in kleinen, chaotisch überfüllten Räumen der Erzählstoff schnell aus. Und so war man umso erpichter auf neue unterhaltsame Geschichten. Und während Charles sich in die Küche entfernte, hörte er noch vage, wie die Japaner-Geschichte im Partylärm unterging: Mischäääl Jezzez bum-pah-da bum whaaat the Swizzzz tellin you bum-pah ...

Charles fühlte sich leicht und berauscht zugleich, so
dass ihm das Zuhören und Sprechen verleidete. Er
roch den süßen Rauch aus dem Raucherstübchen,
Erinnerungen flashten durch seinen ausgelaugten
Kopf. Wie im Traum ging er langsam ins Schlafzimmer. Es wurde irgendwo gekreischt. Er legte sich auf
sein Bett, als könne er von dort bequemer am nach-
mitternächtlichen Partygeschehen teilnehmen. Die
auf dem Bett Sitzenden waren auf die andere Seite
gerückt und unterhielten sich in der gleichen Lautstärke wie zuvor weiter. Und wie er so dalag, spürte
er sein Herz, zählte seine regelmäßigen Schläge und
achtete auch auf die unregelmäßigen, während um
ihn die Gespräche immer unverständlicher wurden.

***

Und jetzt?, fragte neben ihm eine leicht quäkende
Frauenstimme, hast Du wenigstens gut mit ihr geschlafen?

Das war keine Stimme, für die es sich lohnte, die
Augen aufzumachen, dachte Charles Wanzeried, und
doch blinzelte er ganz leicht, weil er irgendwo im
Raum Grant hörte: Alle sind weg. Es ist schon drei
Uhr vorüber. Die Getränke und der Stoff sind restlos
aufgebraucht. Helen, you can't get a line anymore.
Party is over.

Chicago war Fest und Rausch, sagte die unschöne
Frauenstimme neben Charles im Bett, jetzt nur noch
Rauch und Schall. Ich kann doch hier einfach weiter
schlafen, the old man and me.

Ach, hör auf damit, Helen. Das hier ist das Bett
von Charles.

176

Der schläft doch schon lange.

Stör ihn nicht länger.

Also gut, das hätte ich mir ja wieder denken können. Und dann hörte er die beiden noch lange draußen im Gang und später im Treppenhaus, wie sie
stritten. Da stand Charles Wanzeried mit einem Mal
auf, ging raschen Schrittes durch alle Räume und
überlegte, was es in der nachweihnachtlichen Zeit
noch alles für ihn zu erledigen gäbe. Es galt den Teppich zu saugen und ein wenig einzuschäumen, die
Tischdecke in die Reinigung zu bringen, wo er sowieso mit seinen Kleidern einmal hin musste und die
Stuhldecke mit dem frischen Brandloch im Rauchersalon würde er durch eine neue ersetzen. Über den
vollkommen leeren Kühlschrank, ja selbst über den
aufgebrauchten Cannabis freute er sich kindisch.
Nun konnte Frau Prochatzka ungeniert aus Florida
in ihr angestammtes Reich zurückkehren. Aber er
wusste ja gar nicht, wann das überhaupt sein würde.
Und an welchem Tag flöge er selber in die Schweiz
zurück? Doch das beantwortete er in dieser eigenartig nachfestlichen Freude überhaupt nicht. Charles
nahm ein Glas, füllte es mit chlorigem Leitungswas-
ser und sagte sich bei jedem Schluck: Diese Stadt
fordert einen heraus, gerade darin besteht mein
Glück.

XII

Hätte man Charles Wanzeried wie einen richtigen
Polarforscher nach dem Leben bei minus 22 Grad
Fahrenheit gefragt, so hätte er mit großer Wahr-
scheinlichkeit geantwortet, das sei ein einziges zer-
fahrenes Hin und Her der Gegensätze. Oder um es
etwas wissenschaftlicher zu sagen, er hätte bei minus dreißig Grad Celsius davon geredet, wie Kälte
das Leben beschleunige und gleichzeitig verlangsa-
me. Man erwache also morgens im Bett, meist ganz
traumlos, denn entweder sei es für Träume zu kalt
oder das Gedächtnis dafür am Morgen zu eingefro-
ren. Man sehe, wie das schlecht isolierte Fenster den
eisigen Wind mit den Vorhängen spielen ließe. Da
möchte man den ganzen Tag nur im warmen Bett
verbringen. Aber kaum spüre man die kalt geworde-
ne Bettflasche von gestern mit den in Bettsocken steckenden Füßen, schnelle man hoch und suche neben
dem Bett die dick gefütterten Hausfinken – also
Hausschuh Manitu. Es ginge dann ins Badezimmer,
wobei einen die eiskalte Klinke und WC-Brille, sowie
das eisige Kaltwasser, welches an den Handrücken
schmerzt, und die festgefrorene Seife unter die heiße
Dusche treiben würden. Fühle man sich dann mit
auf der Heizung vorgewärmten Kleidern ganz behag-
lich, so jaule man wieder auf über das kühle Metall
der Armbanduhr. Trinke man wohlig dampfenden
Kaffee, so meine man, die Haut der Finger bleibe am
Frühstücksbesteck kleben. Und so gehe das in einem
fort weiter, bis man in die eiskalten Winterstiefel
steige. Charles Wanzeried hatte dabei schon einige
Male an Dante im winterlichen Exil gedacht, wie er

wohl damals, mit viel Pergament um die Sandalen gewickelt, in Strumpfhosen und Cape übers Glatteis in Verona rutschte. Vielleicht war der einzig wärmende Gedanke gewesen, seine Beatrice anzurufen. Doch die Kälte in Chicago setzte nicht nur den Exilierten und Obdachlosen zu, sondern speziell auch den Liebespaaren. Fürs Händchenhalten war es außerhalb des Bettes einfach zu kalt geworden.

Und wie ließ sich erst eine Zigarette drehen, wenn der Wind eisig durch Chicagos Straßen pfiff? Er beobachtete, wie es da einer bei der Bushaltestelle stets von neuem versuchte. Doch dessen auf einem hüfthohen Schaufenstersims deponierten und mit einem Feuerzeug beschwerten Tabaksbeutel blies es dauernd davon. Feuchte Taschentücher gefroren in den Manteltaschen sofort zu harter Pappe. Man hatte sogar das Gefühl, die giftigen Minustemperaturen würden einem die Wangen vom Gesicht abreißen. Winterlich fest eingepackte Menschen begannen dann etwa bei rotem Ampellicht an den Verkehrsübergängen im Takt der Minusgrade von einem Fuß auf den andern zu springen und ließen ihre Arme kreisen, die Finger in den Handschuhen wie balinesische Balletttänzer spreizend. Das Frostwetter griff von allen Seiten an. Bei diesen polaren Temperaturen entwickelten die Einwohner Chicagos eine erstaunliche Vitalität. Hieß das deshalb Affenkälte?

Gleichzeitig wirkte Kaltluft innerlich zutiefst inspirierend. Charles Wanzeried hatte jedenfalls das Gefühl, dass sie ihn von vielem ablenke oder ablenkbar mache. Mit andern Worten, er fühlte hunderte von Gedanken gleichzeitig durch seinen kühlen Kopf irrgeistern, unübersichtlich und sprunghaft. Selbst die glasklare, schneidende Kälte eines Bibliothekars schien ihm hier draußen an der nordpolartigen Winterluft eine reine Illusion geworden zu sein. Dafür musste man sich zwischendurch aufwärmen können. Also suchte er meist eilig ein Lokal mit warmem Essen und Trinken. Der Nachteil war nur, dass ihn die Gerichte an Bettwärme erinnerten, so dass er schnell müde wurde und beinahe einschlief, statt sich jetzt mit den Ideen zu beschäftigen, die ihm die Kälte wie Flöhe in den Kopf gesetzt hatte. War das seinen Vorfahren wohl auch so ergangen? Es musste schon damals 1886 ein strenger Winter in Chicago gewesen sein, wie er einmal gelesen hatte. Durch die hohen, vereisten Schneeverwehungen ließen sich keine Bahngeleise mehr legen, die bezahlte Arbeit war verloren. Die Arbeitslosen froren in ihren bescheidenen Unterkünften, wo die kleinen eisernen Öfen nichts mehr auszurichten vermochten, die Fenster zolldick überfroren. Brotlos saßen sie fest in den kalten Kerkern, fast wie im neunten Höllenkreis Dantes, in dem allerdings verräterische Adlige zähneklappernd bis zum Halse in einem eisigen See steckten. Charles Wanzeried fragte sich, ob nicht das arktische Klima die größte aller teuflischen Qualen auf Erden war. Allerdings wunderte er sich, weshalb dann Dante derart kälteresistent auf den gefrorenen Höllenpfützen hatte herumspazieren können, um die im Eis festgesetzten Köpfe besser betrachten und befragen zu können. War das am Ende doch gar nicht alles so tief humanistisch gedacht, wie es ihm stets sein Vater eingetrichtert hatte? Ein verwickeltes Renaissancespiel, zynische Rhetorik oder eine geradezu ärgerliche Metapher, mehr nicht? Und vielleicht war nicht einmal der Vater an solch einer sinnlosen Überhöhung schuld gewesen, sondern nur seine Art des Gelehrtengeistes, der sich in der Danteforschung vollkommen verrannt hatte.

Schließlich gab es sogar einen Tag, an dem es Charles Wanzeried vor Kälte nicht mehr aushielt und seinen Koffer zum zweiten Mal packte. Doch ein Blick auf das Handy belehrte ihn noch am gleichen Morgen, dass seine Fluggesellschaft alle Flüge vorerst gestrichen habe, ihr sei das Enteisungsmittel ausgegangen. Er konnte es kaum fassen. Und erst da besann er sich wieder auf seinen angestammten Beruf, wo er den ganzen Tag in Ruhe an der Wärme hatte sitzen können. Er besuchte eine der großen Bibliotheken Chicagos. Es war ein altehrwürdiges Gebäude mit einer breiten Treppe, die in eine von mächtigen Säulen getragene, marmorne Eingangshalle führte, wo ein einfältig wirkender Puerto Ricaner den eintretenden Wanzeried mit hochgezogenen Augenbrauen musterte, als müsste er als Türsteher eines Fitnesscenters oder einer Spielhölle entscheiden, ob er solch einen korpulenten Kunden überhaupt in das dreigeschossige Gebäude einlassen dürfe. Doch Charles Wanzeried geriet in den oberen Stockwerken nur in eine weitere Höhle der Melancholie. Leerstehende Lesesäle und übervolle Buchmagazine setzten Staub an, so dass die studentischen Aushilfen aufatmeten, wenn sie wenigstens einmal pro Woche einem Rentner das bestellte Fantasy-Buch, auf ein grünes Kissen gebettet, an seinen Platz bringen durften, als wäre es das magische Artusschwert selber.

Charles Wanzeried musste sich zunächst eine Reader Card besorgen und dafür ein kleines Büro im obersten Stockwerk aufsuchen, in dem wohl mehr als ein Jahrhundert lang nur papierene Luft zirkuliert hatte. Darin saß in rotem Pullover eine junge

breitschultrige Frau mit blondem Topfhaarschnitt an
einem massiven Pult und blickte ihn mit großen Augen an, durch eine dieser modernen leichten Brillen,
deren Gläserfassung und Bügel fast nicht mehr zu
sehen sind. Den Schweizer Pass schaute sie sich mit
größerer Fachkundigkeit an als jeder Immigration-
Officer. Sie plauderte sehr gerne. Von seiner Schweizer Herkunft kamen sie auf das arktische Wetter
Chicagos zu sprechen, und wie liebend gerne sie jetzt
in ihrem Minneapolis wäre, weil es dort offensichtlich
ein bisschen wärmer sei. Was sie für ihn denn sonst
noch tun könne? Er erwähnte diesen Dean oder Professor Tintenfass, der ihm vor kurzem noch geraten
hatte, er solle einmal einen Blick auf die Fotos vom
alten Chicago werfen. Als sie den Namen Tintenfass
hörte, gab es für sie kein Halten mehr, sie stand auf
und erklärte ihm das Funktionieren ihres digitalen
Katalogs, wie man bestelle, wieviel auf einmal – aber
da könne sie ohne weiteres in seinem Fall eine Ausnahme machen –, und was es für verschiedene Lesesäle gäbe. Sie riet ihm, den großen Lesesaal im ersten Stockwerk zu benutzen, denn es gebe dort
Bleistifte und Papier. Er sei auch nicht weit vom
Parkplatz im Hinterhof entfernt, wo es für die einge-
fleischten Raucher ein Portiershäuschen mit Heiz-
strahler gebe. Dort sei es einfach gemütlicher als
draußen an der Kälte. Er musste demonstrativ mit
dem Suchen im Katalog beginnen, sonst wäre das
Gespräch noch pausenlos so weitergegangen.

Und dann saß er allein in einem riesigen, mit einem grünen Teppich ausgelegten und mit großformatigen Porträts der Bibliotheksstifter bebilderten Lesesaal, jetzt einmal selber als Kunde und nicht stets
als Aufsicht wie in Zürich. Ihm gegenüber konnte er

durch ein hohes rechteckiges Fenster hinaus auf
kahle Äste sehen, die sich in den grauen Winterhim-
mel streckten. An diesem Tisch schaute er sich Blät-
ter mit aufgeklebten alten Fotos von Chicago aus den
1880er-Jahren an. Das war damals eine City voll
großer heller Gebäude gewesen, von viel Grünfläche
umgeben und mit breiten Fahrbahnen und Gehstei-
gen und neusten Hydranten davor. Die Stahlträger
der Brücken glänzten ebenso frisch wie die der Ei-
senbahnkonstruktionen und Straßenbahnschienen.
Es gab zwar ein mächtiges Gedränge von Kutschen
und Pferdewagen im Loop, aber die Fußgänger waren
weitaus zahlreicher. An den Gebäuden fehlte fast alle
Werbung. Die promenierenden Leute wirkten unifor-
mer gekleidet: Männer und Jungen in dunklen Klei-
dungen und passenden Hüten oder Mützen dazu,
während die Frauen und Mädchen dunkle Röcke,
helle Blusen und weite Hüte trugen. Und am Lake
Michigan war die Uferpromenade mit Holzbohlen
ausgelegt, wie sie Charles Wanzeried zum ersten Mal
am Meer in Coney Island bei New York gesehen hatte. Das musste damals am See ein schöneres Spazieren als heute gewesen sein. Die nahe an die Prome-
nade grenzende Allee mochte wohl mit ihren
zahlreichen Einspännern an den Wochenenden sehr
viel Staub aufgewirbelt haben, aber keinen krankma-
chenden wie heutzutage die mehrspurigen Car-
Drives. Überhaupt wirkte die Stadt vor zwei Jahr-
hunderten überaus sauber. Es roch wohl einzig ein
wenig streng nach Ausscheidungen von Tieren und
allerhand Marktabfällen. Und mit den Schlachthöfen,
den Stock Yards im Süden, wo Cowboys die Rinder-
herden in riesige Viehpferche trieben, verhielt es sich
wie eine vorindustrielle Farmerangelegenheit des

Wilden Westens. Hatte Grant mit seiner Apokalypse nicht doch auch ein wenig übertrieben?

Auf den Fotografien unmittelbar nach dem Großen Feuer vom Oktober 1871, glaubte er wirklich Sodom und Gomorrha vor sich zu haben. In einem einzigen Chaos von geschmolzenem Metall, zusammengefallenen Steinen, verkohlten Holzbalken und Asche sah man nur noch einzelne Eingangsportale von ehemals großartigen Warenhäusern und Verwaltungsgebäuden, einsame Fabrikschornsteine und skelettierte Kirchenschiffe mit ihren Türmen. Manchmal ragten auch nur einzelne Säulen mit Kapitellen darauf aus den Trümmern, als wäre Chicago ein antiker Ort gewesen, über den Jahrtausende hinweggezogen waren. Ja, es sah alles derart zerstört aus, als hätte es damals schon Flächenbombardements und Atombomben gegeben. Und in diesem immensen ausgekühlten Schutt standen Männer in ihren dunklen Anzügen, Zylindern und offenen Wintermänteln, die geschockt den unermesslichen Schaden in Augenschein nahmen, während der eiskalte Wind durch die Ruinen pfiff. Sie grübelten über die Größe der Zerstörung, um noch ein letztes Mal die alte, imposante Vergangenheit zu spüren, damit an einen motivierten Neuanfang überhaupt zu denken war, der alles andere als ein Vergnügen werden würde.

Um sich von diesen schrecklichen Bildern zu erholen, ging Charles Wanzeried eine Zigarette rauchen. Ob er denn für ein Buch über Chicago recherchiere, fragte ihn die Bibliothekarin aus Minneapolis, die ihn ins Raucherhäuschen geführt hatte – vielleicht auch ein wenig als unfreiwillige Care Assistentin für den Geschockten? –, denn schließlich benötigte diese ehrwürdige Bibliothek sehr wenig Personal. Nein, war seine Antwort, er tue es mehr aus Interesse an seinen ausgewanderten Verwandten. Er heiße übrigens Charles. – I'm Dorothy. Ihre irischen Vorfahren seien ebenfalls in der Zeit des Wiederaufbaus nach Chicago gekommen. Von dort zogen sie dann mit dem Bahnbau der Pacific Milwaukee Railroad weiter nach Minneapolis. Es sei schwierig, etwas Genaueres über die Gleisarbeiter zu erfahren, sagte Dorothy, da es fast keine ausführlichen Personalakten mehr in den Bahnarchiven gebe. Von der Geschichte eines einzelnen Arbeiters bleibe eigentlich nur, was dessen Verwandtschaft zu bewahren wusste. Man könne also von Glück reden, das sage sie jetzt als studierte Historikerin, wenn sich Familien davon noch etwas über mehr als drei Generationen hinweg erzählten. Allerdings wisse man da dann nie genau Bescheid, wie es mit der Wahrheit stünde. Vielleicht, ergänzte Charles, haben sich sogar die paar wenigen Anekdoten in meiner Familie deshalb erhalten, weil die Schweiz ein kleines, ordentlich überschaubares Land ist, wo solche weiten Reisen über den Atlantik doch einiges zu reden gegeben hatten, speziell in den Dörfern. Er habe sie selber wohl sogar noch aus diesem Grund seinen Töchtern weitererzählt. Oh, Du hast eine Familie, sagte Dorothy, ich hätte Dich jetzt glattweg für einen Single gehalten. Ich weiß nicht, erwiderte Charles, aber manchmal spüren Frauen einfach sehr schnell auch den geschiedenen Mann und halten das für Junggesellentum. Aber ich würde mich lieber als alten Gesellen beschreiben, und er strich sich mit der rechten Hand über die kurzen grauen Haare, das trifft es eigentlich besser.

Charles, jetzt übertreibst Du, wie Du wahrscheinlich auch die Anekdoten Deinen Töchtern gegenüber noch einmal übertrieben ausgeschmückt hast. Ja aber, warf Charles gleich ein, ohne das Ausmalen versteht doch die nächste Generation bloß Bahnhof. Gut, sagte Dorothy, aber merkst Du jetzt auch: Je fremder uns eine Vergangenheit wird, desto näher rücken uns die fabulierten Geschichten von damals. Das würde ja im umgekehrten Fall bedeuten, meinte Charles, dass die Menschen, die es in die historisch überlieferten Dokumentensammlungen gebracht haben, uns zunehmend fremder würden. Ja, sagte Dorothy, ob der gute George Washington oder der terroristische Demagoge Robespierre, wir können an ihren über zwei Jahrhunderte hinweg erforschten Biographien kaum etwas ändern, obwohl wir das eigentlich ständig tun möchten. Selbst wenn man etwa das Leben von Präsident Washington derart erzählen würde, dass es haargenau auf einen Wiedergänger im 21. Jahrhundert zutreffen würde, als den sich ja Donald Trump sieht, man würde darüber immer wieder auf die all dem widersprechenden Tatsachen zurückverwiesen. Ich könnte also, stellte Charles fest, meiner Urgroßmutter eine Romanze mit einem Italiener auf dem Schiff über den Atlantik andichten oder ihren beiden Brüdern eine Krankheit oder einen Goldfund in Kalifornien, kein Dokument wäre da, um es zu korrigieren. Dann wird ja eigentlich alle Geschichte zur literarisch ausgeschmückten Erzählung. Er solle doch, sagte Dorothy, einmal den Versuch mit seinem bei den Indianern missionierenden Urgroßonkel machen, da müssten sich eigentlich in Chicago noch Dokumente auftreiben lassen. Die Jesuiten waren ja sehr aufzeichnungswütig, dokumentierten fast jede ihrer Tätigkeiten für die eigene Propaganda.

Charles hatte merkwürdigerweise aus der mündlichen Familientradition seines Vaters nie etwas von diesem Urgroßonkel vernommen und das Wenige, was er wirklich wusste, hatte er aus einem Buch über die Tätigkeiten des Jesuitenordens in Amerika. Dorothy meinte, sie könne von ihrer Bibliothek aus einmal recherchieren und eventuell vorhandene Archivalien bestellen. Mit der Protektion von Professor Tintenfass sei so etwas sicher ohne weiteres möglich. Charles klopfte anerkennend auf ihre Schulter: Ich glaube, Dorothy, jetzt habe ich Dich doch mehr als nur eine Zigarettenlänge von Deiner eigentlichen Tätigkeit abgehalten. Aber Du bringst einen ja wirklich auf wunderbare Ideen. Sie lief rot an und lispelte etwas stärker als auch schon, indem sie auf den überquellenden Aschenbecher zeigte, und gesund lebt man mit Dir zusammen ja auch nicht gerade.

Charles Wanzeried fuhr in einem überfüllten Autobus Richtung Logan Square zurück, in dem African Americans in abgewetzten Hosen und ausgetretenen Stiefeln saßen und kleine Südamerikaner auf den Sitzen der Schwerbehinderten eingeschlafen waren, in gepolsterten Second-hand-Jacken, die überall weißen Flaum absonderten, so dass es, wenn einer von ihnen ausstieg, wie von Madre Nieves Hand – holla! – überallhin kleinste Kissenfedern schneite. Zwischen den jungen Schwarzen mit Ohrenfellmützen und den alten, denen die grauen Bartstoppeln, die mit dem hellen Weiß ihrer Augen wetteiferten, etwas maßlos Trauriges ins dunkle Gesicht schrieben, saßen ab und zu Weißhäutige mit Alkoholfahnen, riesengroßen Rucksäcken, viel Akne, Übergewicht und häufig stark erkältet. Sie starrten öfters mit einem leicht verzweifelten Ausdruck aufs Handy,

die Beine ununterbrochen in nervöser Bewegung
zappelnd. Das war also dieser White Trash, denn von
weißer Überlegenheit war da nichts zu spüren. Und
Charles Wanzeried gehörte als Weißer mit dazu, weil
er in dieser Stadt bei barbarischer Kälte in einem
solchen Bus fuhr. Bei einer Haltestelle an der Ash-
land Avenue stieg ein schäbig gekleideter African
American ohne Fahrschein in den Bus und fragte
laut, ob jemand mit Job ihm den Fahrpreis bezahlen
könne. Charles Wanzeried verstand zuerst gar nicht
recht, was mit Job gemeint sei. Da rief von hinten so
ein Weißer mit goldgelber Winterkappe, worauf
schwarz das Wort Midas stand, ja doch, er würde das
bezahlen. Der Schwarze wirkte nicht nur sehr erstaunt, sondern fragte fast ein wenig ungläubig, als
ihm der ärmlich gekleidete Weiße zwei Dollarscheine
gab, ob er denn auch wirklich einen Job habe. For
sure, sagte der, um allerdings im nächsten Moment
in aller amerikanischen Offenheit einzuschränken,
I'm expecting one, er habe einen in Aussicht. Die
Leute konnten offensichtlich durchaus in dieser bit-
teren Kälte solidarisch miteinander umgehen, auch
wenn sie knapp bei Kasse und ganz anderer Haut-
farbe waren.

Die nächsten Tage hielt Dorothy ihn mit SMS-
Nachrichten auf dem Laufenden über ihre Recher-
chen, die Charles Wanzeried bisweilen neben seinem
American Breakfast-Teller las, oder beim Anstehen
an einer Ladenkasse, oder mitten im Gespräch mit
Grant über Davids literarische Erfolgsrezepte, über
die Dresdner im Zweiten Weltkrieg, die den im Großen Ostragehege kriegsgefangenen Kurt Vonnegut als
widerlich faulen Chicago Gangster beschimpft und
malträtiert hatten, oder über die merkwürdige Ver-

schwörung der japanischen Nachbarn im oberen
Stockwerk. Und dann fand Dorothy tatsächlich Kor-
respondenz und Tagebücher seines Urgroßonkels
Elias. Charles Wanzeried machte sich für den erneu-
ten Bibliotheksbesuch wie für ein wichtiges Rendez-
vous zurecht und schloss dann vorsichtig hinter dem
auf dem Sofa schlafenden Grant die Tür. Da sah er
einen kleinen Waschbären beim Treppengeländer,
der ihn auf den Hinterbeinen schräg von unten her
anblickte, und stutzte für einen Moment, man wusste in diesem verschneiten Chicago ja nie, ob einen
diese Allesfresser nicht noch bis in die Treppenhäu-
ser hinein verfolgen konnten, um etwas zu erbetteln.
Aber als er genauer hinsah, war es ein lebensecht
wirkendes Kinderspielzeug. Wer hatte denn so etwas
hier vergessen?

Erst im Bus dachte er wieder daran, dass es möglicherweise ein Kuscheltier des japanischen Kinds im
oberen Stock hätte sein können. Hatte es im Verborgenen vielleicht gespannt auf seine Reaktion gewartet, davon geträumt, dass er als Fremder, wenn er
aus der Tür trat, etwas Unterhaltsames zu diesem
Spielzeugtier sagen würde? Er dachte an Kinderge-
schichten in Fernsehspielfilmen, in denen sich über
eine Tierfigur eine schöne Freundschaft ergibt. So
geht die Story. Er hatte von all dem nichts bemerkt,
als er nach einem kurzen Innehalten einfach die
Treppe hinuntergeeilt war. Schade, denn so beginnt
natürlich keine filmreife Geschichte zwischen einem
Ausländer und einem Kind in Chicago. Er vermutete,
dass ein Mädchen dahinterstecke, aber ganz sicher
war er sich da auch nicht, denn er hatte die Japaner
noch nie zu Gesicht bekommen. Und mit einem Mal
waren all die Abweisungen, die Abwendungen und

die Ignoranz wieder da, die er in seiner eigenen Kindheit erlebt und empfunden hatte. Jeder Erwachsene
war mit anderem beschäftigt gewesen. So musste er
allein spielen, träumen und denken. Wenn er jetzt an
das japanische Kind dachte, so sah er sich damals
vor mehr als sechzig Jahren und war mit einem Mal
so niedergeschlagen, dass er am liebsten gleich wieder aus dem Bus gestiegen wäre, um mit dem nächsten in Gegenrichtung zurückzufahren, nur um dem
Kind zu sagen: Ich habe mit Deinem schönen Waschbären geredet und er hat mich gebeten, ihn doch in
die Stadt mitzunehmen. Aber er ist sich das Busfah-
ren nicht gewohnt. Auf jeden Fall wurde ihm schlecht
und wir sind ausgestiegen. Ich dachte, da gehen wir
doch lieber zu Fuß an der frischen Luft nach Hause
zurück. Und weil es so bitterkalt war, gab es zwischendrin noch eine warme Pie mit Honig in einem
grün gestrichenen Restaurant, wo er sich für die
Passanten sehr schön am Fensterplatz auf der rot
karierten Tischdecke gemacht hat. Ich glaube, es hat
ihm alles in allem doch sehr gefallen. Jedenfalls hat
er mir ein schönes Waschbärenlied auf dem Rückweg
vorgesungen. Kennst Du es auch?

Aber Charles Wanzeried blieb mit seiner Waschbä-
rengeschichte einfach im Bus sitzen, bis sie sich ver-
flüchtigte und er nur noch auf die Schriftstücke seines Verwandten in der Bibliothek gespannt war.
Dorothy schob ihm eine ganze Wagenladung Archiv-
material an seinen Lesetisch. That's dashing out the
door to Michigan, wie man hier so sagt, meinte sie.
Umfangreich und genau hatte sein Urgroßonkel Elias
da dem Orden Jesu über alles, was er auch tat und
erfahren sollte, Rechenschaft abgelegt. Soviel Material ließ sich gar nicht recht überschauen, dafür

brauchte es ja Monate der Lektüre: hunderte von
Briefen und zwölf Tagebücher. Er betrachtete ein
beigelegtes Foto, wo er seinen Urgroßonkel zum ersten Mal sah. Mit vor der Brust verschränkten Armen
stand er da, ganz verfinstert: schwarze Soutane, ein
dunkler natürlicher Vollbart und die Tonsur unter
einem schwarzen, altmodischen Priesterhut verborgen, einem dreizackigen Birett. Er sah erschreckend
aus, mit seinen kleinen Mäuseaugen unter dichten
Augenbrauen, einer dicken Nase und weit abstehenden Ohren. Eine Mischung aus alttestamentlichem
Weissager, Wunderrabbi und Waldschrat. So hatte er
ihn sich nicht vorgestellt. Dieser Elias hatte ja in
Amerika geradezu wie ein Freak für The Great
Wallace Show gewirkt, ein wahrer Schülerschreck.
Und was musste er erst für einen Eindruck auf die
bartlosen Indianer gemacht haben. Eine Art Dämon,
der ihre Kinder entführte, wo er sie auch immer auf
der Präriestraße fand, um sie in der Missionsschule
für immer ihrer angestammten Kultur zu entfrem-
den? Charles Wanzeried konnte nicht recht sagen, ob
er maßlos enttäuscht war oder eher belustigt. Und er
musste wieder daran denken, dass seine Familie sich
von diesem Missionar offensichtlich nichts überliefert
hatte. Das war doch sehr eigenartig.

In einem grauen Briefumschlag steckte ein kurzer,
selbst verfasster Lebenslauf. Dieser Urgroßonkel war
1864, also mit achtzehn Jahren, in Deutschland dem
Jesuitenorden beigetreten, der ja damals in der
Schweiz verboten war. Was mochte ihn nur dazu be-
wogen haben? Im Deutsch-Französischen Krieg 1870
war er wie die meisten Jesuiten Lazarettpfleger geworden. War die Parteinahme für die Deutschen der
Grund gewesen, dass seine Zürcher Familie ihn igno-

rierte? Es hatte ja damals entsprechend deutsch-
feindliche Tonhauskrawalle in Zürich gegeben.
Charles Wanzeried erinnerte sich, dass zumindest
seine aus der Romandie gebürtige Großmutter noch
gerne diese längst vergangenen Krawalle erwähnte,
um generell kein gutes Haar an den Deutschen zu
lassen. Aber dann war 1872 der Jesuitenorden im
neu gegründeten Deutschen Reich während des Kul-
turkampfs zwischen Regierung und der katholischen
Kirche ausgewiesen worden. Elias kam so nach Lon-
don, wo er Altphilologie studierte, um dann ab 1881
in Buffalo Latein und Griechisch zu unterrichten.
Irgendwie hatte sich Charles Wanzeried immer vorgestellt, sein Urgroßonkel hätte wie ein Deutschschwei-
zer geredet und geschrieben. Aber jetzt sah er, dass
dieser Elias in schnörkellos klarer Handschrift über
ein perfektes Englisch verfügt hatte.

Dann las Charles Wanzeried ein wenig in den Tagebüchern, die mit kurzen, sachlichen Berichten an-
gefüllt waren. Da gab es nichts wirklich Persönliches,
alles stand im Dienst seiner Missionarsaufgabe: wieviel Taufen, wieviel Messen, wieviel indianische Schüler (wovon offensichtlich nicht wenige wieder nach
Hause, in die Tipis ihrer Eltern ausrissen) und wie
viele Beerdigungen. Allerdings fiel Charles Wanzeried
bei diesem Herumblättern auch auf, wie groß das
Vertrauen der Indianer in seine medizinischen Fähigkeiten gewesen sein musste. Sie holten ihn, der
ihre Lakota-Sprache gelernt hatte, häufig zu Ster-
benskranken und bewahrten ihn dadurch immer
wieder vor gefährlichen Konflikten zwischen Weißen
und Indianern. Etwa auch im Vorfeld des Wounded
Knee Massakers vom 29. Dezember 1890, in welchem die US-Army hunderte von unbewaffneten In-

dianern erschoss – auch ein dolmetschender Missionar kam dabei ums Leben – und anschließend eiligst
in einem Massengrab verscharrte. Während die Agen-
ten des Bureau of Indian Affairs die deportierten Sioux mit Lebensmitteln in der Reservation sesshaft zu
machen versuchten, sie zu Ackerbauern umerziehen
wollten und dafür entsprechend ihren Landbesitz
verkleinerten und ihre Kultur unterdrückten, oder
sie wie museale Relikte auf Wild West Shows oder
Völkerschauen – Vorläufer einer disneyisierten Welt –
vermittelten, zeigte Elias ein erstaunlich großes Verständnis für indianische Geistertänze und Schama-
nismus. Auf seinen vielen Krankenbesuchen zu Pferd
muss er überdies gelernt haben, wie man sich ganz
alleine in der mittlerweile Büffellos gewordenen Wild-
nis durchschlug, selbst wenn Wölfe in der Nähe heul-
ten oder in der Prärie Steppenbrände und Schnee-
stürme drohten. Wobei er sich gerade in einem dieser
Blizzards mit vierundsechzig eine schwere Lungenentzündung einhandelte und daran wenig später in
der Missionsstation St. Xaver verstarb. His death was
a most beautiful self-sacrifice, stand da im Bericht
eines Mitbruders. Warum auch hier wieder das Betonen der Selbstlosigkeit? Ja, er sei nicht einmal beim
Sterben eine Last für seine Mitbrüder geworden, hieß
es weiter. Das sich ständige Zurücknehmen, hatte es
auch etwas mit seiner Kindheit zu tun? Charles
Wanzeried kam ins Grübeln. Zumal ihn in der
Rauchpause Dorothy noch auf den Gedanken brachte, Elias sei möglicherweise ein angenommenes Kind
gewesen, vielleicht das Kind einer geschwängerten
Dienstmagd. Charles hatte von solchen Geschichten
auch schon gelesen. Er glaubte Elias vor sich zu sehen, wie er und seine Missionarsgruppe im Frühjahr
1886, es lag noch stellenweise Schnee, an der bis

dahin letzten fertiggestellten Bahnstation vor der Sioux-Reservation, in Chamberlain, auf den Indianerbeauftragten der Reservation warteten, der sie mit Pferden abholen sollte. Und wie Elias für einen Moment daran dachte, einen Brief an seine Eltern oder eines seiner zahlreichen Geschwister im Zürcher Oberland zu schreiben. Und wie ihm einfach nichts einfiel, was er dahin zu schreiben hätte. Charles Wanzeried sah das alles vor sich und zugleich uferte diese Tagträumerei ins nicht mehr Absehbare aus. Er hätte jetzt am liebsten einen mündlichen Bericht vom Tod seines Urgroßonkels gehabt. Hatten die Indianer in der Reservation in ihren Erzählungen Dinge von ihm bewahrt, die hier in diesen offiziösen, wohl alles beschönigenden Tagebüchern gar nicht vorkamen? Schließlich schien Elias ja auch ihrem berühmten Häuptling Sitting Bull oder dem Medizinmann Black Elk begegnet zu sein. Warteten da nicht noch andere Informationen? All das weckte derart viele Fragen in Charles Wanzeried, dass er mit der Lektüre einfach nicht mehr vorwärts kam. Er tagträumte mehr, als dass er noch wirklich las. Er könne nicht zu viel auf einmal lesen, sagte er endlich zu Dorothy. Sie solle die Dokumente aber für ihn weiter aufbewahren und noch nicht gleich zurückschicken. And take care of you, lispelte sie ihm hinterher.

Die Sonne warf ihr kaltgelbes Spätnachmittagslicht auf hohe Betonspeicher, auf die kühlen Glasflächen der Hochhäuser und die scharfen Randleisten der Dachabschlüsse großer Backsteinbauten, an denen Charles Wanzeried voller offener Fragen mit dem Bus vorbeifuhr. Als er endlich in der Pension seine Wohnungstür öffnen wollte, fand er sie verschlossen. Ei-

genartig, er suchte den Schlüssel hervor, aber da
öffnete sich schon die Tür hinter ihm.

Nein, Sie hier, Frau Prochatzka?!

Procházka. Ja stellen Sie sich vor, Herr Vanceride,
heute Morgen bin ich zurückgekommen. Es soll ja
bald noch viel mehr Schnee geben. Da dachte ich, es
ist besser ich komme früher als später. Übrigens war
ihre Türe offen. Das ist nicht gut, bei uns treibt sich
so viel kriminelles Gesindel herum. Schließen Sie
doch bitte jedes Mal, wenn Sie ausgehen.

Offenbar hatte sich Grant in sein eiskaltes Dachzimmer davongemacht, ging es Charles Wanzeried
durch den Kopf, sonst hätte sie ihn jetzt sicher erwähnt.

Aber es war auch Zeit, dass ich zurückkomme,
sagte Frau Procházka und faltete freudestrahlend die
Hände vor ihrer Schürze. Sie haben ja gar nichts
mehr im Kühlschrank, Herr Vanceride.

Es war alles wie immer grandios! Wenn mir das
viele gute Frühstücken nur nicht so ansetzen würde.

Ach was, so etwas verträgt sich doch wunderbar
mit ihrer Statur. Habe ich Sie heute Morgen sehrrr
erschreckt mit dem kleinen Waschbären, Herr Vanceride? Das war so eine lustige Idee, die mir David
eingegeben hat. Sein Kinderspielzeug, wissen Sie.

Sie ließ ihr sonores Lachen bis zu den Goldzähnen
spielen.

Und da brach aus Charles Wanzeried, er wusste
selbst nicht weshalb, derart unaufhaltsam laut ein
Lachen, dass es ihn fast umwarf. Mit beiden Händen

musste er sich am Bauch festhalten. Es war, als wollte er alles aus sich herauslachen, Wärme und Kälte zugleich.

XIII

Als Frau Procházka die mit ihrem Sohn David schön
verbrachten Weihnachten am Sandstrand von Key
West ausführlich geschildert hatte, kam sie wie so
häufig auf die Fernsehnachrichten zu sprechen. Ob
er auch von dem schrecklichen Fall gehört habe,
dass ein Dreijähriger mit einer gefundenen Pistole
seine neunjährige Schwester erschossen habe, die
ihn gerade mit ihrem Handy filmte. Kaum hatte
Charles Wanzeried davon vernommen, so stand er
schon hastig auf und entschuldigte sich, er hätte es
fast vergessen, dass er ja noch etwas sehr Wichtiges
erledigen müsse. Und als Frau Procházka scherzhaft
mit dem Zeigefinger drohte, dass schon am Morgen
ein so dringliches Date auf ihn warte, fand er nicht
einmal Zeit für eine richtige Erklärung seines plötzli-
chen Aufbruchs. Aber es war etwas ganz anderes in
ihn gefahren, ein Riesenschreck, als habe er eine
wertvolle Flasche bei dieser Kälte draußen stehen
lassen. Er eilte hinaus, aber an seiner Weinhandlung
vorbei, einfach weiter bis in die Fullerton Avenue, wo
er einen Wagen mietete und sich auf dem schnellsten
Weg zum O'Hare Flughafen begab. Nicht etwa, um
dort seinen Rückflug in die Schweiz zu organisieren,
keineswegs. Er wendete hier bloß sein Fahrzeug und
steuerte erneut auf den Kennedy Expressway, einfach in entgegengesetzter Richtung. Bei jeder Aus-
fahrt scherte er aus und fuhr langsam in den ihm
unbekannten Außenquartieren herum, die bei aller
individuellen Bauweise, egal, ob Reihenhäuser oder
Mietskasernen, egal, ob Geschäfte oder Supermarkt-
ketten, sich doch stark glichen, indem das Pittoreske

und Chaotische einem eintönigen Eindruck wich. Es schien ihm, als seien die Quartiere außerhalb des Loop eine gigantisch bebaute Fläche von Präriesand in der stets gleichen architektonischen Formsprache, so dass allmählich auch seine vormalige Vorstellung vom hier beginnenden, exotischen Wilden Westen wieder verschwand. Genauso wie sich die Chicagoer in der großen Kälte einander in ihrer dick gepolsterten Winterkleidung mehr und mehr glichen, egal ob reich oder arm, weiß oder farbig.

Aber Charles Wanzeried suchte eigentlich nach etwas ganz anderem als Architektur oder Winterbekleidung. Und nach dem fünften Anlauf wurde er endlich auch fündig: Es war der Parkplatz, wo ihm ein Lieferwagen für eine neue Luxuslimousine angedreht worden war und der ganz anders als damals wirkte, indem jetzt bei hellem Tageslicht etliche Personen- und Kleinlastwagen darauf standen. Offensichtlich wurde in den Betrieben in der Nähe doch noch gearbeitet. Er parkierte seinen Mietwagen am Rand des Platzes und überlegte noch eine Weile am Steuer, in welche Richtung er damals bei seiner Ankunft in der stockdunkeln, verregneten Nacht losgerannt war. Wahrscheinlich in die Richtung, in die er jetzt durch die Windschutzscheibe blickte. Dann stieg er aus. Auch hier war die durch den Wind verstärkte Kälte klirrend und fast nicht auszuhalten. Er stapfte etwas ziellos in der vereisten Gegend herum, dann entdeckte er die heruntergekommenen Fabrikgebäude wieder. Wo genau hatte er seine Pistole damals weggeworfen? In einem Wald oder eher einem Gebüsch? Bald einmal fiel ihm eine Gruppe von kahlen Bäumen am Straßenrand auf. Doch es fand sich keine Spur von einem metallenen Gegenstand auf dem von ihnen verschatteten und gefrorenen Boden. Manchmal, wenn Autos vorüberfuhren, machte Charles Wanzeried eine Art langsame Dehnungsübung, denn zu Fuß hier unterwegs zu sein, wirkte sicher höchst verdächtig. Er folgte weiter der Straße, bis er endlich in einiger Entfernung eine außer Betrieb genommene Tankstelle sah. Jetzt erinnerte er sich, dass er damals genau dort abgebogen war, als er zur düsteren Bar gerannt war. Alles wirkte jetzt irgendwie näher beieinander als in der verregneten Nacht, von deren warmer Temperatur er allerdings im Moment auch nur noch träumen konnte. Plötzlich wurde er sich bewusst, dass er die Pistole in einem mit Büschen überwachsenen Wegabschnitt weggeworfen oder verloren hatte. Zügig eilte er die Straße zurück zum Parkplatz, welcher an einer Seite viel wirres Gesträuch hatte, das von einer dahinterliegenden Schneewehe überragt wurde. Er stapfte durch den hartgefrorenen Schnee und untersuchte sorgfältig jeden dieser Sträucher, die ihm jetzt wesentlich niedriger als in jener Nacht vorkamen. Es war eine mühsame Suche, denn gleichzeitig musste er immer darauf achten, dass nicht irgendjemand auftauchte, um ihn als Autodieb zu verdächtigen und zu stellen. Mehrere Male duckte er sich weg, wenn er von der Straße her Fahrgeräusche vernahm. Und schließlich sah er bei seinen Grabungen mit den Handschuhen im Schnee etwas aufscheinen, das einem zerknüllten, bedruckten Stück Papier ähnelte. Er kniete sich hin und untersuchte es näher. Es war der Revolver, über den sich mittlerweile eine Schicht von Dreck und Eis gelegt hatte. Er atmete langsamer und zog ihn vorsichtig hervor, sicherte und säuberte ihn so gut es ging, um ihn dann sachte in seine Manteltasche zu stecken. Meine Güte, wie hatte er Angst bekommen, als ihm Frau Procházka von diesem tragischen Unfall erzählt hatte. Das hätte genau mit seiner weggeworfenen Handfeuerwaffe passieren können. Wieso hatte er nicht schon früher daran gedacht?

Und als er sich wieder im Auto aufwärmte, wurde er übermütig vor Freude. Ja, es kam ihm plötzlich die Idee, in dieser nahe gelegenen, düsteren Bar für einmal Sam aufzusuchen und von ihm den Wagen zurückzufordern. Mit seiner Pistole könnte er ihn zur Herausgabe zwingen. Und so fuhr er zur Teaser-Bar. Der vordere Teil der Kneipe war erstaunlicherweise gänzlich überfüllt mit Männern, die ihren Lunch aßen und auf dem Fernsehbildschirm über dem Schanktisch ein Baseballspiel verfolgten. Sam konnte er nirgends unter ihnen entdecken. So ging Charles Wanzeried in den hinteren, fast unbeleuchteten und leeren Teil, wo er sich auf einen Barhocker an einen hölzernen Stehtisch setzte. Als sich seine Augen an die Dunkelheit gewöhnt hatten, sah er, dass vor ihm auf dem Tisch ein Sudoku-Heft lag. Aha, dann war Sam vielleicht doch hier! Aber auch in diesem Halbdunkel konnte er ihn nirgends erspähen. Er warf einen Blick auf das Heft, blätterte ein wenig darin und stieß sage und schreibe plötzlich auf seine Wagenpapiere, die wohl als eine Art Lesezeichen gedacht waren. Heute war sein Glückstag, dachte er, schaute um sich, und als er sah, dass niemand herüberblickte, steckte er diese Papiere rasch in seine Mantelinnentasche. Jetzt fehlten ihm also nur noch die Autoschlüssel und ... Ein Barkeeper, es war ein anderer und jüngerer als damals, kam zu ihm und erklärte ihm, sorry Sir, dieser Tisch sei bereits für einen anderen Gast bestimmt. Charles Wanzeried rutschte vom Hocker und fragte, weshalb denn der nicht hier sitze. Das könne er nicht sagen, aber das sei der Stammtisch eines wichtigen Kunden, deshalb lasse dieser manchmal auch einfach seine Sachen hier so rumliegen. Der Kellner nahm das Heft an sich und eilte damit wieder Richtung Theke. Charles Wanzeried setzte sich nun weiter vorn an einen Tisch, der ihm aber nicht recht behagte, denn wenn jetzt Sam hereinkäme, könnte er ihn schon von der Tür her sehen. Der Überraschungseffekt wäre dann klar dahin. Er aß möglichst langsam, nahm noch ein Dessert und ließ sich mehrmals American Coffee nachschenken, aber es wollte einfach kein Sam in der Bar auftauchen.

Und so beschloss er, wieder zurück in die Innenstadt zu fahren, um auf einer Polizeiwache die gefundene Waffe abzugeben. Da es aber unmöglich war, dort einen freien wie billigen Parkplatz zu finden, fuhr er in ein an den Loop grenzendes Wohnquartier, um dort zu parkieren. Ein kleiner Fußmarsch konnte ja nach dem reichhaltigen Essen nicht schaden. Plötzlich begegnete er einer Gruppe rosaroter Osterhasen, große und kleine. Dann folgten Squirrels, die sich verliebt an den Pfötchen hielten und schließlich eine Katzenmutter mit ihrem Tochterkätzchen. War das Fastnacht? Charles Wanzeried blieb stehen, um sich das alles näher anzusehen. Er fragte die Frau mit aufgemaltem Katzengesicht, was denn hier genau los sei. Eine Demonstration etwa? Es war offensichtlich ein Charity-Anlass einer Schule, an dem Verkleidete eine Schnitzeljagd durch die Stadt machten. Dann fragte sie ihn unvermittelt mit einer melodiösen Frauenstimme: Aber wir kennen uns doch, nicht? Charles Wanzeried konnte nur eine verkleidete African American mit einem haargenau gleich ge-

schminkten Kind sehen, die mit braunen Handschuhen Hand in Hand vor ihm standen: Also in solch
einem Kostüm habe ich Sie noch nie gesehen, das
weiß ich mit Bestimmtheit.

Klar nicht Mister Burton, lachte die Verkleidete,
aber wenn Sie schon nicht mehr zu uns fürs Frühstück kommen, dann könnten Sie mir doch jetzt wenigstens einen riesigen Gefallen tun.

Und das wäre? Ich heiße übrigens Charles.

I'm Chrystal, vom Breakfast-Küchenteam.

Ah ja, sagte Charles gedehnt, aber er erinnerte sich
nicht wirklich. Er war in letzter Zeit mit seinen Gedanken ganz anderswo gewesen, in der Bibliothek
oder in South Dakota. Oder wie heute ganz bei seiner
Pistole.

Die letzte Wettbewerbsaufgabe für mich und meine
Tochter Anne besteht darin, sagte Chrystal, jemanden im Loop zu finden, der Zeit und Lust hat, mit
uns in die Schule auf die Bühne für ein Interview zu
kommen.

Nun, ich bin eigentlich nur als Tourist hier. Macht
das etwas?

Nein, überhaupt nicht!

Ja, dann komme ich sehr gerne mit. Und Charles
Wanzeried ergriff den andern Handschuh der kleinen
Anne, und so spazierten sie zu dritt Richtung Schule.
Auf dem Pausenplatz herrschte ein reges Treiben von
Verkleideten: Piraten zogen einen kleinen Leiterwa-
gen mit Heißgetränken, Astronauten schaufelten
Schnee, manche hatten auch nur ihre Gesichter be-

malt und trugen clowneske Hüte, während andere geradezu stolz in ihren selbst gebastelten historischen Uniformen an ein paar Schneemännern vorbeiparadierten.

Dann betraten sie das Gebäude einer katholischen Schule aus den 1970er-Jahren und Charles gab dem Pförtner seinen Mantel ab, weil er unter keinen Umständen wollte, dass ihm sein Revolver ein zweites Mal abhandenkäme. Und mit viel Geschrei wurden die Neuankommenden in einer mit Schülern, Eltern und weiteren Angehörigen vollgestopften Aula begrüßt. Auf der Bühne stand eine Nonne in grauer Tracht, die mit einem Mikrophon ständig neu eintreffende Verkleidete auf der Bühne willkommen hieß: Und wen habe ich denn da als Begleiter der beiden Kätzchen vor mir?

Charles from Switzerland.

Oh, hullo Charles. Aus der Schweiz mit dem vielen Schnee, das passt ja wunderbar zum heutigen Wetterbericht. Gefällt Ihnen denn Chicago?

Es ist umwerfend, ebenso wie die vielen toll Verkleideten hier drin.

Dafür gab es vom Publikum sogar einen Applaus.

Ooh, how nice to hear it. Und Sie machen Ferien bei uns, Charles?

Abenteuerferien!

How wonderful! Well, what about telling us a Swiss joke then? Charles Wanzeried bereute es mit einem Mal zutiefst, in diesem Gedränge auf der Bühne zu stehen, denn er war alles andere als ein guter Witzerzähler. Und die meisten waren ja sowieso keineswegs kindgerecht oder sprachlich viel zu kompliziert für Volksschüler. Er lief rot an und dachte lange nach, was etwa Hank beim Mittagessen Lustiges erzählt hatte. Die Schweizer, fing er an, sind wie alle netten Leute sehr langsam. Das Publikum lachte schon jetzt, weil er die englischen Worte so merkwürdig verhalten aussprach und entsprechend helvetisch betonte. They're not very bright, you know, but they have nevertheless a lot of money to buy enough cheese and milk and chocolate. Was hatte denn Hank nur für Witze auf Lager gehabt? Die Amerikaner konnten wenigstens alle gewitzt ihre Filme nacherzählen, wie er an der Weihnachtsparty gemerkt hatte. Also die Schweizer, die sitzen gerne an ihren warmen Stammtischen, not, not, not – jetzt erinnerte er sich wieder –, not like the Canadians. Denn wisst ihr, was ein Kanadier sagt, wenn er einen Kühlschrank sieht? – Hinein in die warme Stube! Das Publikum lachte lauter. So sitzen die Schweizer also an ihren Stammtischen und werweisen über die Welt. Schwierige Fragen etwa – jetzt kam ihm wieder einer von Hank in den Sinn – How can I make a hotdog stand? Weiß es jemand von euch? Well, I say, take away his chair. Das Publikum applaudierte: Oh, Charles noch einen, noch einen!

Charles Wanzeried schwitzte, er redete sich ins Witzige sozusagen mühsam hinein, leistete anstrengendste Witz-Erinnerungsarbeit. But that is the last one, sonst komme ich nie mehr rechtzeitig in mein Sweeterland. Because it´s a long long way to go, to the sweetest chocolate I know. – Also, mich hat kürzlich mein Neffe gefragt: Onkelchen, wo fährst du denn jetzt mit deinem Fahrrad hin?

Ach, ich muss auf den Friedhof zur Beerdigung.

Mein Neffe: Aber wer bringt dein Fahrrad dann wieder zurück?

Das erwachsene Publikum lachte lauthals, aber so unwohl hatte sich Charles Wanzeried schon lange nicht mehr in seinem Leben gefühlt. Und er war froh, dass jetzt noch andere darauf warteten, von dieser Nonne interviewt zu werden, und er von der Bühne abgehen konnte.

Erst als alles vorbei war und die Leute zum Ausgang strömten, er auch seinen Mantel mit dem bedrohlichen Inhalt vom aufmerksamen Portier zurückbekommen hatte, stieß er wieder auf Chrystal und Anne, die ihm Foyer auf ihn gewartet hatten.

Charles, ich würde Sie so gerne mit meinem Tombola-Gewinn einladen, sagte Chrystal. Ich habe den Dinner for Two-Gutschein ja nicht zuletzt auch wegen Ihnen bekommen.

Ja aber, das ist doch eher etwas für Sie und Ihren Mann oder mit einer guten Freundin zusammen. Mit einem langweiligen Fremden wie mir ist das doch nicht wirklich interessant.

Ich möchte Sie aber sehr gerne einladen. Das war für Sie nicht ganz einfach als Ausländer hier bei uns auf der Bühne.

Ach, man macht, was man kann. Für mein Swiss Englisch bin ich sogar froh, derart gut über die Bühnenrunde gekommen zu sein.

Ja, die Leute waren wirklich begeistert.

Gut, ich werde kommen, denn ich lehne eigentlich nie eine Einladung ab. Und von Ihnen, Chrystal, schon gar nicht.

Da freue ich mich sehr! Sie werden wieder von mir hören, wenn Sie mir Ihre Handynummer geben.

Der Pausenhof war schon mit einer neuen, kompakten Schneeschicht bedeckt. Wie ein eisiger Sandsturm fegte der Schnee über die Kreuzungen und ließ die Straßenlampen nur noch als matt leuchtende Flecke im heftigen Schneetreiben erscheinen. Die Autos fuhren ganz langsam im Schritttempo vorüber. Ein rumpelndes Räumfahrzeug mit rotierendem Warnlicht auf dem Dach spie zischend Streusalz auf den Schneematsch. Als Chrystal und Anne ihren Bus bereits warten sahen, verabschiedeten sie sich hastig voneinander und Charles Wanzeried marschierte Richtung Mietwagen. Er kam sich fast wie in Alaska vor, so als schreite er den Yukon Trail ab, immer schön vorsichtig prüfend, wo der Schnee einen nicht gleich tief einsinken lasse. Der Winter hört hier also nie auf, dachte er. Mittlerweile war er ja beinahe geeicht für Ferien in Grönland, Alaska oder Sibirien – Chiberia nannten sie hier spaßeshalber Chicago. Für morgen hatte der Bürgermeister sogar die Bewohner aufgerufen, zuhause zu bleiben. Die Schulen öffneten gar nicht erst ihre Tore. Aber die Chicagoer waren abgebrüht in Sachen Winter: Wenn es schon kalt war, wieso dann nicht auch gleich noch viel Schnee dazu; der sogenannte weiße Shit böte doch immerhin einen super Anblick. Als Charles Wanzeried endlich auf sein Auto stieß, das er ohne seinen Funksignalschlüssel wohl gar nicht mehr gefunden hätte, lag es schon unter einer hohen Schicht Schnee begraben, und so ließ er es stehen und bestellte stattdes-

sen mit dem Handy einen billigen und beliebten
Fahrdienst. Er starrte fasziniert auf sein Display, das
ihm ein kleines braunes Fahrzeug zeigte, welches
sich seiner Position auf einer digitalen Straßenkarte
näherte. Es wirkte wie die Anzeige der Flugroute auf
dem Monitor im Flugzeug. Aber was dort bloß das
Vorstellungsvermögen der Passagiere beansprucht
hatte, das tauchte hier plötzlich wie aus dem Display
herausgestochen und in ein silbriges Fahrzeug ver-
wandelt ganz real vor ihm auf, hielt an und er musste nur noch einsteigen und den arabisch aussehenden Fahrer begrüßen, der ihn sicher durch das arge
Schneetreiben in die Pension fuhr und dabei erzählte, wie er in seinem Billighotel, wenn er frei habe, für
eine Englischprüfung Vokabeln büffle, um nicht wieder nach Ägypten abgeschoben zu werden. Und so
schneite es denn noch mehrere Tage hintereinander
heftig weiter, bis alles – Häuser, Straßen, Bäume,
Autos, Gehsteige, Fahrräder, Treppen, Vorgärten und
Hinterhöfe – nur noch unter einer dicken Schicht
Schnee verborgen dalag.

Ganz unerwartet bekam Charles Wanzeried auf
Neujahr eine Reihe von SMS-Nachfragen aus der
Schweiz. Das arktische Wetter Chicagos hatte es offensichtlich in die dortigen Nachrichten geschafft,
was man umgekehrt in Sachen schlechte Schweizer
Schneeprognosen bei aller Globalisierung nicht sagen
konnte. Und all diese Nachrichten beunruhigten offenkundig zutiefst. Ob die Kälte auszuhalten sei? Ob
er genügend warm angezogen? Ob man überall frie-
re? Wann er allerdings zurückzukommen gedenke,
das fragte niemand. Charles Wanzeried schmunzelte,
wie sich der Mensch an all die Minustemperaturen
gewöhnt. Die Kälte Chicagos setzte ihm selber eigent-

lich nicht mehr derart stark zu, wie in den ersten
Tagen. Jetzt hatte er nur noch das Gefühl, es ginge
einfach überall dieser alles durchdringende, eisige
Wind, mehr nicht. Und wenn er den hohen, die tief-
hängenden Winterwolken kratzenden Häusern im
Loop entlang flanierte, wahrte er einen sicheren Ab-
stand, um nicht gleich von herunterfallenden Eiszap-
fen und Schneemassen erschlagen zu werden. Je
länger dieser harte Winter andauerte, desto besser
begann er ihn zu verstehen. Er beklagte manchmal
gegenüber Frau Prochazka seine Dauer, sah morgens
bedauernd durchs Fenster auf das trostlos neblige
Grau und lachte maßlos, wenn die dicke Briefträge-
rin sich mit dem dünnen Paketdienstfahrer verbün-
dete, um Grant auf der Treppe mit Schneebällen ein-
zuseifen. Er versuchte beim täglichen Spazieren allen
winterlichen Behinderungen wie ein cooler Spieler zu
begegnen, dachte am Lake Michigan, der mit teller-
runden Pfannkuchen-Eisschollen bedeckt war, bisweilen an Archangelsk, verfluchte die Unbarmherzig-
keit des undankbaren Windes um die Ohren und
Nase und war verblüfft über die Ähnlichkeit der winterlichen Parkanlagen mit den verschneiten Landschaftsbildern der Holländer des 17. Jahrhunderts
im Art Institute. Alles in allem war und blieb Chicago
eine stete Hölle in Minusgraden. Da ihm am letzten
Nachmittag des alten Jahrs nicht nach Bibliothek,
Buchladen oder Bus zumute war, so schickte er einfach aus einer Bar liebe Grüße in die Nacht hinaus,
in die bereits Neujahr feiernde Schweiz, bevor er
dann am Abend selber vor dem Fernseher in einem
Restaurant die vielen Feuerwerke sah und derart an
all den globalen Silvesterpartys optisch mitfeierte.
Und wie er immer mehr in Festtagslaune geriet, erinnerte er sich mit einem Mal, wie seine Mutter damals

im Sommer noch tagelang gelacht hatte, fast ein wenig hysterisch, als eine Postkarte von seinem Vater eingetroffen war mit den nächtlich erleuchteten Hochhäusern im Loop: Chicago by night. Und auf der Rückseite hatte nur eine einzige Frage gestanden, in dem bezeichnend lakonisch väterlichen Humor: A chi cago di notte!? Wo lag die nächste nächtlich geöffnete Toilette, ein Renaissance-Kackstuhl für einen Danteforscher in Chicago? Ja wo nur? Und ohne die üblichen Warteschlangen?, fragte sich jetzt auch Charles Wanzeried, dem das viele Bier verantwortungslos auf die Blase drückte.

Im neuen Jahr lud ihn Chrystal wirklich ein. Sie trafen sich in einem Restaurant südlich vom Washington Park, wo man Charles mit Ausnahme einer Kellnerin als einzigen Weißhäutigen sah. Er aß gegrilltes Huhn und würzigen Jambalaya-Reis mit Collard Greens, diesem vorzüglich angerichteten Blattkohl. Ohne all die Katzenschminke und Kostümierung sah Chrystal mit ihren zu einem dicken Schwanz zusammengebundenen Haaren und wie Flügel hochgezogenen Brauen über tiefen schwarzen Augen in einem dunkelhäutigen Gesicht viel ernster, aber auch jünger aus, so dass Charles an die Generation seiner Töchter denken musste.

Chrystal, ist das nicht ein bisschen sehr wenig, was Du da auf dem Teller hast, fragte er geradezu väterlich besorgt.

Oh nein, ich bin eh zu dick.

Dafür gehe ich jetzt dann auf wie das leckere Hühnchen auf meinem Teller. Ich kann ja so kaum mehr über den Lake Michigan zurück in die Schweiz fliegen, sagte Charles und machte mit den über seinem Bauch abgespreizten Handflächen so etwas wie hilflose Flugbewegungen eines Chicken Dancers.

Chrystal lachte laut: Das ist einfach eine einzige große Katastrophe, man dürfte eigentlich überhaupt nichts essen, um seine Figur zu behalten.

Aber bei deiner Größe.

Nichts da, ich muss aufpassen.

Und ich hätte eigentlich auf der Schulbühne bei euch auch aufpassen und schweigen sollen. Da hat ja Anne konsequent falsches Englisch gehört.

Klar merkt sie sowas sofort, aber sie ist auch unglaublich an Erwachsenen interessiert. Sie beobachtet vieles und erzählt es mir später haargenau, bis ins kleinste Detail.

Das war auch bei meiner jüngeren Tochter so. Die blieb immer ganz stumm. Und wenn wir von einem Besuch bei meinen Eltern zurück nach Hause fuhren, begann sie mich zu fragen, warum eigentlich Großmama so furchtbar viele Fehler mache. – Wo sie aufgewachsen ist, da spricht man kein Schweizerdeutsch von Geburt weg. – Aber in der Schule hätte sie es doch richtig lernen sollen. – So ging das in einem fort weiter. Aber es werden ja dann zum Glück sehr kluge Frauen aus ihnen.

Ich hoffe es schwer. Im Moment sind Annes Noten nämlich besser als meine damals im gleichen Alter. Und was machen deine Töchter jetzt?

Die ältere ist Juristin bei einer Großfirma in Zürich und die jüngere ist Soziologieassistentin an der Universität in Genf.

Oh, das klingt ja unglaublich. Great! Du bist sicher sehr stolz auf sie.

Das schon, ja. Aber frag mich nicht, ob wir eine glückliche Familie darüber geworden sind.

Chrystal blickte an ihm vorbei durchs große breite Sichtfenster auf das Aufleuchten des abendlichen Verkehrs.

Ja, die Dinge laufen einem manchmal einfach aus dem Ruder, fuhr Charles weiter fort, während er mit der Hand über den wie mit Keramikkacheln verzierten Tisch fuhr. Wir sehen die schönen Fassaden, aber dahinter sieht es düster aus.

Das kenne ich auch, sagte Chrystal. Es ist vielleicht unser Schicksal, denke ich, dass wir in diese Umstände hineingeboren werden, in einer üblen, gefährlichen Neighborhood leben müssen.

Nein, ich glaube nicht, dass es das ist. Ich glaube eher, ich habe Riesenfehler in meinem Leben gemacht, und das ist etwas ganz anderes als Schicksal. Das wäre zu verhindern gewesen: die Scheidung.

Chrystal blickte ihm in die Augen: Ich bin weder verheiratet, noch weiß ich wirklich, wo der Vater von Anne im Moment steckt. Ist das etwa besser?

Ach, das tut mir sehr leid.

Muss dir nicht.

Sie blickte wieder aus dem Fenster und Charles sah ihre scharf konturierten vollen Lippen. Chrystal schwieg und er konnte hinter ihr an den Tischen die fröhlich lachenden Frauen hören und sehen, herausgeputzt für den Ausgang – aufgebrezelt hätten seine

Töchter gesagt –, und auch die zahlreichen Familien mit ihren kleinen Kindern, die so ruhig und brav vor ihren Tellern saßen, wie wenn sie strenger erzogen worden wären als viele der weißen Kinder im gleichen Alter in den Restaurants von Logan Square. Charles Wanzeried fühlte sich unwohl, indem das Gespräch keinen guten Verlauf mehr nehmen würde. Und so fragte er weiter, ob Anne denn gerne in die Schule gehe.

Chrystal nickte lächelnd, während das Dessert für Charles von einem Kellner im Kurta-Hemd gebracht wurde, dessen weit nach vorn abstehender Kinnbart geradezu an einen amüsanten Disneyzwerg erinnerte, obwohl es gewiss nichts weiter als ein ernsthaft gemeintes religiöses Bekenntnis war.

Möchtest Du nicht wenigstens davon etwas probieren? Es sieht vorzüglich aus.

Sie schüttelte den Kopf: Amerikaner, die ständig essen müssen, sind einfach abstoßend.

Oh nein, dachte Charles und sah an sich herunter auf seinen Bauch. – Ich wollte vorhin eigentlich fragen, ob du manchmal nicht auch von einer besseren Zukunft träumst?

In dieser Neighborhood?

Nein Chrystal, einfach so. Ich war öfters am Lake Michigan und habe auf meinen Spaziergängen die Prairie Avenue runter gemerkt ...

Was, Du warst zu Fuß im gefährlichen Süden von Chicago?

Ja, ich war ganz allein dort und habe feststellen müssen, dass ich gar keine richtigen Zukunftsträume mehr habe. Das ist eigentlich nicht gut.

Du hast keine Träume mehr?

Ich habe dann viel über einen Urgroßonkel von mir gelesen, der in einer Sioux-Reservation in South Dakota Missionar war. Und da ist mir wie ganz plötzlich doch noch ein Traum gekommen, ein Wunschtraum: zu Fuß mit Rucksack und Zelt dorthin zu wandern, wo er begraben wurde. Ganz eigenartig, plötzlich war dieser Drang da, von Chamberlain aus sein Grab aufzusuchen.

Aber so ein Traum lässt sich doch in Deinem Fall ganz einfach verwirklichen.

Ja, da hast Du wohl schon recht. Vielleicht bin ich einfach etwas träge. – Und Du, träumst du nicht auch von etwas die ganze Zeit?

Doch ja, ich habe einen Traum, also so eine Idee von mir. Einen Catering-Service. Meine Mutter kocht sehr gut, wirklich wunderbar. Ich mittlerweile natürlich auch. Und wir sparen bereits dafür. Aber das geht eben nur langsam.

Ihr mietet ein Lokal?

Nein, nein, wir machen das bei uns in der Wohnung und liefern dann right to your home. Wir überlegen sogar, einen Lieferwagen dafür zu leasen.

Ach ja. – Also ich – ich habe einen Kleinlaster, einen weißen Ford. Du kannst ihn haben, denn ich brauche ihn ganz sicher nicht, wenn ich bald einmal in die Schweiz zurückfliege.

Chrystal schwieg und sagte dann nach einer längeren Pause: Your joke is not very funny.

Du glaubst mir nicht. Es klingt ja auch unglaublich. Schau her!, und damit zog Charles seine Wagenpapiere hervor, die er in der Bar aus Sams Sudoku-Heft einfach mitgenommen hatte. Ich bin in Wirklichkeit noch komischer als auf der Schulbühne.

My Gawd, Du machst mich völlig sprachlos.

Jetzt hätte Charles Wanzeried gerne ein Glas Wein gehabt, aber das war in diesem Restaurant nicht zu bekommen. Und so erzählte er ohne einen Tropfen Alkohol diese ganze Geschichte zum ersten Mal ohne ein Detail zu unterschlagen, was ihm da beim O'Hare passiert war, als er in Chicago ankam. Sie lächelte ungläubig, aber doch mit genügendem Erstaunen im Blick, so dass Charles Wanzeried fortzufahren den Mut fand: Und dann hat man mir irgendeinen falschen Wagen angedreht, aber der mir laut Polizei wirklich gehört. Nur hat ihn sich dummerweise dieser Sam aus der Bar unter den Nagel gerissen und will ihn mir nicht mehr zurückgeben. Und so transportiert er Getränke, Kühlschränke, Zigaretten, Girls, Cannabis und Schnee aus Kanada oder woher auch immer nach Chicago.

Charles, bist Du ganz sicher, dass Du Dir da nicht gerade eine sehr dumme Geschichte zurechtlügst?

Ganz und gar sicher.

Entschuldige, aber dann bist Du ja mehr als naiv. Dieser Sam dreht doch irgendeinen üblen Deal mit Deinem Wagen, wenn Du mich fragst. Vielleicht steckst Du plötzlich als Pechvogel mittendrin.

Das habe ich mir auch schon gedacht.

Du musst diesem fucking Sam sofort mit der Polizei drohen.

Das Blöde ist, dass er mir mit der Pistole droht, die ich wie in einem Rausch aus dem Wagen habe mitlaufen lassen.

Und, hast Du die wirklich?

Ja. Zuerst habe ich sie weggeworfen und dann wieder gesucht und gefunden. Und eigentlich wollte ich sie der Polizei abgeben, aber über die Neujahrstage war mein Mietauto komplett eingeschneit und dann …

My Gawd, dann setz' diesem Sam die verdammte Pistole auf die Brust, Mensch.

Das war auch meine Idee und ich bin deswegen sogar in seine Sudoku-Kneipe. Aber er tauchte dort nicht auf. Er bleibt wie vom Erdboden verschluckt. Auch sein Handy ist nicht in Betrieb.

Dann stell ihm eben eine Falle und lock ihn verdammt nochmal hinein.

Chrystal, ich glaube, Du wärst die richtige Frau, um es mit Sam aufzunehmen. Du zeigst ja unglaublichen Mut.

Na ja, also das braucht doch nicht Mut, sondern nur ein bisschen gesunden Menschenverstand. Aber klär doch das alles zuerst einmal mit einem Rechtsanwalt ab. Und dann machen wir einen richtig guten Deal: Du schenkst mir diesen Lieferwagen, den Du nicht mehr haben willst, und ich helfe Dir, ihn zurückzubekommen. Dann fahre ich Dich damit nach

Chamberlain oder wie das heißt. So könnten zwei
Träume wahr werden.

Charles blickte sie überrascht an und hob dann lächelnd seine rechte Hand: Give me five! Wir sind Geschäftspartner.

Wenige Tage später stand Charles Wanzeried vor einem großen Haus, dessen sechs Stockwerke seine Vorfahren wohl als imposantes Hochhaus empfunden haben mussten, wenn sie daran vorbeigegangen waren. Innen war es mit viel Marmor ausgekleidet. Hier waren die Büros, meist von Anwälten und Maklern, hinter schweren Eichentüren mit großen Nummernschildern verborgen, so dass man selbst beim Durchschreiten der Gänge nicht das kleinste Geräusch vernehmen konnte, als wären es alles bloß altmodische Räumlichkeiten für Sleeping Beauties, schlafende Dornröschen. Charles Wanzeried hatte an eine verzierte Glasscheibe des Fahrstuhls zu klopfen, dann erst kam der Lift ins Erdgeschoss heruntergefahren. Darin saß auf einem Schemel ein Mann in mittleren Jahren, der mit verbundener Hand ein Gitter zurückschob und die gläserne Tür öffnete. Charles Wanzeried betrat den Aufzug, dessen Türspalt so groß war, dass man weit in den schwindelerregenden Schacht hinuntersehen konnte. Er nannte dem Aufzugsführer seine Stocknummer, und indem dieser einen Drehhebel ganz nach hinten zog, fuhr der Lift in den sechsten Stock hoch. Dort wirkten die Gänge genauso verlassen wie unten im Empfangsbereich. Als er vor dem düsteren Eingang der Nummer 666 stand und sachte klopfte, denn eine Klingel war nirgends zu sehen, hörte er eine Stimme rufen: Come in! Er öffnete die schwere Tür und war erstaunt, dass dieser Ruf von einem kleinen, grauhaarigen Männ-

chen kam, das ganz in der Nähe seinen Schreibtisch
hatte. Zwischen diesem und der Türöffnung hatte
gerade noch etwas mehr als ein Stuhl Platz. Hinter
dem Pult sah man durch eine Fensterfront gräuliche
Wände eines Schachts im verdüsterten Licht der
schneeigen Luft.

Mister Cockcroft, how do you do?

Fine, and what about you, Mister Wanzarite? Mit
einem abwärtsgewandten Winken seiner dürren, geröteten Hand forderte das Männchen ihn zum Sich-
hinsetzen auf. Der Kleine wirkte mit an den Schläfen
ganz strubblig abstehendem Haar, einer geröteten
Knollnase, verschlafenen Augen und in einem zer-
knitterten, karierten Anzug mit leicht gelblich verkle-
ckerter Krawatte, die wohl einmal blendend weiß gewesen sein musste, wie wenn er gerade auf dem nur
mit einem Telefonapparat bestückten Pult tief geschlafen hätte, und dies trotz der laut lärmenden
Warmluftheizung.

Ich weiß, was sie sich gerade denken, begann nun
seinerseits dieser kleinwüchsige Anwalt laut zu denken. Sie denken, hier sieht es wie bei einem Leichen-
bestatter aus, nichts Lebendiges. Ob er denn je den
großen französischen Stendhal gelesen habe?
Charles Wanzeried schüttelte heftig den Kopf, so erstaunte ihn die unerwartete Frage.

Stendhal hat einmal von einem französischen Adli-
gen des 18. Jahrhunderts berichtet, der von seiner
liebenswürdigen Tochter, die mit dreizehn Jahren
gestorben war, zu sagen pflegte, er habe das Gefühl,
sie lebe jetzt als Tote in Amerika.

Ah, ja.

Alles voller europäischer Wiedergänger hier, Herr Wanzarite, sagte das Männchen grinsend. Ja, man könnte mehr als nur ein ganzes Buch über Amerika und den Tod schreiben, über den American Way of Dying, wenn Sie so wollen. Es gibt kaum ein Volk, das über einen derart reichhaltigen Todeswortschatz verfügt wie wir Amerikaner mit unserem Hang zur Thanatopsis, zur Todesbetrachtung.

Mir scheint aber hier der Tod eher unauffindbar geworden zu sein, wandte Charles Wanzeried ein. Er verbirgt sich in komplizierten Statistiken.

Ja, ja, nickte Cockcroft, wer nicht zu sterben weiß, der versteht auch nicht wirklich zu leben. Waren sie denn schon einmal auf einem der riesigen Friedhöfe Chicagos?

Charles Wanzeried schüttelte nur wieder den Kopf.

Nun, ich finde unter den Gräbern herumzugehen, ist nicht das Dümmste, was man in einer Stadt wie Chicago machen kann. Amerika hat alles verdreht, das ist schon wahr. There is no Death, they all live, they all survive. Aber unter dem Smarten unserer Oberfläche vollzieht sich stets ein ungeheuer mystischer Vorgang. Das macht die Nähe des Elementaren hier aus: Blizzards, plötzliche Temperaturstürze, arktische Winter, Waschbären, Kriminalität. Amerika gibt allem Befremdlichen, allem Bizarren eine neue Bedeutung. Nicht nur aus ahnungsloser Naivität, ungenierter Extrovertiertheit und unschuldiger Kindsköpfigkeit. Wir sind nicht einfach nur die Innocents at Home. Das Land nimmt uns ganz in Beschlag. Wir bringen damit große Mystiker und Spiritisten hervor, die selbst Swedenborgs Engel nach Amerika beschwören können oder all unsere unterir-

dischen Geister und Dämonen nach Europa zurück.
Denn wir haben mächtige Worte für all das gefunden,
wir sind die wahre Logokratie im fugenlos gewordenen Twitter-Zeitalter.

Das ist jetzt aber doch sehr schwierig, sagte
Charles Wanzeried und fühlte sich unbehaglich.
Würde als nächstes noch die Rede auf einen Manson
oder gar Mottenmann kommen?

Achten Sie stärker auf die Sinne, wie es die Amerikaner tun, und dann haben Sie auch das Übersinnli-
che, Herr Wanzarite. Amerikaner zu sein, heißt sich
eben auch mit seinem Schicksal neu zu arrangieren,
die Verantwortung dafür zu übernehmen. Dann ist
Amerika erst überall. Man hat Amerika mit der Seele
zu suchen, nicht mit dem Verstand.

Und wenn ich mich für einen ganz legalen Auto-
verkauf entscheiden möchte?

Aber das kann man doch ohne weiteres auf dem
Internet erledigen, winkte das Männchen gelangweilt
ab. Sie kriegen dafür sogar einen Termin auf der Mo-
torfahrzeugbehörde, keine Angst. Und wenn Sie auf
Nummer Sicher gehen wollen, dass in Chicago niemand in den Fahrzeug-Records etwas davon mitbe-
kommt, dann verkaufen sie eben in einem andern
Bundesstaat. Eine reine Formsache. Ist denn das so
schwierig zu begreifen. Aber das amerikanische
Schicksal, das ist die wahre Entscheidung.

Und Charles Wanzeried hörte Cockcroft weiter phi-
losophieren, während er an Dorothy dachte, die doch
seinen Lieferwagen pro forma kaufen könnte, um ihn
zuerst in Minneapolis zu registrieren und dann an
Chrystal weiterzuverkaufen. Damit wären alle Spu-

ren verwischt, zumal wenn Chrystal noch in einer
Autolackiererei in Minneapolis einen Catering-
Schriftzug auftragen ließe. Und er wirkte entschieden
glücklich über diese Lösung und blickte durch die
Fensterscheiben, wo hinter dem pausenlos weiterre-
denden Männchen der Schnee vor den grauen
Schachtwänden fiel. Er meinte ein japanisches Bild
vor sich zu haben. Die Risse im Mörtel der Schacht-
wände wirkten wie fein ziselierte schwarze Äste. Und
der stetig fallende und im Grau der Luft verblassende
Schnee war eine Art Rauch, der vor diesen Ästen
durchzog, so dass ihre Konturen weich und leicht
unscharf wurden. Die oberen Fensterpartien verspie-
gelte das Neonlicht des Raumes, als wären es helle
Vorhänge. Und Charles Wanzeried kam es vor, er
müsse nur noch auf diesen schicksalshaften Moment
warten, wo diese Vorhänge wieder aufgezogen würden. Aber bis dahin würde Cockroft wohl noch eine
Weile weiterreden wollen, auf seiner komplizierten
Suche nach der Zeit der wiederaufgefundenen Engel.

XIV

Abschiede, sagte Frau Procházka und räusperte sich, Abschiede sind hier sehrrr viel anders als in Europa, Herr Vanceride. Wenn man sich hier verabschiedet, so ist es allzu häufig für immer. Wer will schon jede Woche einen Kontinent durchqueren, oder Atlantik wie Pazifik überfliegen.

Aber es gibt doch so viele, die das fast täglich tun, wandte Charles Wanzeried ein: Reiche, Geschäftsleute, Politiker, berühmte Sportler, Wissenschaftler, Künstler, all die Global Players.

Ach die, seufzte Frau Procházka, die meinen die Welt zu verstehen, aber vom Abschiednehmen haben die überhaupt keine Ahnung. Schauen sie doch nur, wie einfältig sich dieser Trump anstellt, wenn es selbst um Tote im eigenen Land geht. Heißt das etwa Abschiednehmen?

Da mögen sie Recht haben, diese Art Leute ist sich wohl mehr gewohnt, aufs Testament spezialisierte Anwälte fürs Abschiedsdinner einzubestellen.

Aber genießen sie New York, Herr Vanceride, es soll ein Wunder von einer Stadt sein, das sagen auch immer mein Sohn und Grant.

Sie waren nie dort, Frau Prochatzka?

Procházka! Nein, ich und mein Mann hatten zuerst nicht viel Geld und dann sehrrr wenig Zeit, um zu reisen. Und jetzt fliege ich lieber zu David an die Sonne, als in eine weitere kalte Stadt. Aber Herr Vanceride, bei Ihnen ist ja nie etwas auszuschließen.

Vielleicht sehen wir sie schon bald wieder hier in Chicago.

Charles Wanzeried lächelte versonnen: Ja, manchmal ist das wirklich nicht auszuschließen.

Und so legten sie sich lachend die Hand gegenseitig auf die Schulter zum Abschied, um sich all das nicht zu schwer zu machen, was eh schon ihre Herzen beschwerte.

Aber, sagte Charles Wanzeried, bis mein Flieger am Abend geht, will ich noch einmal ins Art Institute gehen.

Da tun Sie sehrrr gut daran. Man sollte nie zu früh auf dem Flughafen sein. Ist Ihnen übrigens aufgefallen, Herr Vanceride, dass die japanischen Klopfgeister gestern Abend zum ersten Mal kein Bumbum über unseren Köpfen veranstaltet haben? Wie verschwunden der ganze Spuk.

Grant, bemerkte Charles Wanzeried, sei ja auch wie vom Erdboden verschluckt.

Er ist bei seinem sehrrr kranken Vater in Aurora, einem Bibliothekar wie Sie. Grant hätte Sie sonst sicher gerne zum Flughafen begleitet.

Vielleicht, dachte Charles später für sich, wärmt er sich auch bloß irgendwo wieder ein wenig auf, denn in Grants Dachkammer musste es ja eisig sein, geradezu höllisch kalt. Draußen war immer noch dieselbe Hundekälte, und die gefühlten Windchill-Werte lagen ein weiteres Mal deutlich unter der real gemessenen Temperatur. Während Charles Wanzeried mit seinem Rollkoffer zur El Train-Station ging, hatte er auf einmal das Gefühl, er würde auf den unter schwer gefütterten Kapuzen und dicken Wollschals aufscheinenden Gesichtern einzelner Passanten eine leichte Ermüdung sehen, dass dieser Winter nicht einfach einmal aufhören konnte. Warum jeden Tag in der Frühe mit schwerer Winterausrüstung an die Kälte hinaus und die Kleinen auf dem Schlitten in den Kindergarten ziehen? Selbst die Kampfhunde mit ihren Straßensocken wegen des vielen Streusalzes, das allmählich knapper wurde, wirkten scheuer und verunsicherter, so als wäre es ihnen leicht peinlich, ständig mit derartigen Laufschuhen herumgeführt zu werden. Oder fürchteten sie bereits jetzt, wie dieser viele, sich allmählich dunkelgrau verfärbende Schnee einmal in schwarze, wegen ihrer Untiefen fast unpassierbare Dreckpfützen schmelzen werde? Charles Wanzeried war es peinlich, dass er Frau Prochazka diese Notlüge mit New York aufgetischt hatte, aber am heutigen Tag durfte nichts fehlgehen, und New York gehörte so gesehen zu einem wichtigen Bestandteil dieses vor allen verborgenen Tagesplans.

Im Art Institute deponierte er seinen Wintermantel mit dem Rollkoffer an der Garderobe und hatte einen halben Tag für sich und die Kunst. Oder vielleicht war es auch etwas weniger Zeit, denn er hatte Sam eine SMS-Nachricht zukommen lassen, dass er ihn gerne vor seiner Abreise nach New York noch einmal sehen möchte. Es konnte also gut sein, dass Sam plötzlich aus der Masse der Besucher heraus auf ihn zuträte, und dann hätte es mit jeder noch so stillen Kunst- wie Selbstbetrachtung ein Ende. Aber er kam nicht. Das heißt, Charles Wanzeried bekam gegen vier Uhr nachmittags eine SMS-Nachricht von Chrystal, dass bei ihr alles okay sei. Vielleicht war Sam doch irgendwo unterwegs. Und um ihn ja nicht zu verpassen, ging er wieder zum Ausgangsbereich, holte sich dort seinen Mantel und Koffer und ging nach draußen an die Kälte, um auf und ab stampfend eine nach der anderen zu rauchen. Das Dutzend an Zigaretten war noch nicht voll, da kam jemand von hinten auf ihn zu und riss ihm den Rollkoffer aus der rechten Hand. Als er sich erschrocken umdrehte, war es natürlich Sam.

Hey, was soll das!

Erklär ich dir später, Charly.

Du kannst doch nicht einfach meinen Rollkoffer mitnehmen, ich muss auf den Flieger.

Musst du nicht.

Ich muss. Ich muss nach New York.

Musst du nicht, sagte ich doch.

Sam zog den Rollkoffer über die Michigan Avenue und Charles folgte ihm in heller Aufregung.

Wieso muss ich das nicht?

Erklär ich dir später. Ich war auf dem Flughafen.

Und?

Dein Flieger geht gar nicht, haben sie mir dort gesagt.

Ja ...

Aber jetzt fahren wir erst Mal raus an einen ruhigeren Ort, was essen, Charly.

Ich will nicht ...

Es war wie jedes Mal. Sam ging eilig voraus und Charles folgte ihm widerwilligst. In der düster daliegenden Wabash Street ging es in die altbekannte Parkhalle hinein, die bis auf den weißen Lieferwagen leer stand. Charles redete noch einmal auf Sam ein, er solle doch gefälligst mit ihm alles hier klären, während dieser bloß stumm die Fahrertür aufschloss.

In dem Moment rief eine tiefe, heisere Männerstimme: Hands up! Both of you!

Vor Schreck drehten sich Charles und Sam gleichzeitig mit erhobenen Händen um. Ein großer schlanker Mann, in dunkler Trainerjacke, Jogginghose und Turnschuhen, mit Kurzhaarschnitt und einer Guy Fawkes-Maske richtete seine Pistole auf sie, während er mit der andern behandschuhten Hand auf die weiter entfernte Wand deutete, wo sie sich hinstellen sollten.

Hey Dicker da, zieh den fucking Mantel aus und alles raus aus den Hosentaschen, aber dalli, dalli!

Was Charles sofort tat, denn er dachte, dass bei einem solchen Überfall, wie sie laut Zeitung in diesem arktischen Winter im Loop häufiger vorkamen als sonst, nicht zu spaßen war. Hoffentlich verstand er auch alles richtig. Er zitterte genauso vor Angst wie vor Kälte.

Okay Dicky! Jetzt durchsuch Mal deinen Kumpel.

Charles trat von hinten an Sam heran, fuhr mit beiden Händen über die Jacke hinunter, spürte einen harten Gegenstand auf Hüfthöhe, griff ihm unter die Jacke und zog eine kleine Pistole aus einem Halfter, die er weit von sich dem Maskierten vor die Füße warf.

Du Idiot, zischte Sam.

Hey, pass gefälligst auf!, rief der Maskierte ihnen bedrohlich zu.

Und so durchsuchte Charles noch die Jacken- und Hosentaschen von Sam und warf dessen Brieftasche und Handy vor sie beide hin.

Du Idiot, zischte Sam wieder.

Fresse halten! Jetzt gehst du Dicky Mal dort nach rechts rüber und kniest dich hin.

Charles torkelte und ging in die Knie. Doch war er derart zittrig, dass er statt hinzuknien beim Hinunterkauern bereits das Gleichgewicht verlor und auf die linke Seite hinfiel. Das ist jetzt also mein Ende, dachte er.

Hey, what ar' ye doin' there!?

Auf diesen Moment, wo der Maskierte leicht abgelenkt war, schien Sam wie gewartet zu haben und hechtete Richtung Ausgang, um blitzschnell um die Ecke zu verschwinden.

Der Maskierte hatte kaum genügend Zeit, sich mit der Pistole nach ihm umzudrehen. Doch statt Sam zu Fuß zu verfolgen, sprang er sogleich auf die Autotür zu, riss die dort steckenden Schlüssel an sich, öffnete und stieg blitzschnell ein. Aber auch Charles zeigte plötzlich eine wie nie dagewesene Verwegenheit, indem er alles am Boden Verstreute hastig zusammenraffte und einsteckte, mit der Linken den Rollkoffer ergriff, zur hinteren Kastenwagentür lief, sie aufzerrte, Koffer und Mantel hineinwarf und selber hinterhersprang. Und kaum war er drinnen, dröhnte auch schon der Motor. Er vermochte gerade noch die Tür hinter sich zuzuziehen, da raste der Laster bereits mit quietschenden Reifen aus der offenen Halle hinaus und mitten hinein in die anbrechende, dunkle Nacht Chicagos.

Charles vermutete, dass sie auf dem Lakeshore Drive waren, als der Lieferwagen hielt und es am Guckfenster der Fahrerkabine klopfte. Charles Wanzeried musste aufstehen, um im Halbdunkeln richtig sehen zu können, wie ihm da mit einem Mal ein bekanntes Gesicht, es war Chrystal, lachend den Daumen hochhielt. Charles hätte sie in ihrem neuen Kurzhaarschnitt zuerst kaum wiedererkannt. Und er machte etwas unsicher lächelnd die gleiche Daumenbewegung zurück. Das war ihr vereinbartes Zeichen, dass sie von der Straße am Lake Michigan abbiegen würden, auf der sie sich für die ersten paar Kilometer weniger Überwachungskameras ausgemalt hatten, um jetzt auf der Interstate Highway Richtung Minneapolis schneller weiterfahren zu können. Sam würde sie wohl eher auf einer Interstate Richtung Osten, Richtung New York vermuten, falls er überhaupt an eine Verfolgung dachte. Dass er die Polizei einschalten würde, war ja in Chicago nie auszuschließen. Und so setzte sich Charles wieder in Wintermantel und Mütze auf seinen Rollkoffer, aus dem er sich noch ein Sitzkissen hervorgeholt hatte und sah über sich an der Decke und dann auf dem Boden die Lichtstreifen von Straßenlaternen und Scheinwerfern, wie sie sich da abwechslungsweise über die Innenwände verfolgten.

Er saß auf seinem Kissen, bisweilen arg durchgeschüttelt und hin und her geworfen, und musste sich an all die klappernden und scheppernden Geräusche des Lasters erst einmal gewöhnen. Bisweilen hupte es hinter ihnen erschreckend laut oder eine an- und abschwellende Sirene zog lautstark links vorbei. Charles Wanzeried versuchte sich in all diesem Gewöhnungsbedürftigen vorzustellen, wie die Gegend, durch die sie gerade fuhren, mit dem Abschmelzen der ungeheuren Gletschermassen, wohl infolge der Klimaerwärmung vor rund 18000 Jahren, in einem gewaltigen Getöse um drei Meter angehoben wurde und dann als eine baumlose, sandige, endlos wirkende Prärie-Ebene für alle kommenden Zeiten dalag, unterbrochen von sumpfigen Gewässern und wildem, verwahrlostem Waldgrün. Gelegentlich hörte man in der großen Stille ein Paar Möwen über kleinen Tümpeln und Bächen rufen. Schreie, die in der unendlichen Steppe von fettem, dicht wogendem Gras verklangen, worunter ab und zu auch wieder fleckenweise Prärieblumen aufblühen mochten. Über dieser von milder Luft gesättigten Landschaft breitete sich nun ebenso endlos der dunkle Himmel mit schnell dahintreibenden, hohen Wolkenpaketen, auf die der Mond sein Licht warf. Diesen Mond hatte Charles in der Stadt selber nie gesehen, wie ihm jetzt erst bewusst wurde. Es hatte in Chicago für ihn nur die vielen Sterne und Satellitenlichter erleuchteter Wolkenkratzerfenster zu sehen gegeben.

Und er meinte mit einem Mal so etwas wie ein Hupkonzert, eine Art Trompetenstöße zu vernehmen, wie er sich vorstellte, hätten diese mittlerweile ausgestorbenen Mammuts mit ihren klatschenden Ohren getönt, während sie Zweige und Äste herunterrissen und zu Sägemehl zerkauten. Allerlei Benzinschwaden stiegen ihm in die Nase. Oder waren das die vom feuchten Gras rauchigen Feuer um hunderte von aufgestellten Tipis? Unter sich spürte er die Erschütterungen von all den Holzschlägen erster Siedler für ihre Blockbauten. Ja er meinte sogar irgendwo in der Ferne das monotone Geheul eines Rudels Präriewölfe zu hören, wie sie die Stadtbewohner noch vor einem Jahrhundert in Außenquartieren Chicagos nachts vernahmen. Bis sie dann irgendwann im lauten Verkehrstreiben ihrer Stadt gar nichts mehr von all dieser Natur wahrnehmen konnten und unter Prärie bloß noch ein leeres Baugrundstück verstanden. Und sie schufen ein neues staubiges Meer um sich, einen Gürtel von leeren Fabriken, kaputten Straßen voller Löcher, sogenannter Potholes, und rostigen Schienen, stillgelegten Güterbahnhöfen, grau gewordenen Speichern und großen Schrottplätzen, bisweilen unterbrochen von sich in allen möglichen Ölfarben spiegelnden oder grün verfärbten Flüssen und Kanälen. Ein Mehrfamilienhäusermeer, das irgendwo am Horizont geheimnisvoll in das unspektakuläre Leben der Hillbillys, der Amish und Kojoten überging. Dort wo sich die schwarzen Prärievögel und Klapperschlangen gute Nacht sagten. In dieser Stockdunkelheit da draußen musste irgendwo auch New Glarus liegen, mit seinen Kuhglocken und Alphörnern. Charles Wanzeried verspürte aber nichts weiter als ein Ohrensausen, derart donnerten sie auf der Autobahn wohl gerade daran vorbei.

Er fuhr in seinem Laderaum wie in einer Black Box dahin. Die Natur, die Wirklichkeit um ihn herum rückte immer weiter weg. Ihm kamen Dinge in den Sinn, die er in Chicago gesehen hatte. Er erinnerte sich an die bequeme Fahrt im geheizten Auto durch die Schneenacht mit Sally und Charlotte. Zugleich aber waren da auch wieder die vielen Obdachlosen, die er damals auf dieser Fahrt gesehen hatte, die in Kartonschachteln oder Schlafsäcken gefährlich nahe an der Fahrbahn gelegen hatten und in all dem Lärm und penetranten Gestank der Autobahnunterführungen und -tunnels beunruhigend tief zu schlafen schienen. Wie war all dies Schöne und all das Schreckliche so nahe beieinander, Paradies und Hölle. Oder war es bloß ein einziges Fegefeuer, dieses Chicago? Eine einzige Prüfung für den Fremdling, der sich in dieser so unermesslichen wie befremdlichen Größe der Stadt, ja des ganzen Landes winzig und verlassen vorkommen musste. Drohte da nicht stets die Gefahr, von Amerika restlos verschlungen zu werden? Aber gleichzeitig spürte Charles Wanzeried in dieser ängstlichen Verlassenheit wieder merkwürdig starke Hoffnungen und Gefühle in sich keimen. Goldene Tagträume, die in ihm erwachten.

Bis mit einem Mal der Wagen hielt, die hintere Tür aufgerissen wurde und der Maskierte ihn anschrie: You fucking idiot get out of that car! Charles Wanzeried stolperte vorwärts und kletterte ächzend wie schwerfällig ins Freie, während der Vermummte hohl lachend seine unheimliche Larve abnahm.

Hey Chrystal, ich erkenne Dich einfach nicht mit Deinem neuen Haarschnitt. You did a very good job!

Yo, you my Brother!, und sie umarmten sich. Hast Du gesehen, was dieser Sam für einen Schiss in den Hosen hatte vor mir.

Ja, aber im Nachhinein beunruhigt mich, dass er bewaffnet irgendwohin mit mir zum letzten Essen fahren wollte.

Die Pistole hat er doch wohl immer mit dabei. Bei Restaurantbesuchen mit Dir weiß man ja nie. Du machst schließlich gefährlich lange Bestellungen. Und damit sprang Chrystal grinsend in den Kastenwagen, wo sie sich aus dem Rollkoffer einen dicken Pullover überzog und eine Mütze mit dem verschachtelten TC der Minnesota Twins-Baseballer.

Das ist also Minneapolis im Dunkeln. Und es hat so gar keinen Schnee?, staunte Charles im offenen Mantel laut vor sich hin.

Ja, tönte es aus dem Wageninneren, wir sind schneller als gedacht hier gewesen, unter sechs Stunden. Hab ich Dich tüchtig durchgeschüttelt?

Nein, nein.

Du hast ja eh die ganze Zeit geschlafen.

Nein, nur über vieles nachgedacht.

Da ist Dir die Zeit nicht lang geworden?

Nein, gar nicht, nur der Hunger.

Dann gehen wir doch was Essen. Aber kein Wort vom Überfall bitte, das ist mir im Moment noch zu heikel. Es soll hier einen Falafel-Laden ganz in der Nähe haben.

Sie aßen würzige, vegetarische Gerichte und Charles versuchte dabei zu erklären, was ihm im Lastwagen so alles durch den Kopf gegangen war. Aber irgendwie ließ sich das gar nicht richtig erzählen. Chrystal gähnte demonstrativ, denn es ging schließlich gegen Mitternacht zu.

Charles, Deine Energie möchte ich im Moment haben. Die ist nur noch mit der Kellnerin da drüben zu vergleichen, die uns Arme hier wohl vollkommen vergessen hat.

Die Kellnerin war ständig in Bewegung, so dass sie mit ihrem Rock, der wie ein überlanges Hemd aussah, nur so von Tisch zu Tisch flog. Aber die Rechnung zu bringen, das vergaß sie in der Hektik dann doch stets von neuem.

Die bräuchte Zeitlupenfutter wie die Goldfische zum Verlangsamen, sagte Charles. Meine Kalifornische Großtante hatte übrigens die genau gleich wippende Frisur wie sie.

Und im Hotel waren sie erst recht viel zu müde, um noch über irgendetwas zu sprechen, nicht einmal, wie ihr heutiger Überfall genau abgelaufen war, ob nach Plan oder nicht. Und als Charles endlich in seinem neuen, leicht gestreiften Schlafanzug aus dem Badezimmer trat, sagte Chrystal, die schon ganz schläfrig unter der Decke lag: Also ich glaube, ich sehe da einen der berühmten Dalton-Brüder in seiner Sträflingskleidung vor mir.

Das ist jetzt aber wirklich Deformation professionelle, Chrystal. Ich könnte ja nicht einmal als etwas breiterer Rezeptionist im Hotel Severin durchgehen.

Und wie Charles unter die Decke geschlüpft war und das Nachttischlämpchen bei sich ausgemacht hatte, flüsterte Chrystal unvermittelt ängstlich: Hold me tight, I'm so scared.

Und so drehte sich Charles, dass seine Bauchspitze Chrystals Rücken berührte und hielt sie mit seiner linken Hand an der Hüfte fest, denn weiter reichte sein Arm nicht. Chrystal hielt seine Hand fest umschlossen in der ihrigen. Er übersetzte sich ihre Worte mit: Es ist Nacht und mir ist bange. Und es kamen ihm dazu aus der Matthäuspassion die Worte in den Sinn, wie Mond und Licht vor Schmerzen untergegangen waren in der schwärzesten aller Nächte. Es schien ihm mit einem Mal so viel dunkler Wald um ihn herum zu sein, dass er sich nicht zu bewegen getraute in seiner Schlaflosigkeit. Diese Schlaflosigkeit hielt ihn wach für das Belanglose. Er roch mit einem Mal den angenehm beruhigenden Duft von Chrystals Nachtcreme. Das Unerhebliche ließ ihn keinen Schlaf finden, das, was ihn tagsüber nichts wirklich anging und ihn dann in der Nacht mit einem Mal wie zu überfluten drohte. Plötzlich waren sie wieder da, ganz unwichtige Szenen, die seinem Zerwürfnis mit Lisbeth vorangegangen waren. Eine bestickte Serviette sah er vor sich, ein Geburtstagsgeschenk. Ein völlig lächerliches, letztlich unwichtiges Bild. Aber es stand ihm auf einmal ganz deutlich vor Augen, als einer der letzten wohl friedlich zu nennenden Momente, an die er sich zu erinnern vermochte, bevor alles endgültig zwischen ihnen zusammengekracht war, unwiederbringlich verbrannte Erde. Er versuchte sich den verzweifelten Dichter Longfellow vorzustellen, wie er mit seinen verbrannten Händen zittrig Dantes Göttliche Komödie ins Amerikanische übersetzte, geplagt von der höllischen Erinnerung an seine lichterloh brennende Frau Fanny, die er 1861 nicht zu retten vermocht hatte: Tot ist die Herrin dein und war so schön.

Schließlich fühlte er, wie Chrystal seine Hand wieder losgelassen hatte und leise, regelmäßig atmend eingeschlafen war. Er drehte sich vorsichtig auf den

Rücken und dachte noch eine ganze Weile daran,
dass in ein paar Monaten sein Visum für die USA
ablaufen würde, bis er nicht mehr recht wusste, ob
er einfach weiterhin so wach dalag oder ihm alles nur
träumte.

XV

Als Chrystal und Charles den langgezogenen Speisesaal ihres Hotels frühmorgens betraten – es war ein fensterloser, nüchterner Raum, wie es ihn wohl millionenfach in dieser Billigpreiskategorie in den Vereinigten Staaten gibt –, war weit entfernt vom Buffet bloß noch ein einzelnes Ehepaar, das sich stumm gegenüber saß. Das Hotel hatte wohl auch schon eine bessere Belegung gesehen. Für einen Moment standen sie beide ganz ratlos in der riesigen Leere des Saals.

Wir dürfen jetzt nicht den Fehler machen, meinte Chrystal geradezu geheimnisvoll, uns allzu weit vom Buffet weg hinzusetzen, sonst wird ja nicht nur der Kaffee kalt, sondern auch jedes Gespräch.

Weißt Du, mir täte aber eine größere Distanz zum Buffet gut, sonst esse ich mehr als ich sollte.

Ach Charles, Du sollst Dich nicht über mich lustig machen.

So setzten sie sich in unmittelbarer Nähe des Buffets an einen Tisch und Charles ging hinüber, um sich den großen Frühstücksteller mit Spiegeleiern, Würstchen, Speck, Kartoffeln, Tomaten, Käse, Konfitüre, Butter und Croissants zu laden, während Chrystal sich an Rührei und Früchte hielt.

Und, wie finden Sie es hier, Mister Burton?

Nicht zu vergleichen mit eurem Café, sagte Charles enttäuscht. Das hier ist irgendwie zu anonym, ohne Liebe angerichtet. Alles austauschbar, quelconque,

wie es bei uns in Europa so schön auf Französisch
heißt.

Ich sehe, Du verstehst etwas vom Frühstücken.

Ach Chrystal, schau mich doch nur an: Meine
Abenteuerwelt ist in erster Linie das Essen geworden!
Gute Gerichte, eine Flasche gepflegten Weins, kräfti-
ge Tabakmischungen und ein sympathisches Gegenüber zur intelligenten Unterhaltung, ja das ist etwas.

Dafür lässt Du Dir bald noch so einen interessan-
ten ZZ Top-Bart wachsen, wie ihn Dein Vorfahre offensichtlich hatte.

Ich weiß nicht genau, wie ich aus dieser Prärie
herauskommen werde. Ja, vielleicht wie ein graubär-
tiger, singender Büffel.

Und die Hörner sind dann abgestoßen?

Ich hoffe doch sehr.

Weißt Du, was ich glaube, bei Dir hat sich gestern
was geregt?

Was?

Na das, prustete Chrystal los und wackelte mit
dem Finger.

Jetzt hört aber alles auf. Das kann doch gar nicht
sein.

Chrystal konnte nicht mehr vor Lachen, sie lachte,
als hätte Charles Wanzeried vor ihr in eine Kiwi mit-
samt der Schale gebissen. Charles musste ebenfalls
laut mitlachen.

Chrystal, Chrystal, mach mir nicht Angst!

Macht Dir das etwa Angst?

Nein, nicht mehr wirklich. Wenn meine Wenigkeit von Wursthaftigkeit nur der gute alte Freud sähe, er würde mich nur verspotten.

Ist Freud dein Freund?

Nicht unbedingt.

Also, dann lass ihn aus dem Spiel, Charles. Und das mit der Wurstigkeit, glaubst du ja selber nicht.

Ehrlich gesagt, was mir im Moment am meisten Angst macht, Chrystal, sind die aufdringlichen Klapperschlangen, wenn sie meine große Wärme beim Picknicken spüren sollten.

Aber die können Dir doch nichts! Bei Deiner Größe bräuchte es ja einen riesigen Python, um gefährlich zu werden.

Und schon hatten sie wieder einen Lachanfall, so dass sich jetzt auch das stumme Ehepaar am Ende des Saals fragend ansah.

Und Du? Startest Du gleich als Jungunternehmerin durch?

Ich war bei einer Supervisorin, die mir erklärt hat, dass die meisten Restaurants in Chicago nach spätestens drei Jahren in Existenznöte geraten, weil sie sich beim Einkauf verrechnet haben. Ich nehme also noch einen Abendkurs in Buchhaltung. Und dann geht's aber los. Ich will erfolgreich sein.

Ich sehe dein florierendes Geschäft schon vor mir, sagte Charles. Du hast meines Erachtens die besten Voraussetzungen dafür.

Mit einem Fuß beim gefährlichen Dalton Brother?

Du meinst wohl eher beim Blues Brother.

Und Charles schob einen seiner Hemdsärmel zurück, um die vielen blauen Flecken von gestern wie ganz entgeistert, mit tief heruntergezogenen Mundwinkeln anzustarren.

O je!, grinste Chrystal, all die Einschüsse.

Sie mussten beide wieder aus vollem Halse lachen und das Ehepaar hinten im Saal blickte sich ein weiteres Mal vielsagend an.

Wenn das so weitergeht, flüsterte Charles, dann bringen wir es fertig, dass sich dieses Paar da endlich einmal auf seine Anfänge besinnt.

Meinst Du, wir sollten jetzt doch etwas ernsthafter werden?

Nein, wir haben unseren Übermut gestern redlich verdient.

Siehst Du den vergackeierten Sam noch vor Dir?

Mit dem Hühnerschiss in den Hosen!

Und sie grölten geradezu, so dass das stumme Paar ihnen diesmal einfach zulächeln musste.

Habe ich Dir eigentlich davon erzählt, sagte Charles noch mit Lachtränen in den Augen, dass ich in Logan Square eines Abends an der Bar einen Schotten traf, der zweimal seinen Abflug hintereinander verpasst hatte. Zuerst weil er einen halben Tag zu früh am O'Hare war, er hatte seine Uhr nicht auf amerikanische Zeit umgestellt. Und dann, weil er diesen zusätzlich geschenkten halben Tag in Chicago

so richtig genießen wollte. Er erkundigte sich in der
bereits nachmittags sehr lautstarken Bar: What kind
of beer you have? Der schwerhörige Barman verstand
aber: Wodka with beer I have! Wie er derart über die
Schnur schlug, verpasste er natürlich zum zweiten
Mal seinen Flieger. Aus Mitleid spendete ich ihm
gleich noch eine Runde.

Chicago scheint ja so gesehen ein schwieriges Rei-
seziel für euch Europäer zu sein.

Die schwierigste Destination der Welt! Ist das nicht
ein wunderbares Kompliment? Wer sagt das schon
von Los Angeles, San Francisco, Miami oder New
York?

Doch ja, das ist ein schönes Kompliment, das
macht uns so ganz anders. Vielleicht sollte ich Dich
für mein Catering-Unternehmen als Werbeberater
einstellen.

Oh ja, mach das, bitte!

Und dann gingen sie beide ihre eigenen Wege im
frühlingshaften Minneapolis: Chrystal fuhr zu einer
Autolackiererei, um ihren Catering-Schriftzug auf
dem Lieferwagen anbringen zu lassen, und Charles
nahm die Straßenbahn zu einem Fachgeschäft für
Outdoor-Ausrüstung, um sich mit Rucksack und
Zelt, Schlafsack und Bodenmatte, Wanderschuhen,
Sportkleidern mit passender Windjacke und einem
Notkocher auszurüsten. Alles Dinge, die sein Urgroßonkel nicht gekannt hatte. Der Verkäufer mit ausge-
prägtem Doppelkinn war verblüfft, dass er so ohne
weiteres in die Prärie wolle. Normalerweise würden
seine Kunden eher für Freizeit- und Naturparks oder
für Wander- und Jagdferien in Übersee solche Dinge

benötigen. Er sei eben sein eigener Outdoor-Veranstalter, betonte Charles.

Und ohne ein Auto dabei zu haben?

Ohne Auto, das ist ganz klar.

Aber eine Waffe wenigstens?

Natürlich, schließlich sind wir ja in Amerika.

Von da an behandelte ihn der Verkäufer wie einen hart gesottenen Burschen, dem man seinen Spleen nicht ohne weiteres ausreden konnte. Charles musste nicht lange warten, da holte ihn Chrystal mit einem neuen Personenwagen ab, den die Garage ihr als Ersatz für den Lieferwagen zur Verfügung gestellt hatte, diesmal ganz ohne verhängnisvolles Upgrade.

Charles wollte sich in seiner ungewohnt die Leibesfülle betonenden Sportausrüstung gleich ans Steuer setzen, aber das ließ Chrystal nicht zu. Er habe ihr viel Glück gebracht und sie wolle ihm das jetzt auch für seine Wanderung in South Dakota bringen. Schließlich habe er ja den ganzen Weg bis nach Minneapolis im Laster hinten gar nichts von Amerika sehen können.

Ja, aber es war doch auch stockdunkle Nacht, Chrystal. Und Du bist gestern schon über sechs Stunden gefahren. Heute musst Du noch einmal die gleiche Strecke zurückfahren.

Das wollte sie nicht gelten lassen und setzte sich eiligst wieder auf den Fahrersitz.

Ihr Jungen seid ja sturer als wir Alten, sagte Charles wie zum Schein entrüstet, als er sich auf dem Beifahrersitz angurtete.

Ja, das sind wir. Was dagegen, Du Sportfex?

Charles konnte nur laut auflachen.

Das also war Minneapolis bei hellem, kühlem Tageslicht. Die City präsentierte Altes und Neues, Hochbauten und niedrigste Gebäude, schöne und weniger schöne, mit überraschenden Details oder in öder Gleichförmigkeit, die man wirklich in jeder etwa gleich großen US-Stadt beim Durchfahren auch hätte sehen können. Also war es im Gegensatz zu Chicago kein richtiges Tor, wo es einem als Europäer gefallen würde, sagte sich Charles, als erstes in die Vereinigten Staaten einzufallen. Der Fluss allerdings, der Mississippi, dem sie eine Zeitlang entlangfuhren, indem er sich wie ein ungeheurer, leerer Expressway durch die Stadt schlängelte, war beeindruckend. Charles war davon ebenso begeistert wie vom prächtigen Wetter.

Dann fuhren sie durch weites, ödes Farmland, das zum Teil noch von kleineren Schneefeldern bedeckt war. Es ging vorbei an Kirchenneubauten, normiert wie Einkaufszentren, umgeben von Parks voller Wohntrailer all der vor Minneapolis armselig Gestrandeten. Sie gerieten in kahle Wälder, durch welche die Straße wie eine Schneise geschlagen worden war. Dann wirkte der Highway geradezu als ein graues Band, das man großzügig bis zum Horizont hin ausgelegt hatte. Chrystal fuhr zügig den im Sonnenlicht glänzend daliegenden Hügelketten entgegen. Und über all dem war ein noch viel weiterer Himmel. Was war nur alles dahinter verborgen? Vielleicht wäre der Florentiner Dante mit seiner ausgeprägten Adlernase in Amerika glücklicher geworden als im norditalienischen Exil, dachte Charles. Dante inmitten

eines Kreises von Priesterkönigen am Mississippi, die
ihr Wissen über die Sterne und ihre göttlichen Bewe-
gungen diskutierten. Sie hätten sich wohl mit ihm
weit besser verstanden – also ohne alle dogmatische
Verblendung – als eine damalige päpstliche Delegati-
on aus Rom, die mit der Bücherverbrennung drohte.
Auf jeden Fall hätten sie sich gegenseitig zu völlig
neuen Ansichten im Mississippi-Delta angeregt. Und
die Indianer hätten seine Fragen und Antworten in
einem dem Latein nahen Italienisch gehört, biegsam
und kräftig, ein vollendetes und deshalb unbegreifli-
ches Wunder von Sprachreichtum, während sie ihn
mit ihren präzisen Kalenderberechnungen und Navi-
gationskenntnissen weit vor Kolumbus erstaunt hätten, in einer mittlerweile ausgestorbenen, animisti-
schen Sprache, die nicht nur in jedem Geräusch eine
Stimme hörte, sondern den Pflanzen Affekte wie Liebe und Hass zuordnete. Und so wie diese Indianer
von der pflanzlichen und menschlichen Liebe zu
sprechen wussten, so hätte Dante ihnen vielleicht
noch seine Ballade von der eigenen großen Schmer-
zensliebe zu sachte geschlagenen Handtrommel-
Rhythmen vorgetragen.

Dann sah Charles Wanzeried wieder kleine Flüsse
und Seen an der Autoscheibe vorbeirasen. Ab und zu
tauchten in der Ferne Weiler und Straßendörfer mit
größeren alten Backsteinbauten auf, an denen diese
Autobahn vorbeiführte, ohne sie zu berühren. Und
immer wieder dieser weite Horizont vor ihnen. Einmal erblickte er eine Abzweigung nach Lake Crystal,
deutete grinsend auf die Anzeigetafel und sie fuhren
an diesen flachen, an den Ufern bewaldeten See, um
einen Kaffee in einem Restaurant zu trinken. Den
kleinen Lake konnten sie durchs Fenster von ihrem

Tisch aus betrachten, wie er noch in nachwinterlicher Kühle still dalag.

Weshalb er sich eigentlich habe scheiden lassen, wollte Chrystal mit einem Mal wissen.

Nun, sagte Charles, ich würde sagen, komplett auseinandergelebt, keine Gemeinsamkeiten mehr, keine Perspektiven. Da habe ich die Konsequenzen gezogen.

Ach, nicht sie?

Nein, ich bin eines Tages ausgezogen. Ich hielt es einfach nicht mehr aus.

Und wohin?

Zuerst zu einem Freund und dann in ein Kloster, das seine ehemals von Mönchen belegten Zellen für Retraiten, also als eine Art Rückzugsort anbot.

Und dann hast du da im Kloster gewohnt und außerhalb gearbeitet?

Das wollte ich eigentlich, aber Lisbeth hat in ihrer Wut oder Verzweiflung, wie man dieses Gefühl auch immer nennen will, ihren besten Freund, den Leiter der Bibliothek bearbeitet, bis dieser mich in einer Neustrukturierung vorzeitig abbaute, also im Klartext frühpensionierte.

Und dann bist Du in die Staaten gereist?

Ja, ich war noch eine Zeitlang auf dem Arbeitsvermittlungsamt und dann bin ich nach Chicago gereist.

Und Du hast Dich wegen Deiner Entlassung nicht gewehrt?

Ich war wie vor den Kopf geschlagen, dann absolut wütend und schließlich vollkommen resigniert.

Jetzt verstehe ich doch einiges besser, sagte Chrystal und strich sich, wie leicht verlegen, mit der Hand über ihr kurzes dunkles Haar. Ich glaube zumindest. Auch ich habe sehr lange gebraucht, bis ich realisierte, dass ich und Anne ganz allein dastehen, viel zu lange. Und ohne meine Mutter würde ich das jetzt auch noch nicht schaffen.

Ich bewundere Dich. Also wenn unsere Töchter nicht erwachsen gewesen wären, hätte es meinen Auszug und diesen ganzen Scheidungsprozess ganz sicher nicht gegeben.

Da streckte ihm Chrystal die Zunge raus und sagte auf die Uhr schauend, dass sie wieder weiterfahren müssten, sonst komme er noch auf den Gedanken, für einen ausgiebigen Lunch sitzen zu bleiben, und sie wären erst in stockdunkler Nacht in der Prärie.

Schon ging die Reise durch die allmählich monotoner wirkende Landschaft weiter, die nur mit kleinen Getreidesilos, Holzkirchen oder flachen, langgezogenen Gebäuden bisweilen optisch für Abwechslung sorgte. Und auf den Feldern selber standen ab und zu in ihrer Einsamkeit verlorene Wasserpumptürme oder vereinzelte hochgewachsene Bäume. So musste es dieser Urgroßonkel Elias wohl auch auf seiner gemächlichen Bahnreise Richtung Chamberlain in South Dakota empfunden haben, sagte sich Charles. Vielleicht sogar noch monotoner durch das Zugfenster als beim Autofahren. Charles kam sich zumindest jetzt wie ein gewichtiger Kopilot vor, der ab und zu die Straßenbeschilderung auf der endlosen Lande- und Startbahn für Autos laut vorlas oder auf Gefahren vor ihnen auf der Fahrbahn hinwies. Aber meist saß er wie ein verstummter Fahrlehrer da, der die souveräne Fahrweise von Chrystal genoss.

Und in dieses Schweigen rauschte die Radiomusik. Es war mehrheitlich Pop- und Rockmusik, die mit ihrem Rhythmus zu jeder Situation, Landschaft, Städtchen und Stimmung gepasst hätte, denn sie gab eine Bewegung vor, die als eingängig empfunden wurde. Bei aller Austauschbarkeit wirkte sie angenehm belebend. Und dann gab es wieder die dominanten Musikstücke, häufig Klassiker, die einen von aller optischen Umgebung ablenkten. Bei solch einer Art von Musik war man sogleich bei der Band oder dem gespielten Hit. Schließlich waren da die musikalischen Stücke, die in einem ganz unerwarteten Augenblick genau dem entsprachen, was man beim Fahren unmittelbar sah, für sich dachte und empfand. Da konnte es gut sein, dass man einfach mitsummen, ja mitsingen musste, da war auf einmal alles eins, on the Road again.

Chrystal blickte leicht über ihre Sonnenbrille, die Linke locker überm Steuerrad, während sie sich lächelnd Charles zuwandte: Übersetz doch Mal diesen Song, der da gerade läuft, in Deine Sprache, bitte.

Wäm mer noome no jong wärid, so wördsch mer es warms Gfühl gäh.

Das klingt aber schwer verständlich.

Das Schwerverständliche ist im Moment sehr in Mode bei uns.

Ehrlich, ich dachte immer, alle singen gerne Rock und Pop auf Englisch.

Das dachte ich eigentlich auch. Aber es ändern offensichtlich die Gefühle, auch gegenüber Schwierigem und Leichtem. Plötzlich ist alles richtig, was vorher falsch war, und umgekehrt.

Machen wir es denn richtig, Charles?

Ja, sicher nicht komplett falsch. Also für mich stimmt im Moment alles.

Und für mich eben auch, sagte Chrystal und fuhr Charles lachend mit der Hand über sein kurzes graues Haar.

Und dann kamen sie endlich in Chamberlain an, einer kleinen, unscheinbaren Stadt am Missouri River, wo sich Charles in einem verschlafen wirkenden Supermarkt die nötigsten Lebensmittel kaufte, als wäre er einer dieser obdachlosen Fallschirmspringer-Veteranen, die mit gigantischen Backpacks als neue Tramps ihren ganzen Haushalt auf dem Rücken durch die USA schleppten. Charles war jetzt für alles gerüstet. Chrystal fuhr ihn noch an den Fluss, wo sie zwischen der Eisenbahn- und der Autobahnbrücke, die es beide 1886 noch nicht gegeben hatte, auf einem kahlen Aussichtsplatz hielten. Der Missouri hatte sich ein tiefes Bett in die Prärie gegraben. Aber wenn man über diesen Abgrund hinüberschaute, lag eine gigantisch weite Grasfläche vor einem.

Und du willst da wirklich rüber und campieren gehen, ehrlich?, fragte Chrystal in besorgtem Tonfall.

Yes, for sure!, sagte Charles mit dem Kopf nickend.

Irgendwie beneide ich dich und gleichzeitig bedaure ich es.

Bedauern?

Na ja, irgendwie macht mich das sehr traurig.

Nein Chrystal, schau, ich habe jetzt mehr Pistolen
mit dabei als jeder durchschnittliche Rezeptionist in
Chicago, dazu ein Handy, und falls alles schiefgehen
sollte, weiß ich jetzt, dass nicht alles nur immer fehl-
schlagen kann in diesem Land. Man bleibt nicht ewig
ein dicker, dummer Pechvogel.

Ja, das finde ich sehr tröstlich. Das coole Galgen-
vöglein in der Prärie vergisst hoffentlich nicht, dass
es noch einen Rollkoffer in Chicago hat. – Hey,
Charles, ich danke Dir für alles. But take good care
of you! Chrystal umarmte ihn innig und lange. Und
Charles fühlte, dass er jetzt etwas sagen müsste.
Aber ihm waren die warmen, die richtigen Worte dafür, nach der großen Winterkälte, wie noch nicht
recht aufgetaut. Er schwieg und schaute Chrystal
verlegen lächelnd an. Es kam ihm vor als hätte er mit
diesem Lächeln eine neue Sprache gefunden. Nach
einer Weile sagte er: Danke Chrystal, Du bist eine
sehr mutige Frau. Take care of you too, Love. And
good luck! Grüß Dorothy ganz herzlich von mir.

Ja klar. Wir werden sicher viel zu reden haben.

Auch über mich?

Aber sicher, auch über Dich. – Good luck, Charles!
And see you soon again!

Good luck, Chrystal!

Dann stieg Chrystal hastig ins Auto ein und winkte
ihm noch einmal mit der Hand überm Lenkrad kurz

zu, bevor sie auf dem kleinen Parkplatz wendete und
in schnellem Tempo davonfuhr.

Charles Wanzeried musste sich auf seinen prall gefüllten Rucksack setzen, um diese Aussicht auf die
weite Grasebene bestaunen zu können. Unglaublich,
selbst an eine Zigarette dachte er nicht mehr. Eigenartig, dass manche das mit einer baumlosen Wüste
verglichen hatten. Es sah eher wie ein Meer aus, ein
im Winter leicht verebbtes, so dass trockene Grasflä-
chen wie braune Sandbänke dalagen. Es war eine
unbeschreibliche Weite und Stille, die da vom Horizont her bis zu den trockenen Gräsern zu seinen Füßen reichte. Selbst von den wenigen vorbeifahrenden
Fahrzeugen auf der andern Seite des Flusses war
kein Geräusch zu vernehmen. Er nahm seine Brille
ab und rieb sich mit Daumen und Zeigefinger die
Augen.

Er hatte lange genug von der Prärie geträumt.
Auch von den Toten der Prärie. Die Gebeine von
Wild- und Haustieren lagen neben massakrierten
Indianern, neben den Siedlern, die auf der Jagd,
beim Reiten oder Holzschlag ums Leben gekommen
waren, neben den vielen Verschollenen und hinter-
rücks Ermordeten, den Anonymen, den schwarzen
Buffalo Soldiers, den tödlich verunfallten Gleisarbei-
tern aller Hautfarben, neben den von Unwettern,
Überschwemmungen, Präriefeuern und Blizzards
Getöteten. Charles Wanzerieds Urgroßonkel Elias
war einst beim Reiten derart von einem Blizzard
überrascht worden, als sich der blassgraue Himmel
in dieser öden Unendlichkeit mit einem Mal verdun-
kelte und erste Flocken heruntersegelten. Grauweiße
Punkte, die der plötzlich anschwellende Wind in alle
Richtungen über die Prärie fegte. Der dunkle Himmel

senkte sich stetig und lag Elias schließlich wie eine erdrückende Schneedecke über dem Kopf. Und der Wind steigerte sich zum Orkan, fegte den kalten Schnee überallhin, unter den Hut, in die Augen, Ärmel und Stiefelschäfte, bis das ganze Gesicht verklebt war, der schwarze Fellmantel weiß und die Stiefel ein einziger Schneeklumpen. Der Temperatursturz ging derart schnell vor sich, dass Elias, der sein Pferd nun am Zügel führte, das besser schützende Gehölz in der Nähe fast nicht mehr erreichte. Als er völlig durchnässt die mitgeführte Felldecke über das Pferd warf und festschnallte, da kam schon der erste Hustenanfall über ihn.

Sein Urgroßonkel wäre ihm ein guter Führer im Reich der Prärietoten, dachte Charles Wanzeried weiter. Er wüsste über die indianischen Bestattungen Bescheid und über die vielen verscharrten Gebeine bei Little Big Horn, Wounded Knee oder White Clay Creek, falls ihre ruhelosen Schatten in der Dämmerung wieder auftauchen sollten. Denn wer hier an der Stille über all die unzähligen Verstorbenen nachzudenken begann, der kommunizierte auch mit ihnen. Er hätte es ja auch selber nie für möglich gehalten, diesen toten Seelen Fragen zu stellen, als wären sie Lebende. Und sie wiederum befragten ihn, als wären sie nicht wirklich tot. Sie wisperten im Wind, weinten im trockenen Gras, flüsterten in kahlen Büschen, klagten im Schatten vereinzelter Bäume und schluchzten in den dahinströmen Wellen des Missouri Rivers. Bury Me Not on the Lone Prairee.

Und doch meinte Charles auch Stimmen herauszuhören, die ihm bekannt vorkamen. Er hörte seinen Vater wieder, als er damals im Sommer seine Mutter und ihn am Zürcher Flughafen lebhafter als erwartet begrüßt hatte. Er war gut aufgelegt, richtig gesprächig gewesen, hatte vom Flug, von Chicago geschwärmt, während er seinen Koffer auf dem Weg zu ihrem Auto schwungvoll hin und her wippte, um die Begeisterung noch zu untermalen. Schöner als Florenz und überwältigender als Rom! Ja, dieses Chicago ist das neue Athen der Intelligenz, voller freundlicher Gentlemen und schicker Frauen. Die hellen Augen seines Vaters hatten unter der Hornbrille lustig gefunkelt. Charles und seine Mutter hatten staunend diesem Reisebericht zugehört, von einer vitalen Stadt, für die allein das Beste gut genug war. Und während die Mutter von Charles sich mit Sonnenbrille ans Steuer setzte und ihre Lederhandschuhe überzog, nahm Charles hinter seinem Vater Platz, während dieser munter schwärmte vom kulturellen El Dorado am Lake Michigan, wo man noch für das genommen werde, was man wirklich sei. Und allmählich hatten sie alle angefangen, auch der Vater selber, über dieses einmalige Glückserlebnis zu kichern und zu lachen, für das die schweizerdeutschen Worte kaum ausreichten. Der Vater verfiel entsprechend auf eine eigenartig dialektale Sprachmischung, indem er sein Zürcherisch mit Englisch und Italienisch anreicherte. Charles sah im Rückspiegel den wilden Tanz der auf und ab hüpfenden Augenbrauen dazu. Das war also das derart häufig beschworene, geradezu paradiesische Empyreum auf Erden, das seinen Vater so ungewohnt warm werden ließ. Die Mutter von Charles fuhr lachend ab und zu mit ihrem Zeigefinger über die Windschutzscheibe und rief mitten in die Erzählung ihres Mannes ein wundervoll ausgelassenes Whooee.

Charles Wanzeried sah Vater und Mutter wie damals im Auto vor sich, als sich ihre Finger berührten. Und er glaubte den englischen Satz gehört zu haben: It's all over. Diese Berührung war für ihn überraschend neu gewesen. Ein Moment zwischen seinen Eltern, der ihm wie etwas Phantasiertes erschien: Er sah sie beide vor sich, wie sie sich die Hand gaben und übers Präriegras der noch spärlichen Sonne eines Frühlingstages entgegengingen. Und seine Mutter drehte sich um und lächelte ihm zu. Charles glaubte in ihren spiegelnden Sonnenbrillengläsern sich selber zu sehen, wie er damals auf der grauen Autorückbank saß. Oder war es ein Flugzeugsitz? Ein blauer Schalensitz im El Train? Gar ein Autokindersitz? Oder ein Traggestell? Er saß nackt darin, nicht einmal mit einem Lendenschurz bekleidet, und strampelte wie ein Säugling. Als er den Kopf nach hinten wandte, sah er Sallys trauriges Gesicht hinter seinem Tragsessel. Sie nahm seine kleine Hand und winkte damit seinen Eltern zu. Es brauchte Zeit, um all das zu begreifen. Aber Charles Wanzeried glaubte zu spüren, dass die glücklichsten Momente seiner Eltern wohl auch zum Teil auf dem Unglück anderer hatten beruhen müssen. Das war ihm noch nie derart deutlich spürbar gewesen. Es konnte sein, dass man die Toten mit der Zeit doch besser verstand. Er war jetzt ihr Gast und die Seele seines Urgroßonkels ein guter Dolmetscher. Die Toten waren einem hier in der Prärie wohl sehr nah und doch zugleich Fremde, wie er selber in diesem weitläufigen Land, aber auch in seiner eigenen, bisweilen gar beengenden Heimat, dachte Charles Wanzeried. Ja, wie er selber manchmal seinem eigenen Leben gegenüber fremd war. Was hatten sich Lisbeth und er nicht von Anfang an überfordert, es moralisch besser machen zu wollen als die in ihren Augen verlogene Elterngeneration. Das hätte alles nicht so sein müssen. Er glaubte mit einem Mal kleine schwarze Vögel herumschwirren zu sehen. Waren das schwarze Kolibris? Humming birds? Was suchten sie da nur zu seinen Füßen? Und je mehr er blinzelte, desto mehr ähnelten sie Insekten, vielleicht Bienen, die zwischen dem aufkeimenden Prärieklee hin und her flitzten. Es war eine flimmernde, schattenhafte Welt. Er fühlte sich als ein Teil von ihr.

Vorsichtig setzte er seine Brille wieder auf, stemmte sich hoch und stand leicht schwankend vor diesem unendlichen Präriemeer. Für einen kurzen Moment glaubte er sogar auf der Straße jenseits des Missouri einen weißen Lieferwagen zu sehen. Aber dann löste sich seine leichte Benommenheit wieder und Charles Wanzeried schaute auf seine Uhr. Es war zwei, eigentlich eine gute Zeit, um in die Prärie aufzubrechen.

Zitat-Nachweis:

Thomas Wolfe: You Can't Go Home Again, New York 1940, Harper, S. 574

edition mss. reprobatorum:

vol. 1: Severin Perrig: perlen aus leuchtglas. new york gedichte und märchen, Hamburg/Luzern 2025

ISBN: 978-3-7693-4007-5

vol. 2: Severin Perrig: Chicago Prairie. Roman, Hamburg/Luzern 2025

ISBN: 978-3-8192-2990-9